小学館文庫

吉祥寺デイズ

うまうま食べもの・うしうしゴシップ

山田詠美

小学館

「吉祥寺デイズ　うまうま食べもの・うしうしゴシップ」目次

始まりはいつもシャンパンの栓 11
枝豆三段跳び 14
筋金入りの嫌いぶり 17
個人的負けざる者体験 20
その場所禁止！ 23
はちみつナイスジョブ 26

リコッタチーズで眠くなる 29
おいしく食べて愛する 32
コーヒーの伴侶は 35
チャイニーズスノーが降って来た 38
幸せな無駄が呼ぶ 41
なりきり五郎見参！ 44
芥川賞内緒ばなし 47
サヴァラン禁断の恋の味 50
カレー戦線異状あり！ 53
ローリエ愛は永遠に 56

トランプ大統領誕生の悪夢 59
ココナッツオイルぬるむ春 62
はちみつにトラップなし 65
神戸ビーフから逃げ切る 68
猿の子孫、カレーを食す 71
山田家総お大尽化 74
とろけるバターに溺れる 78
外人由来も良し悪し 81
のんき夫婦解説者を解説す 84
ジャンクフードもまた愛し 87
愛の解凍ありき 90
海鼠の王子様R.I.P. 93
よそのおうちで何するの? 96
我が家の舛添論議 99
恋の至極はスキャンダル 102
黄昏はシネマの時間 105

JB偲んで ソウルフード 108
美味をいただく サイン会 111
言葉も天ぷらも T.P.O. 114
都知事選 野次馬の楽しみ 117

リオに 神の街あり 120
炎上広告 現われて消える 123
SAYチーズ! で笑う 126
司法修習生 カビを語る 129
写真週刊誌に 愛憎こもごも 133
きのこ愛 ラプソディ 137
いとしの 豆腐エレジー 140
ハッピー ボブ・ディランナイト 143
イクメン父 いろいろ 146
来たれ! 朗読ジャズライヴ 149
昼飲みで 大統領選 152
挨拶の極意 NYC編 155

稲田大臣眼鏡の怪 159
都知事さん横文字愛好者 162
新年に万年の抱負あり！ 165
健康新常識続々誕生！ 169
ディスカバー新年の浅草 172
酒と薔薇とキモの日々 175
グレイトトウキョウどこに行く 178
「こいつ」のメモリアルデイ 181
お尻にキスするお国柄 184
ギャップがイカス政治家さん 187
困っちゃうよ迷スピーチ 190
セクシャルな似た者同士 193
いけいけ籠池さん 196
今夜は忖度カレー 200
ブームにノリノリすぐ落ちる 204
人は見た目が0パーセント 207

反、食のこだわり　210
独自にテレビジョンデイズ　213
神戸のホッピーマニア　217
プチ恋愛映画狂中学生　220
いとしの百貨店スペシャリテ　223
許さん！その言い回し　226
消えた木陰でくわばらくわばら　229
暴言議員恐怖の眉毛　232
星一徹くん！真実の姿　236
要アウフヘーベン！政治家さん　239
忍ぶれどMUCH LOVE　242
事実はドラマよりも奇なり　246
女性政治家難癖日和　249
猩猩蝿パンデミック！　252
言葉の小姑得度せず　255
ああ無情牛タンの地　259

魚屋さんで人間観察 262
山尾さん宛無責任エール 266
異国のみたらしチキン 269
ゲゲゲの夫婦ジャーニー 272

ホッピー愛エヴリウェア 275
成城石井詣ではどこまでも 279
リングサイドに御注目！ 282
大好き！妻びいき漫画 285
秋の日のTVニュースの溜息の…… 288
映画とカフェのお楽しみIN立川 292
ストーカー被害作家の場合 295
祝！神戸で初パンダ 298
ニッポンパクチーフィーバー！ 302
井の頭公園でプチええじゃないか 305
おつかれ同学年の小室くん 308
「日々は甘くて苦くて無銭なのに優雅」
—あとがきに代えて— 312

まだまだ続く 吉祥寺デイズ ——単行本未収録集——

村田沙耶香×山田詠美
「セックスする前に詠美さんの小説に
出会えて感謝しています」 318
山田詠美ロングインタビュー
「楽しい無駄があればあるほど
人生は豊かになっていく」 333
武田砂鉄×山田詠美
「二〇一八年のおっさんたちへ」 347

永遠のBEDTIME EYEZ 364
政治家さんは ママがいい! 368
痴漢防止に ぬかりあり! 371
懐かしの セネガル回想 375
さようなら 新潮45 378

※各見出しの脇に入っている年月日は、女性セブンに掲載された号数を表しています。

始まりはいつも
シャンパンの栓

2015/10/22

　初めまして。小説を書き始めて早や三十年になる山田詠美と申します。三十年と言えば、生まれたばかりの子が成長してお母さんになり、自分も二人くらいの子供を持ってもおかしくない年月。そんなにも長い間、こつこつと原稿用紙の枡目を埋めて来たのだなあ、脇目もふらずに……と思うと我身の健気さに涙が滲《にじ》む思いです……いえ、嘘です。

　いまだ手書きで原稿用紙に向っているのは事実ですが、こつこつというほど勤勉ではありませんし、実は、私は脇目の大家なのですから。何しろデビューしたのは、日本という国全体がまさにバブルの狂乱に飛び込んで行こうとする前夜祭のような時期。そして、二年後にいただいた直木賞の知らせの瞬間には、六本木のディスコのVIPルームでドン・ペリニョン（当時、港区のサイダーと呼ばれていた高級シャンパンです）のグラスを掲げて大騒ぎしていたという鼻持ちならない大馬鹿ぶり。人として処置なし、です。でも、あー、楽しかった！

しかし、あれから幾星霜。世の中は、すっかり様変わりしました。さまざまな試練にさらされ、どうにかくぐり抜けはしたものの、日本は、もうお金持ちではなくなったのです。出版業界もしかり。インターネットの普及で、活字の世界は息もたえだえの状態です。小説なんて、特にそう。一部の波に乗った人々以外の本なんて、あまり話題にもなりません。バブルのまっただ中に、私に飲めるソーダはドンペリだけだもーん、なんて豪語していた不遜極まりない小説家（はい、私です）は、とことん反省して自身を見詰め直し初心に帰るべきでしょう。

と、いう訳で、反省し、自分を見詰め直した私。いきなり謙虚に生まれ変わりました。すると、どうでしょう。昔、散々味わったドン・ペリニョンが、実は本当においしかったと再認識出来たのです。その美味を確認出来た時につくづく感じたのは、おいしさにも色々な種類があるということ。

あの直木賞発表の晩、浴びるように飲んだドン・ペリニョン。シャンパンとしての味の価値は、まったく解らない小娘の私でした。しかし、仲間たちとかけがえのない喜びを分かち合う酒としてのドン・ペリニョンの味は、学ぶことが出来ていたのです。どんなシャンパンでもなく、その他のスパークリングワインでもなく、ドン・ペリニョン。ドンペリと呼ばれ、通俗に落とされ、成金臭いと揶揄《やゆ》されながらも、どうしようもなく祝いの酒である美しい泡の湧く泉！　年齢を経て冷静に味わうようになれてから、ますます好きになりました。

……なんて、礼讃《らいさん》した後に何ですが、私の本当に好きなのは、ドン・ペリニョンではなく、クリュッグというシャンパンです。これまで何度か小説にも登場させているのですが、たいがい経験値の高い女が若い男に飲ませて官能的な味の何たるかを教えるのです。あのウルトラドライなワンシップ（ひとすすり）は華やかな衝撃とでも呼びたいものです。高価でなかなか飲めませんが。

と、このように、このエッセイ集では、料理や酒のみならず、人生で味わうさまざまな甘露《かんろ》と苦露《くろ》（造語です）、そこに酸味や辛味も加えて、書き綴って行きたいと思います。

そう言えば、昔、まだ子供だった姪がシャンパンの匂いを嗅いで、ゲロみたい、と言いました。そんな彼女が小学生の頃にコンクールで入賞した川柳が、これ。

「だんらんの始まりはいつもビールの栓」

今では、シャンパンの香りに首ったけです。

枝豆三段跳び

2015/11/5

残暑があったのかなかったのか解らないまま、もうすっかり空気は秋の気配です。このくらいの時期になると、ビールと枝豆の組み合わせにもすっかり季節外れ感が漂うようにも感じられますが、どうでしょう。いや、ビールは、その季節ごとに違う旨《うま》さがあるのだ！　ときっぱりと言って譲らないビール党の人もいるでしょうが、私は飲まないので解りません。しかし、枝豆に関しては、秋になっても、まだまだいけるよ、と言いたい。と、いうのも、友人が夏の終わりに、とっても美味なる枝豆を送ってくれるようになったからです。

秋深くなるまで収穫出来るというその枝豆の名は「毛豆《けまめ》」。文字通り茶色のかかった産毛に覆われていて、味が濃い。青森のブランド枝豆なのだとか。見てくれが良いとは言えないけれど、頼れる奴という感じ。どういう時に頼れるのかと言えば……とりあえずの酒のアテは欲しいが、ジャンクは嫌だという時に。ほっかほかの毛豆は、簡素でありながら心尽くしの極意を知る居酒屋さんの空気を運んで来る。

いいねっ、このお通し！　と言いたくなるような。

……なんて、私の枝豆の食べ方は、実は、お通しなどという気の利いた肴《さかな》に対するそれではないのです。普通、枝豆は、二十センチ四方くらいの袋に小分けされて売られていますが、私と来たら、それをひとりでぜーんぶ食べ切ってしまうのです。その量で一応おさまってはいますが、もし、もっと大きな袋で売られていたら、もっと食べてしまうかも。私にとっての魔のスナック、それが枝豆なのです。

止《や》められない止まらない……しかし、惰性で食べている訳ではありません。私は自分の内なる枝豆愛に突き動かされているのだ、と断言出来ます。それが証拠に、私は、家の外で飲食をする際、枝豆は頼みません。自分自身の手によって最上の味に仕立てるために家でしか食べないのです。

それでは、いかにして、その魅力を引き出してやるか。私は、その方法を「枝豆三段跳び」と呼んでいます。三種類の塩を三段階に分けて使用するからです。

実は、私は、自他共に認める（ごく狭い世界で、ですが）塩マニア。世界各国の塩を集めて二十数年。今や塩専用のクロゼットがあるほどのコレクターなのです。自分で購入したものはもちろん、友人知人の旅行の御土産、読者の皆さんからのプレゼントなどで、もう一生分以上あるでしょう。私のサイン会では、お花より塩のギフトを持って並んでくださる方のほうが多いくらいです。ほんと、感謝感謝です。

さて、話は枝豆に戻りますが、まずざるに空けてさっと水洗いした枝豆に、なるべく粒の粗い塩（ハワイの岩塩など）をまぶして、ざるの網目にこすり付けるようにして、汚れや産毛をこそげ落とします。次に塩を洗い流して、ミネラルいっぱいの出汁《だし》の効いた味の塩（ゲランドとか）を振り、コップ一杯の水と共にフライパンに移し、蓋をしたら火にかけ、沸騰してから六、七分。さあ、お湯を切って器に空けたら、旨味《うまみ》たっぷりのろく助の塩などを振りかけて出来上がり。少ない水で蒸し煮にするのは、料理家の小林ケンタロウくんのレシピによるもの。そこに私のホップ、ステップ、ジャンプを追加。

私の枝豆愛をバックアップする塩は天才です！　塩のクロゼットのおかげで、私、自動的に除霊出来ていると、霊能者の友人が言っていました。ほんとかな。

筋金入りの嫌いぶり

2015/11/12

秋が深まって行くにつれ、ほっとするのは、だんだん虫の姿が減って行くことです。いえ、正確に言うなら、虫とひとまとめにすべきではありませんね。蝶と蛾、と言うべきでしょう。

実は、私が、この世で一番苦手なものが蝶と蛾。小さな紋白蝶がひらひらと飛んで来るだけで、全身が総毛立つほど嫌いです。そう言うと、え？　蛾はともかく蝶々は、あんなにも綺麗なのに、と多くの人々に不思議がられます。そして、そのたびに私は反論する。あれは、綺麗なんじゃなくて、毒々しいんだよーっ、と。あれ？　あなた「蝶々の纏足《てんそく》」とかいう小説書いてなかったっけ、と首を傾《かし》げる人には、あれは二次元だからと必死に言い訳するのです（意味ないけど）。いや、たとえ二次元でも、蝶をモチーフに使ったすべてのアイテムを遠ざけたいくらいです。

それなのに！　激しく憎んでいるにもかかわらず、奴らは、何故か側にやって来て、私を恐怖に突き落とすのです。我が家の玄関前のエレベーターホールに巨大な雀蛾《すずめが》が産卵してしまった時のことは一生忘れられないでしょう。その場に立ち尽くしたまま、養老孟司先生（虫を熱烈に愛する学者さん。個人的なお付き合いはまったくありません）に求愛のお電話を差し上げたら助けてはいただけないか、と図々しくも本気で思案してしまったくらいです。結局、立ち寄った男友達にクリーンナップしてもらい、ことなきを得ました。

しかし、その後も蝶と蛾によってもたらされる受難が絶えることはありません。何故、死に場所にうちのバルコニーを選ぶ⁉　すぐ近くに井の頭公園があるではないか！　とか、そこに花壇があるのに、何故、通りすがりの私のバッグに止まろうとする！　とか……ふう、初夏から初秋にかけて気が休まることがありません。蛇よりも毛虫よりも蝶と蛾が苦手な私のように、人によって、さまざまな嫌悪の対象の生き物がいるようです。

作家の三島由紀夫は蟹が大嫌いでした。何しろ、その漢字すら嫌がっていたというから筋金入り。私の友人には、イクラ、キャヴィアなどの魚卵系がまったく駄目という人がいます。味の問題以前に形状の問題なのだとか。ちなみに、ドット柄も注視出来ないという徹底ぶり。自分を差し置いて言わせてもらいますが、偏屈な人、多いですね。

ここで、非常に気持悪い話を思い出しました。もうずい分と前のことですが、私の男友達が二人連れで、有名高級鮨店に行ったそうです。そこは、おまかせ中心で、握りの前に次々と美味なる酒の肴《さかな》が出て来るのですが、何番目かに供されたのが、まだ生きているりっぱな海老でした。

うっわ、旨《うま》そう、と思って手に取ろうとしたら、隣りの連れが彼の足を蹴って注意を促したのです。その視線に誘導されるまま、連れの手許を見ると、ひねって外された海老の頭の側から大量の白い消しゴムのかすのようなものが、わさわさとうごめいて出て来て、こぼれ落ちんばかりだったそうな。

二人は、突然、具合の悪くなった客とその介抱に追われる付き添い、という小芝居を打ちながら、ほうほうの体《てい》で、訝《いぶか》しがる店主に謝りながら、その鮨屋から脱出したそうです。

あれ以来、おれ、消しゴム使えなくってさー、と嘆く彼に、いや、問題視すべきはそこじゃないだろと諭す私です。

個人的
負けざる者体験

2015/11/19

時がたっても、まだ覚めやらぬであろう二〇一五年ラグビーワールドカップの余韻。にわかラグビーファンが急増しましたね。我が家も例外ではなく、夫と二人、TVの前に釘付けになりました。あの南アフリカチームに勝つのがどれほどすごいことか、と長年のラグビーファンが語るのを耳にして、初めて興味を持って引き込まれ、そして、我を忘れて熱狂したという人も多いかと思います。

しかし、それまでをまったく知らないので、今ひとつピンと来ないという人もいるでしょう。そういう方々にお勧めなのが、クリント・イーストウッド監督作品の映画「インビクタス―負けざる者たち」です。

これは、南アフリカ共和国で長い間続いた、悪しき人種隔離政策であるアパルトヘイト撤廃直後に開催された、一九九五年のラグビーワールドカップの実話を元にしたストーリー。その政策故に連盟に加入出来なかった南アフリカチームが、悲願の自国開催にこぎつけ、そして、なんと優勝する（しかも延長戦15対12！）という奇跡のような展開。

二十七年間の獄中生活から解放され初の黒人大統領となり、自国でのワールドカップを人種、民族融和の希望の象徴にしたいと尽力するネルソン・マンデラに名優モーガン・フリーマン、そのチームの真摯な花形プレイヤーにマット・デイモン、そこにイーストウッド監督の采配が加わるのですから、おもしろくない訳がないんです。

でも、その中で、モーガン扮するマンデラが決勝戦での強敵、オールブラックス（ニュージーランド）について、不安を隠せずに尋ねるシーンがあるんです。そして、その強さを知り呆れて呟く。

「ええっ⁉ 対日本戦は145対17⁉ そりゃすごい、新記録じゃないのか⁉」

と、正確ではない私訳ですが、すご過ぎて感心しちゃう……というようなニュアンスで肩をすくめるのです。うへー、どんだけ弱いんだ、日本！ と観ている誰もが思う、とほほな場面です。ところが！

ええ、皆さん御承知の通り、その最強チームを破って優勝した南アフリカに、このたびは日本が勝ったのです。我が国の長年のラグビーファンがてやんでえ、こちとら、もう昔とは違うんでい！ と突然江戸っ子じみた啖呵《たんか》を切ったであろうことは想像に難くありません。

映画は、人種を越えた歓喜の渦を追いながら感動的に終わります。しかし、この数年後、南アフリカの治安は最悪の方向に行くのです。自由と平等を手に入れるためには、どれほどの犠牲や痛みを伴わなくてはならないのか（アメリカの公民権運動も同じでしたね）。皮肉なことです。

実は、私、その一番ひどい時期に、世界で一番危険な都市と言われた南アフリカ北東部のヨハネスブルグにTVの仕事で長期滞在していたのです。その中心部の治安の悪さと言ったら！　何せ、道にずらりとロストバゲージとなったスーツケースが売られているのですから。もちろんひとりでは歩けず、私の両脇と後ろには、拳銃を構えた元革命軍の兵士三人がボディガードとして付いていました。この世の果てと呼びたくなるような光景にいくつも出会いました。

それなのに！　ソウェトと呼ばれる黒人居住区で、ひょんなことから私は、ひとつの家族に温かく迎え入れられ、手厚くもてなされたのです。スナックと共に出されたのは、何と赤土の欠片《かけら》。南アフリカ版の落雁《らくがん》とでも言いたい滋味でした。

2015/11/26

その場所禁止！

そこにあったらいけない食べ物って、ありませんか？　というのも、私、この間、うっかりして、キヌアを床にまいてしまったのです。キヌアは南米産の雑穀で、小さくて黄色い粟粒《あわつぶ》のような形状をしています。栄養価に富んでいて、体にも優しい、今はやりのスーパーフードのひとつと言えるでしょう。うちでは麦ごはんに炊き込んだり、スープに入れたりするのですが、プチプチとした食感が楽しい愛《う》い奴と思って使って来たのでした。

しかし、夫に手伝ってもらって、台所の床に散らばったキヌアをペーパータオルでひと所に集めている内に、ふと思ってしまったのです。これ、何か変な虫が産み落として行った卵みたいじゃない？　って。黄色くて、プチプチしていて、しかも大量。そう思い付いた瞬間に、ぞわぞわと皮膚が、それこそキヌアのように粟立ってしまったのでした。何故⁉　鍋や食器の中にいてくれたら、あんなにも好ましい存在なのに！

以来、私は、キヌアを口に入れられなくなってしまいました……と言いたいところですが、そんなことはありません。しかるべき場所にあれば、やはり愛すべき食べ物。この辺は、脳に正しくインプットされた情報が、きちんと開示されるしくみになっているようです。

それでも、私と来たら、何かの拍子に、この場所にこれがあったらいかーん！と突然思い付いたりして、勝手に恐怖を覚えては、あせるのでした。

たとえば、海ぶどうが窓に貼り付いていたら……ええ、あの沖縄のちっちゃなぶどうの房が寄り集まったあの海藻の種類が。あるいは、車のタイヤの下にタタミイワシが敷いてあったらどうでしょう。ちなみに、タタミイワシは漢字で「畳鰯」ですが、私は、この字面を見ているだけで、何とも言えない残忍さを感じてしまうのでした。いや、焙《あぶ》ってマヨネーズと共にお皿にのっているのなら、舌なめずりするだけなんですけどね。

その他にも、シャンプー台にぶちまけられたモズクとか、子供用プールに浮かぶ殻付き落花生とか、草むらに投げ捨てられたウナギとか、道端にこぼしてしまったもんじゃ焼きのタネとか……どんなシチュエイションだったら、その事態が引き起こされるというのだ！と言いたくなるようなやくたいもない想像力をたくましくして、身悶える毎日です。

そう言えば、私の実家のある栃木県には、初午《はつうま》の日に稲荷神社に供える「しもつかれ」という郷土料理があります。鮭の頭と細かく切った野菜を大根おろしに混ぜたもので、とってもヘルシー。しかし、これ、見た目があまりよろしくないんです。

実家では、その時期、どなたかの家でこしらえたもののお裾分けに与《あずか》るのですが、栃木出身の母は大喜びして舌鼓を打つのが常でした。郷土愛に満ちた幸せな食卓風景……だったのですが、ある時、東京生まれ東京育ちの父が言ったのでした。

「ママの食べてるそれ、下に落とさないでよ。床にあったら猫のゲロと見分け付かないから」

母、大激怒。幸せな食卓風景は一変し、深く反省した父は、それ以来、しもつかれに敬意を払うようになりました。決して口は付けていないようですが……。

TV番組か何かで、自分が決して口に入れることのないモツ煮込みを見る際にも必ず、はらわたか……、と呟く父。私、父似です。

はちみつナイスジョブ

2015/12/3

はちみつ。漢字で蜂蜜と表記するよりも、ずっと甘くせつないガーリーな感じが漂います。しかし！　そんなイメージとは裏腹に、我が家ではとっても頼もしい縁の下の力持ち。普段の私の料理においての最強の相棒なのです。

酒飲みのせいか、あまり甘いものを好まず、白い砂糖もうちの台所には置いてありません。料理に甘みが必要な場合は、薄茶色のきび砂糖やメープルシロップ、そして、はちみつを使うのです。

中でも、はちみつは必需品。え？　はちみつを使う料理って、そんなに沢山あったっけ？　と首を傾《かし》げる人もいるかもしれません。実は、私が使うはちみつは、はちみつであって、既にはちみつではないのです。

それでは、いったい何なのかというと、「万能隠し味」とでも呼ぶべきもの。照り焼のたれや煮物などに加えるのは普通かもしれませんが、私と来たら、カレーにもシチューにも炒《いた》めものにも、これは、え？　と驚かれるのですが味噌汁にも入れてしまうのです。ただし、ほんの少し。はちみつだと絶対に解らない程度に、たらーりとたらすのです。すると、甘みよりも、むしろコクが加わって、ひと味違う美味に変身。下ごしらえの段階で肉にもみ込んで置くのも良いし、天ぷらの衣にひとたらししてもいい。ほら、西瓜《すいか》やお汁粉の甘みを引き立てるために、ひとつまみだけ入れたりする塩のような心持ちで、はちみつ！

あ、今、思い出しましたが、バーモントカレーというリンゴとはちみつ入り、市販のカレールーがあったんでした。確か、その昔、ヒデキ感激っ、とか言っていた……私の多岐にわたるはちみつ使いを知ったら、ヒデキは、もっと感激することでしょう。ちなみに、西城秀樹さんの還暦パーティでは、招待されたファンの方々に記念のプレゼントとして、バーモントカレーが配られたとか。カンゲキとカンレキをかけたそうな……大スターに相応しい駄洒落です……って、そうなのか。

私が中学の頃、今で言うところの女子力がとっても高い女の子がいました。いつも良い匂いがしていて、ふっくらした唇はつやつや。男子は皆、気が付かれないように彼女に注目していました。何が恥ずかしいのか自分の彼女への関心をつとめて隠そうとするのです。どんな自意識の発露なんでしょう。中二病というやつなのか。おれは他の奴らと違って、こんな女にはまどわされないもんねっ、というアピール故に、妙にぶっきらぼうな態度を装ってみたり、しかし、それに失敗して挙動不審になってしまったり。

生徒だけでなく、男性教師も、またしかり。その子に対して、うっかり相好を崩してしまった自分を恥じるかのように、急に難しい問題を当ててみたりしてさ。

そして、昔も今も、鋭く、そして性格の悪い観察者であろうとする私は見たのです。彼女が給食時に出たはちみつ（小さな透明のチューブに入っている）をパンではなく、食後、自分の唇に塗っている現場を。

俄然、興味を持った私は彼女に接近し、さらなる情報を仕入れたのです。コロン代わりにその子は、ケーキ作りの時のバニラエッセンスを耳許に着けていた！　彼女は本物のお菓子だったのです。

早速真似をした私でしたが効果は出ず、数十年後、豚肉にはちみつをたらしている次第です。そして、大人になったあの子の前歯は虫歯です（臆測）。

リコッタチーズで眠くなる

2015/12/10

私の実家の人々は、皆、とっても食いしん坊。豪華なものを好む美食家はひとりもいませんが、それぞれ思い入れある食べ物には一家言あるようです。

そのひとりである末の妹の口癖がこれ。

「おいしくって眠くなっちゃーう！」

隣りでそれを聞いている彼女の娘が、すかさず目を閉じてうつらうつらする真似。つい深い眠りに引き込まれ、首を振り過ぎて近くの何かにガーンとぶつかってはっと我に返るというお約束の演技まで引き受けます。

それに合わせて、私も音響効果を担当し、寝息から鼾《いびき》に変わる、クークーガーッという鼻息なんだか唸《うな》り声なんだか解らない不気味な音を振り絞ります。まったく……何やってるんだ、山田家！　と、訪ねた人の誰もが呆れる光景です。

妹が言うところの「眠くなっちゃう」おいしさとは、どうやら、とろーりとした乳製品由来のものが多いようです。クリームシチューとか、ヴァニラアイスクリームとか、カスタードプディングとか。色は、白から黄色へのグラデーション。豊かな香り。こっくりと織られた生成りの毛布で舌全体が包まれる、そんなイメージでしょうか。書きながら思い浮かべている私も幸せな気持で眠くなってしまいそうです。

その流れで、私が眠くなる食べ物を選ぶとすれば、裏漉《うらご》しタイプのリコッタチーズでしょう。コクの固まりでありながら、ほとんど無味と言えるほど淡白。でも、このチーズ、他の食材と合わせると、ものすごい実力を発揮するのです。

特に果物。今頃はもう無花果《いちじく》も梨も店頭から消えているかもしれませんが、これらにぽとんとのせると本当に美味。冬にかけては、柿も合う筈。果物ではありませんが南瓜《かぼちゃ》やさつまいものふかしたものにもぴったりです。実は、私は喉が狭いせいか、ほくほくした食感のものが飲み込めなくて苦手なのですが、リコッタチーズの助けがあれば、もう怖いものなし！

しかし、私が思う最高の組み合わせは別にあります。それが生ハム。グラハムクラッカーのような甘みのない土台に、ぽってりと落とした室温の裏漉しリコッタチーズ、そして、その上に、くしゃくしゃに丸めた生ハムを埋め込むようにしてのっける。さらに、その上から、はちみつをたらーり。そのまま口に運べば、眠くなって、そのまま天国……に行っては元も子もないので、途中で目覚めて舌鼓を打つのです。引き続き「はちみつ　ナイスジョブ」。ちぎったイタリアンパセリでてっぺんを飾れば、お客人を喜ばせる絶品スナックとなるでしょう。

チーズケーキなどのお菓子類や、ラザニアなどのイタリア料理の原材料として扱われることの多いリコッタチーズですが、実はスプーンですくうだけで、速攻の美味を約束する頼もしい奴なのです。そして、南瓜の例をあげたように、私にとっての苦手な食べ物を格上げする助っ人でもあります。

何年か前、イタリアに行った時、ズッキーニの黄色い花にリコッタチーズを詰めてフリットにしたものを食べたのですが、そのおいしかったことと言ったら！　実は、私は、料理に使う花は菊以外許さん、と断ずる頑固者。だって、大嫌いな蝶を連想させるんですもん。近頃はやりのエディブルフラワーなんて、もってのほか。リコッタで埋め尽くして下さい！

2015/12/17

おいしく食べて愛する

食欲と性欲には共通点があるとは、よく言われることです。実際、自分の食欲を表明する際に口にする「食べたい」という言葉は、しばしば性欲を訴える時にも使われたりします。まあ、たいていは品のない「食った」という過去形だったりする訳ですが。

アメリカの俗語でも似たようなものです。性欲がらみで"eat"という言葉が登場する場合、それは、オーラルセックス（男から女への）を表わすことがほとんど。ちなみに、女から男への場合はブロウ（"blow"＝吹く）や、もっと下品にサック（"suck"＝吸う）なんていうのを使います。あ、このサックですが、男同士の喧嘩で相手を挑発する場合の決まり文句には必須です。"Suck my dick!!"（おれの〇〇をしゃぶりやがれ!!）のように使うのですが、何故、喧嘩上等ではったりをかます時に、そんなことを言うのかは、いまだに解りません。私のゲイの友人は、映画などで、セクシーな俳優がそう叫ぶたびに、「まかせなさい！」と、スクリーンに割り込みたくなるそうです。

食と性に同じ言葉を用いることがたびたびあるのは、体のはしばしのセンサーがキャッチしたものを、粘膜によって具体化する点で共通だからかもしれません。

私も数々の小説で、そういった場面を描いて来ました。男と女がものを食べながら、同時に目の前の相手を欲して行くそのさまを。そして、欲望をあおるという一点で、食べ物の香気と人間の匂い立つ魅力がイコールで結ばれるその一点を。

それらを描いて、今も飽くことはありません。たぶん、私は、食べ物に関しても人間に対しても、食いしん坊なのでしょう。白い豊かな蟹の肉にレモンを絞り、そのまま、それをどっぷりと黄金色の溶かしバターに浸した時の男の指。はたして、美味であるのは、蟹かはたまた、バターで汚れた指の方なのか。なーんてことを、しつこくしつこく丹念に描写するのが大好き。まあ、そのせいで、デビュー作からしばらくは顰蹙《ひんしゅく》を買っていたのですが、さすがに三十年間もやり続けると、もう誰にも何も言われなくなりました。今では、お家芸と自負する図々しさです。

そんなふうに、食と性をつなぐエロティシズムに魅入られ続けている私ですが、見るたびに勘弁してくれーっ、と目を逸《そ》らしたくなるものがあります。

それは、男性週刊誌のグラビア。何故か、ものすごく生々しい女性のヌード写真の裏にグルメページが来ていることが多いんです。ギリギリOKな下着に包まれた下半身のアップにげんなりしながらページをめくると、有名人お勧めの鮨の、これまたアップだったり、湯気の立った鍋でしゃぶしゃぶする寸前の薄くひらひらした生肉だったり。うえーっ、言っとくけど、これ、私のお気に入りの食と性の融合とは全然違うから‼　こう感じるのって、男と女の違いなのでしょうか。身も蓋もないじゃん！

バブルの頃、六本木の某ホテルのレストランの壁はガラス張りでした。ガラスの向こう側は水。巨大な水槽かって？　いいえ、ホテルのプールなんです。つまり、食事をしている真横で、ガラス越しに泳ぐ人々の体（主に下半身）がゆらゆらしているんです。当時はやっていたハイレグ水着の六本木ギャル（死語？）の脚線美が何本も何本も……きゃー。

私にとっては悪夢の竜宮城でしたが、連れの男は大喜び。今も昔も男目線ってやつは……やれやれ、です。

コーヒーの伴侶は

2015/12/24

年に何度か、夫と関西で落ち合って休暇を過ごします。兵庫県で生まれ育って、今、実家が大阪の枚方《ひらかた》にある夫の里帰りに合わせて、私が少し遅れて追いかけるという格好。ここのところは、もっぱら神戸で待ち合わせます。

神戸は、私たち夫婦が今、一番くつろげる街と言っても良いでしょう。どこが好きかと問われても、上手くは説明出来ないのですが、しいてあげれば、あの独特の空気感でしょうか。そう、独特でありながら独特過ぎない、あの風通しの良い感じ。「イケズ」とも「コテコテ」とも違う、ゆったりとした心持ちで旅行者であるのを楽しませてくれる懐《ふところ》の広い街。十代をそこで過ごした夫も同じように感じるらしいので、まんざら、よそ者特有の旅愁でもないようです。

新神戸駅のホームに降り立った瞬間に、いつも山の空気と海からの風を同時に吸い込み、また来ちゃった、てへっ、とその昔に棲息《せいそく》していたうざったい女みたいにペロンと舌を出してしまう私なのでした。

常に新幹線の到着時刻に合わせて待っていてくれる夫ですが、そんな妻との再会を両手を広げて喜ぶという訳でもなく、ただひたすらばつが悪そうに、のっそりと立っています。

今回、たまには映画のワンシーンのようにドラマティックに演出してみようと、彼に駆け寄り抱き付いて、片足をぴょんと後ろに蹴り上げてみたのですが成功せず、ラグビーのタックルか相撲のぶつかり稽古のようになってしまいました。でも、めげたりなんかしません。大好きな街で休暇を過ごすために来たんですから。

ところで、私は、小説家らしく気取って「空気感」などという言葉を出してしまいましたが、関西に来たんだなあと実感するのは、ほんの些細なことがきっかけだったりもします。

たとえば、よく言われることですが、エスカレーターに乗る時、どちら側に立つか、とか(京都は東京と同じく左、大阪、神戸は右のようです)。うどん、蕎麦類のきつねとたぬきの違いとか（この辺は、もうごっちゃになっていて解りません）。その他、色々。

翌朝の朝食をルームサーヴィスで取りたいと思い、予約の電話をした時のことです。飲み物を聞かれてコーヒーと言った私に、係のおじさま（たぶん）は、こう尋ね返しました。

「コーヒーにお付けするのは、ミルクとフレッシュのどちらになさいますか？」

フレッシュ！　これぞ関西圏にしかない名称です。東京では、「スジャータ」などの商品名で呼ばれるコーヒー用クリームのようなものでしょうか。ちびっこのポーションに分けられている、あれ。ミルクと呼ばれながらも、実は植物性。体に悪いと近頃では不評を買っているようですが、乳製品アレルギーに加えて豆乳嫌いの知人は、実に重宝しているとのことでした。料理の隠し味にも有効とか。ともあれ、フレッシュと聞くと、あー、関西に来たんだなあ、としみじみしてしまうのでした。

私はコーヒー好きですが通ではないので、冷たい牛乳をたっぷり入れて飲みます（猫舌です）。

子供の頃、舌に苦いからと親に禁止されていたコーヒーを、こっそりおいしくいただくために私が発明したのは、まだ赤ちゃんだった下の妹の粉ミルクを、かすめ盗《と》って投入する飲み方。あのふくよかで幸せな味は、赤ん坊回帰への切なる願いだったのでしょうか。今でもドラッグストアの店先で、自分のための粉ミルクを購入する誘惑に駆られる私です。やばいですかね。

2016/1/1

チャイニーズスノーが降って来た

引き続き、すっかりお気に入りの街となり、夫婦で通っている神戸のことをまた少し。

私が改めて言うまでもなく、おいしいものが沢山ある街です。ガイドブックで気になった店を訪ねてみたり、散歩の途中で勘を働かせて立ち寄ってみたりした結果、私たちにも、そこに行かなければ神戸に旅した甲斐がないと思える、とっておきの場所がいくつか出来ました。

それは、パリを彷彿《ほうふつ》とさせるカフェであったり、波止場のおっさんたちの集う飲み屋であったり、いかにも神戸らしい洋食屋さんであったり、B面の神戸（笑）と呼ばれる新開地の昼飲み居酒屋であったり……そんな中でも、中華料理のおいしさは群を抜いていて、正反対のタイプの二つのお店をこよなく愛し、毎度、足を運んでいます。

ひとつは、ニューヨークのマンハッタンによくあるタイプの、シンプルで洗練された、中華料理店と呼ぶよりは、チャイニーズレストランと呼びたくなる、ワインに合うプレイトを出してくれる店。海老のすり身を塗り付けて揚げたシュリンプトーストとグラスを露でくもらせた冷たーい白ワインの組み合わせはたまりません。そして、もうひとつは、ザッツ伝統的中華。こちらは厨房《ちゅうぼう》で飛びかうパワフルな中国語も香辛料の一部となって食欲をそそる街の食堂です。必ずオーダーするのは、ねぎソバ。

ここで、私たち夫婦の少々恥ずかしい秘密を打ち明けなくてはならないのですが、実は、二人共、可愛らしいものが大好き。小さな縫いぐるみやマスコット人形に目がないんです。見ると欲しくなる気持を、我が家のインテリア崩壊を危惧して、ぐっとこらえること多数回。でも、誘惑に負けて、ついふらふらとリラックマグッズなどを購入してしまうのです。

そんな私たちが、共に暮らし始めた頃から大事にしているのが、友人のアーティストの作った白い猫のマスコットです。十五センチほどの大きさで、はかなーい風情。まるで、すぐ溶けてしまいそうな雪を思わせるから、その子の名は、スノー。

以来、山田家では、小さくて愛くるしく、「かそけき者」と呼びたくなるものすべてにスノーと命名。特にちっちゃな赤ちゃんや、つたない幼児などを、粒スノー、ごまスノー、豆スノー、ビッグスノーなどと臨機応変に対応して呼び分けています。

歌も作りました。お母さんの運転する自転車に乗せられたスノーが私たちを通り過ぎて行く時に、小さな声で控え目に歌うのです。

「スノー、スノー、
スノー、スノー、
みんな大好き、とっても可愛い
スノー、スノー」

馬鹿？　ええ、そうです。私たちの住む吉祥寺に出没する夫婦妖怪として警報が出されているかもしれません。

話はねぎソバに戻りますが、このスープが絶品なのです。コクがあって風味絶佳であるのに、澄み切った、あくまで清らかなスープ。

れんげを口に運ぶ夫が、ふと手を止めて世紀の発見をしたように言いました。

「こ、これは飲むスノーだ……」

深く深く同意する妻。続いて今度は蒸籠《せいろう》の中に食べるスノーも発見！（小さな海老シューマイです）すいません、ほんと変な夫婦で。

2016/1/21

幸せな無駄が呼ぶ

皆さん、あけましておめでとうございます。昨年末は、パリの同時多発テロなどもあり、不穏な空気を残したまま暮れて行ったという印象でしたが、今年こそは、明るい光が差し込みますように。

……などと、期待を胸に抱いて迎えた二〇一六年ですが、早くもあんまりおめでたくない話が耳に飛び込んで来ました。

実は、年始の挨拶を兼ねて、古くからの友人の家を訪ねがてら、小旅行を楽しもうとしていたのですが、その彼女から、今、来ない方が良いかもよ、という返事。驚いて訳を問うとこんな事態が起っていたのです。

友人の家は、ある大きな総合公園の近くにあるのですが、そこは、木々や草花の緑に恵まれた、それはそれは心なごむ美しい場所。私も大のお気に入りで、遊歩道を散歩する際の緑の天井から降り注ぐ木洩れ日を、勝手に、わたくし的世界遺産と名付けていたほどでした。秋の、色付いて黄金色になった葉が、はらはらと落ちる様はもちろんのこと、冬の、きん！　とした空気を突き刺すように伸びた裸の枝々も、まるでベルナール・ビュッフェの絵のようにアーティスティックで美しかった。四季の恵みが人々に滋養を与えていたのです。

ところが、です。東京オリンピックの準備という名目で、それらの木が全部伐採されているとのこと。容赦ないチェーンソーの音と共に、何十年もかかって美しい姿をものにして来た林や並木道が丸裸になってしまったと、友人は嘆くのでした。彼女には高齢のお母さんがいるのですが、変わり果てた風景をながめて、こう呟いたのだそうです。

「空にも砂漠があったのねえ……」

私は、それを聞いて、少し涙ぐんでしまいました。もしかしたら、お母さんは、東京オリンピックを見る前にこの世を去ってしまうかもしれません。それなのに、緑の心落ち着かせるヴェールをはぎ取られて茫漠《ぼうばく》と広がる砂漠を、この先、毎日、見上げなくてはならないなんて。そして、その、まだ小さい御孫さんは、緑を奪われた場所で幼少期を過ごして行くことになる。なんと、せつないことでしょう。高度成長期の時代じゃないのに！　日本は、もう、前回の東京オリンピックと同じ日本ではないのです。先進国として示すべきものがある筈なのに。

この国は、どうも、効率やら合理性などばかり追求する傾向があるように思います。そして、なるべく無駄を排除して、ゴージャスもどきに取り繕《つくろ》う。本物のゴージャスさとは、お金だけの問題ではないのです。美しい無駄を作ることなのです。そして、その積み重ねこそが豊かさを生み、文化を結晶化させるのです。

科学や医療の分野の研究費も結果を待たずにケチろうとする。それが成功すれば大騒ぎし、効果を見なければ、無駄づかいとののしる。大学で文系はいらない？　文系の視点から生まれるロマンスなしに、優れた理系の研究が成立するでしょうか。ケチくさいったらありゃしない。

ところで、私たち夫婦は新しい年を妻の実家で迎えるのが恒例です。そこで過ごす数日間に美しい無駄は欠片《かけら》もありませんが、楽しい無駄なら山ほどあります。

その内のひとつが深夜のカップ麺大会。妹や姪たちが買いためておいた、さまざまなカップ麺を回し食べして味の評価を下すのです。日頃、化学調味料と無縁の私たち。強い旨味《うまみ》にくらくらしながらも、ささやかな無駄づかいに快哉《かいさい》を叫びます。

なりきり五郎見参！

2016/1/28

このところ、「なりきり五郎」が増殖しているとは思いませんか。ええ、TVドラマ化されて以来、じわじわと好評を博し、今では熱狂的ファンを持つ、漫画「孤独のグルメ」の主人公が、井之頭五郎です。そして、五郎に影響を受けて、自分も同じように、ひとりで食べ物屋さんに入り、彼のスタイルそのままに、頷きながら、じっくりと舌鼓を打つ。そういう男たちを、私は、「なりきり五郎」と呼んでいるのです。

深夜放送されるTVでは、夜食テロと呼ばれるほど、おいしそうに食べる松重豊さんが好演していましたが、「なりきり五郎」たちは、漫画の五郎より、こちらのたたずまいを参考にしているようです。漫画のクールさより、実写のユーモラスな感じの方が、より近付きやすいということでしょう。

でも、私、目撃するたびにいちゃもんを付けたくなるんです。あんたは、松重じゃなーい！ ダークスーツ着ていれば良いってもんじゃなーい！ って。

この間も出現しました。私と夫が焼鳥屋で大食いぶりを発揮していた時のことです。そこは、極めて大衆的な店で、大きなガラスの引き戸から中の様子が丸見えなのですが、その前に立ってどうするべきか考え込む男の姿が。まさに、それは井之頭五郎そっくり！　うーむ、焼鳥か……ここ、案外いいんじゃないか……という心の呟きが聞こえて来そう。御約束の、いかにもサラリーマン風なスーツにステンカラーコート。ガラリと戸を開け、物慣れない風情で店内を見回しながら入って来る感じもゴローナイズされてる！

その「なりきり五郎」さんは、私たちしかいないカウンターに、三つくらい席を空けて座りました。そして、おもむろにおしぼりを使いながら、お運びのおねえさんに尋ねたのです。

「えっ…と、ここは何がおいしいんですか？」

困惑するおねえさん。解ります。だって、しつこいようですが、そこは、極めて極めて大衆的な焼鳥屋さん。写真付きメニューがラミネートでコーティングされているようなところなのです。皆、それぞれの好みを頼めばそれで良し。わざわざ、おいしいものやお勧めのものを聞く場所でもないでしょう。

案の定、おねえさんは、どれもおいしいですよーと、わりとどうでも良く返しました。しかし、それにひるむことなく、メニューのあれこれについて質問を重ね、ゆっくりとどう攻め込むか作戦を練っているらしい五郎（仮名）。そして、その横で、聞き耳を立てながらも意に介さないふりをして、ホッピーをごくごく飲みながら、もりもりと食べる「力石」な夫婦の私たち（あ、間違えた。これ、同じ久住昌之さん原作でも「食の軍師」の方のキャラでした）。

やがて、おなかもいっぱいになり、なりきりさんを観察するのにも飽きた私たちは御勘定をしてもらい外に出ましたが、振り返りざまに見た彼には、まさに井之頭五郎が乗り移っていました。ぼんじり（鳥のお尻のとこの肉、美味！）の串を手に、うん、ウマイ、ここ、アタリ！　という台詞《せりふ》を口にしたに違いありません。

と、ここまで「なりきり五郎」をからかって来ましたが、私、決して嫌いじゃないんです。あのバブル時代にはやったグルメ評論家もどきたちよりは、ずっと可愛気がある。「まったり」という言葉を照れもせずに使っていた男共を、私、真底憎んでいたんです。料理を前に「良い仕事がしてある」とか言ってましたよね。自分こそ仕事しろよ！　です。

芥川賞内緒ばなし

2016/2/4

またまた芥川賞の新しい受賞者が決まりましたが、このたびもあちこちで話題になっているに違いありません。世に文学賞と名の付くものは数多くあれど、芥川賞、直木賞ほど世間を巻き込んで、社会的な話題を提供する文学イヴェントは他にはない、と言って良いでしょう。日頃、読書とは無縁の人々をも引き付ける影響力をいまだに持っている。ええ、この出版不況が叫ばれている時代に。昨年（二〇一五年）の又吉直樹さんへの注目度は、本当にすごかった。

私は、もう十二年ほど、この賞の選考委員を務めています。就任時には、三島由紀夫の次に年少の選考委員だったそうですが、実は、私は直木賞受賞者。芥川賞をもらってはいないのでした。主催者側事務局の英断なのか何なのか……でも、かえって気は楽で、部外者の若者（いや、世間的には若くはないのですが）よろしく、文豪とも呼びたい先輩方の末席につらなり、自由に、時に傍若無人に意見を述べさせていただいて来ました。そして、そうしている内に、いつのまにか古株の選考委員になりつつあるのです。年を取るのって、ほんっと、あっと言う間ですね。

さまざまな小説家の受賞の瞬間に立ち会って来ました。経済的なことも含めて、受賞によって人生が変わるというのが決して大袈裟ではないのが見ていて解ります。良い方に変わった人もいれば、悪い方向に行き始めた人もいる。でも、お祭り騒ぎの後に、気持を切り替えて謙虚さを取り戻せばいいんです。自分の仕事を誠実にこなして行く気がまえさえあれば。

でも、時々、ケッと思ってしまう受賞者もいます。その人への授賞を後悔することはありませんが、選考委員も人間ですから、その後の言動にムカッとするのは仕方がないでしょう。

私が一番腹立たしく感じるのは、別に欲しくもないのに賞の方からやって来た、みたいなことを言う人。だったら辞退して賞金を返せば良いのに、と思います。それ、出来ます。むしろ話題になって芥川賞のためにも良いかもしれません。

私たちの業界以外の人々にはあまり知られていませんが、候補に上げられた段階で、それを知らされた作家はメディアへの発表前に辞退することが出来ます。マスコミ騒ぎなどが嫌な場合はそうすれば良いのですが、後々文句を言う人に限って、自分の名前だけは、しっかりと出したがる。これ、芥川賞が実は新人賞であるという事実と共に、世間的には知られていません。私たちは、最優秀新人賞を選んでいるようなものなのです。ゴールじゃなくスタートって訳。

選考委員に対する逆恨みも数知れずあります。でも、私の選考委員歴は、公募の新人賞も含めると四半世紀にも上るので、ぜーんぜん動じません。新人賞選考委員の初めの頃なんか、おまえのような小娘ごときに選ばれたくない、と呪いの人形やら脅迫状やらを散々もらいましたから、嫌がらせに関してはパンチドランク状態なんです。

文學界という雑誌の新人賞選考委員時代は、終了後、受賞者も含めて全員で我が家に来て飲んだくれました。その時はもう無礼講。途中、おなかが減ると、やはり選考委員だった島田雅彦がうちのキッチンに立って夜食を作ってくれたものです。沖縄料理の麩チャンプルーが旨かったー。でも彼の料理はたまに創作が過ぎて微妙な味になったことも。そんな歴史をくり返して、今、私たち、二人共、芥川賞選考委員です。

サヴァラン
禁断の恋の味

2016/2/11

二〇一六年が明けてまもなく、発覚するやいなや、いっきに駆け巡った既婚の男性ミュージシャンと人気女性タレントの熱愛スキャンダル。そう、言わずと知れた「ゲスの極み乙女。」のヴォーカルとベッキーに関するものですが、久々のゴシップらしいゴシップとして、メディアが大騒ぎをしています。私の周囲でも、あーでもない、こーでもない、と、その禁断の恋の顚末《てんまつ》に、余計な御世話と知りつつも考察を述べてみる人、多し、です。

私もその内のひとりだったりする訳ですが、非難なんかするつもりは、まーったくありません。某情報番組で、コメンテイターの人々が「真面目でいつも元気なベッキーのクリーンなイメージが……」などと言っていたので、びっくり仰天してしまいました。三十路《みそじ》過ぎた女にいったい何を求めてるんだか……と呆れたのです。まっさらな筈、ないじゃありませんか。もし、これまでの人生に苦い経験のひとつもなかったら、そっちの方が気持悪いよ！

子供の頃は、真面目でいると、良い子ねーと誉められます。しかし、いい年齢《とし》過ぎたのに真面目のままだと、こう言われるのです。

「ねえ、なんでそんなに真面目なの？」

軽率な行動のせいでCMも打ち切られる危機にあるとのことですが、何故？　ベッキーの浅はかさが気に食わないからローソンになんか行くもんか、と決意する人が続出するとでも思うのでしょうか。まさか？　恋なんて浅はかで軽率だから、そして、そこに分別のある大人がはまり込むから楽しいんじゃありませんか。あ、こんなこと書いているからといって、別に擁護してるのではありませんからね。不倫という言葉を使い、他人の道ならぬ恋を非難して正義の味方ぶるのが嫌なだけ。それを踏まえた上で、あえて他人事を無責任に口の端《は》に上らせておもしろがる、ええ、私やその周囲は、そういういい加減な輩ばかり。

それにしても「ゲスの極み乙女。」が、こんなにも全国区のブームになるとは、びっくりです。通好みのままかなーなんて思っていたので。

実は、このバンド、私の短編小説にも登場するのです。レトリックとして、ほんの少しなのですが。それを書いた二〇一四年には、まだ大ブレイク寸前といった感じで、紅白歌合戦に出場するなんて考えられないことでした。まして、週刊文春にスキャンダルを書きたてられるようになるとはねー。これも一種の先見の明かもね、と自分で自分を誉めつつ傍観している次第。

今年刊行される予定の短編集に収録されるその短編の題名は「サヴァラン夫人」といいます。そう、あの美食の権威、ブリヤ・サヴァランから来ています。「どんなものを食べているか言ってみたまえ。君がどんな人間であるかを言いあててみせよう」という、あの発言の主です。その言葉から端を発する奇妙なショートストーリーを切れ味良く描いた珠玉の短編（笑）なのでした（自画自讃のため、再び笑）。政治家でもあった偉いサヴァラン先生、他にも鋭い格言を沢山残しているのですが、我々市井《しせい》の者たちが彼を知るのは、その名を冠したケーキやチーズによってでしょう。

ラム酒に浸されたあのケーキの香り高さと言ったら！　子供の頃、初めて口に入れた瞬間に酒飲みの自分の未来が見えましたもんね。父のブランデーを失敬してカステラにかけて、むせたものです。後に父に白状したら、犯人は、お姉ちゃんだったのかと驚かれました。犯人て……。

2016/2/18

カレー戦線異状あり！

日々の料理をほとんど嫌と思ったことのない私ですが、今晩の献立、何にして良いのか解らなーい！　と叫びたくなることはしょっ中です。ひとり暮らしなら、うんと手を抜いた簡単ごはんで十分なのですが、やはりこの人にそれじゃあ可哀相かもなあ、とちらりと夫を見て訴えると、彼は必ずこう言うのです。

「あ、迷った時は、いつでもカレーでいいからね」

そう、世の中の多くの男性諸君同様、私の夫はカレーが大好き。夕食の残りを翌日の朝ごはんとして食べ、仕事に行き際、こう言い残すことも忘れません。

「まだ鍋にあるカレー、帰って来たらまた食べるから取っといて」

晩、朝、晩、三食カレー‼　……何故、飽きない⁉　と毎度のことながら驚く私です。それなら、少しでも目先の変わったカレーを出してやろう、と思わないでもないのですが……いいえ、付き合い始めの頃は、手を替え品を替え、頭の中のレシピを総動員して台所に立ったものですが、すぐに、あまり意味がないと悟りました。

どうやら男の人って、お母さんの作るような普通のカレーが大好きみたいなんです(男友達にリサーチしたら、皆、そう言ってました)。

実は、昔、インドに二週間ほど滞在して、朝昼晩とカレーを食べ続けて五キロ太った私。カレーに関してはすっかり自信を付けて帰って来たんです。本格を学んだ自分?　みたいな感じで。ちなみに、同行した編集者は、暑さ(気温五十度超!)とスパイスにやられて五キロ痩せてしまい、ものすごく具合が悪そうでした。そんな彼女を横目で見ながら、心配すると同時に、ふっ、弱っちいわね、この国とカレーに選ばれた私を見てごらん、おほほほほ、と心の中で高笑いを禁じ得なかった性格の悪い小説家(私)は、砂嵐で遭難しかかったタール砂漠でオイル塗って陽灼《ひや》けにトライしていたのでした(救援隊に死ぬぞ!　と叱られましたが)。

そんな過去を持つ私でしたから、独自に味を追求しながらインド風カレーを作り続けて来ました。

手順の最初は、鍋でクミンシードを空煎《からい》りすること。弱火で根気良く鍋を振っていると、何とも言えない香ばしい良い匂いが立ちのぼって来ます。私は、これを「いい男の脇の下の匂い」と呼んでいますが、あくまでたとえです。いや、しかし、デンゼル・ワシントンとかなら、腕枕の際にこういう香気を放っていることでしょう。

その後、何種類かのカレーパウダー（S&Bのやナイル商会のインデラ・カレーなど）とガラムマサラを始めとしたスパイスを加えて、さらに炒り、ギー（なければバター）を注いで具材を炒《いた》めて煮込むのです。具の種類と味付けは日変わりであれこれ試してみます。

こうして出来上がったカレーの美味なこと。夫も、もちろん、旨《うま》いと誉めてはくれましたが、私は、ある時気付いたのです。たまには、と市販のカレールーを使ってみたら、旨い！と言う時の本気度が違うのでした。え？あのインドの冒険から学んだ私のカレーがハウスジャワカレーに負けた？そんなの悔し過ぎる！よし、折衷《せっちゅう》案だ。

と、いう訳で、市販のカレールーを使いながらも自分テイストを崩さぬよう独自の工夫を凝らして挑戦していたら、西原理恵子さんと枝元なほみさんの共著「おかん飯」にこうありました。〈今のカレー粉超優秀、プロが何年も試行錯誤して作ったカレー粉です。家庭のかくし味は足ひっぱるだけ〉そ、そうだったんですか！完敗です。

ローリエ愛は永遠《とわ》に

2016/2/25

前回、市販のカレールーの前に涙を呑んだマイカレーの話を書きましたが、それで思い出したことがあったので、もう少し。

どなたのエッセイであったか失念してしまったのですが、こういった内容の文章を読んで、思わず吹き出してしまったのでした。

それは、作者の方が競馬場に行った時のこと。活気あふれる場内で、空腹を覚え、軽食スタンドに向かったのですが、そのカウンターの横には貼り紙があり、こう書かれていたそうです。

〈カレーに入っているのは枯葉ではなく香辛料の種類です〉

それがローリエのことだと気付いた作者は愉快でたまらなかった……と、まあ正確ではないのですが、こんな内容。あー、そうそう。料理に縁のない人には、まったく意味不明のあの葉っぱ！　と膝を打ちたくなってしまったことでした。いるいる、たまに、あれ、知らない人！

実は、私の夫もそうでした。付き合い始めから、日頃、あまりおいしいものを食べていなさそうな彼のために、私は全開で手料理を振る舞って来ました。まだ緊張感漂う交際期間中、食べたくもない時もあったでしょうに、彼は必死にたいらげていました。残してはならないというプレッシャーの中、どんどんおなかに詰め込んで、あっと言う間に十キロも太ってしまったのです。

やがて、言いたいことを言い合えるリラックスした間柄になった時、正直、作り過ぎなんじゃないか!?と呆れたりもしたよ、と告白されました。そして、それと同時に打ち明けたのが、カレーに入っていたローリエ問題。何だろう、この固い葉っぱ……枯れてるし……と疑心暗鬼を生じさせながらも私に言えず、えいっと飲み込んでしまったそうです。

「次の日、トイレに行ったら、葉っぱがおんなじ形で出て来て、お尻痛かった」

その瞬間を思い出したのか遠い目をする夫。私は、と言えば大笑いをした後に複雑な心境になり、首を横にぶんぶん振って、あまり考えないようにしました。カレーに入れたローリエの食前食後……あああ。

さて、ローリエは、英語名をベイリーフといい、月桂樹《げっけいじゅ》の葉を乾燥させた香辛料で、その清々しい芳香が煮込み料理やソースなどの味をぐっと引き立ててくれます。

子供の頃から食い意地の張っていた私は、まだ日本では手に入りにくかったローリエづかいを夢見て、母の料理本などを舐めるようにして読んだものでした。大学生になりバイトのお金で、高級スーパーのローリエを買えた時には天にものぼる気持でした。

そんな喜びの中で里帰りした折に、ローリエを入れたシチューを煮込んでいた私。実家のTVではマラソンの実況がかかっていたのですが、その優勝者の頭にのった葉っぱの冠を月桂冠と呼ぶのを知りました。

「あれ、月桂樹なの⁉」

そうよ、と母。その衝撃。貧乏学生の私がバイト代で逡巡しながら買うローリエがあんなに！　あれだけあったら、どのくらいの量のシチューが煮込めるんだ！　そう思ったのです。あー、いいなあ、マラソンの優勝者……と世の中の人とは、まるで違う理由でメダリストを羨んだのでした。

今、ローリエどころか、世界中のあらゆるスパイス、ハーブが簡単に手に入ります。目下の大のお気に入りはカルダモン。すり下ろした生姜《しょうが》をたっぷり加えた豆乳入りの紅茶に多めに振ると異国のドラマクィーン気分です。

トランプ大統領誕生の悪夢

2016/3/3

アメリカ大統領選が白熱するにつれ、共和党から出馬したドナルド・トランプの顔をTVで目にすることが多くなり、正直うんざりです。

私がニューヨークに通い始めた八〇年代半ば、ミッドタウンに建ったばかりのトランプタワーの金ピカぶりをながめては、ニューヨーカーたちは溜息をついていたものです。なんとアグリーで田舎臭いビルディングか、と。私も思いました。伝統を壊さないまま最新のスタイルとの調和を図ってこそマンハッタンなのに……と。やだねー、成金。

しかし、人は慣れてしまうものです。古いシックな街並は、どんどん金ピカに浸食され、拝金主義ばんざい！　が当り前になってしまいました。社会情勢によるものであり、経済情況の反映でもあり、仕方がないのでしょう……しかーし！　あのトランプ氏のふてぶてしい面構え、あの偏見に満ちた言動、あの素頓狂《すっとんきょう》なカツラ（疑惑）。やっぱ無理！

しかも、ここに来て、あの元アラスカ州知事のビッチ……いえ、失礼、自称ホッケーママ（子供のホッケーの練習の送り迎えをする良妻賢母）のサラ・ペイリンが彼の応援演説に立ったではありませんか⁉ あの右に凝り固まった知識に乏《とぼ》しい（ペイリンは、アフリカをひとつの国と談じていました）二人が並んで互いを誉め合うなんて！ そして、高支持率を獲得しつつあるなんて！ 悪夢以外の何ものでもありません。

移民に対する不愉快極まりない罵詈雑言《ばりぞうごん》を発し続けるトランプ氏と、我がアメリカと同盟を結んでいる北朝鮮を支持すると寝言を言ったペイリン氏（大韓民国の間違いでしょうね）が万が一、大統領、副大統領になってしまったら……ホラーです。あるいはB級ナンセンスコメディ？

しばらく前に、金正恩暗殺を題材にしたアメリカのコメディ映画が作られ物議をかもしましたが、もしもトランプ政権が発足したら、アメリカを舞台にした同じようなお馬鹿ムービーがどこかの国で作られるでしょう。出来れば、フランス映画になるのを望みます。大統領、副大統領がランチの際にフレンチフライをつまみながら言うのです。我が国のじゃがいもは、すべてフレンチという品種なんだね。アラスカからロシアが見えるとトンデモ発言をしたマダム・サラなら、ウィと頷くでしょう。

そのペイリン女史ですが、何故か日本の眼鏡をかけています。増永眼鏡のカズオ・カワサキのデザイン。福井県メイドです。あのシンプルなフレームは気になって仕方ありません。

よく友人に、あなたって変なとこ気にするよね、と言われます。その通りです。追い打ちをかけるような記事で、どんどん窮地に追いやられてしまった例のベッキー問題ですが、私が問題にしたのは、やはりモラル云々《うんぬん》ではなく、お相手との合言葉だという「レッツ・ポジティヴ」。何故、間に「・」が入る？　ここに入るべきは「ステイ」とか「ゲット」ではないのか。ベッキーは英語を話すんじゃないのか。文春→センテンススプリングは、あらかじめジョークの組み合わせだから良いとして……。あー、もどかしいです。気になって仕様がないです。不倫？　どうでもいいよ、それ！

あ、架空のトランプ大統領たちが食べていたフレンチフライですが、トスカーナの民家で御馳走になった時は、たっぷりのセージの葉と一緒に揚げてありました。見事なイタリアンフライでしたよ。ヴィネガーに浸して食します。

2016/3/10

ココナッツオイル
ぬるむ春

年明けから、ベッキーの不倫問題、SMAPの解散騒動、清原和博氏の覚醒剤使用容疑、宮崎謙介議員の辞職と、スキャンダル報道の連続です。驚いてしまうやら感心してしまうやら、なのは、これらがすべて週刊文春の記事に端を発していること。すごいなー、文春。まさにライフ　クラッシャーだよ、文春……なんて、実は私も愛読者。毎年暮れにこの雑誌では、「顔面相似形」なる特集を組むのですが、昔、私も二度ほどのったことがあります。私の相似形だったのは、近鉄時代の野茂英雄さんとデビューしたばかりの宇多田ヒカルさん。掲載された写真は確かに似ていなくもありませんでした。

そういうこともあり、私自身も相似形の著名人を見つけ出しては、友人に伝えて却下されたり、その鋭さを誉められて有頂天になったり、をくり返して楽しんで来ました。で、一昨年、とうとう意を決して、その募集係に葉書きを送ってみたのです。発表号が出るまで、わくわくした心持ちが続いて、まるで恋をしているような日々を送ったのですが……結果はボツでした。ボクシングのバンタム級世界チャンプの山中慎介さん、リリー・フランキーさん、その時の新直木賞作家だった黒川博行さんを「段々濃くなるグラデーション兄弟」と銘打って応募したのですが、ボツ……何故？　ホワーイ、薄目で見たらそっくりじゃん！　とナイスアイディアに膝を打ったのですが、どうやら甘かったようです。ふん、もう送んない。

それにしても、この国におけるSMAPという存在、本当に大きかったんですね。私の元にすらコメント依頼が来ましたが、まったくの人選ミスです。だって、年明けからずっと感動が続いているのは、公開中にようやく間に合って観られたアメリカ映画「ストレイト・アウタ・コンプトン」。日本の音楽やら芸能ゴシップやらは、いっきに噴き飛ばしてしまう迫力だったんです。

時は、八〇年代半ばから九〇年代にかけて。西海岸で最も治安の悪かったイーストL.A.で誕生したギャングスタラップの雄、「N.W.A.」の伝記ストーリー。始まった瞬間に、あっと言葉を失って八十年代に引き戻されて二時間半、息もつけないくらいの緊迫感でした。そんな私に、同じ解散するかものグループとは言え、SMAPに関するコメントなんて……無理！　なんです。今、頭ん中、ヒップホップだらけだから。創生期に立ち会ったあの感動の時代にタイムスリップしているんです。

なあんて、ぼおっとしている内に、もう春です。日本には「水温《ぬる》む」という素敵な春の季語がありますが、この数年、私は台所に置いてあるココナッツオイルのゆるみ具合で春の訪れを実感します。真冬、かちんかちんに固まっているそれを、スプーンでごりごり削り取ってカフェ・ラテに落とす時、まだまだ寒い日が続くんだろうなあ、と少し不安になります。宇都宮の実家にいる年老いた両親には厳しいんじゃないかなあ、と心配してしまうのです。

けれども、やはり、毎年、春はひっそりと忍び寄る。ふと気付くと、ココナッツオイルは、クリームのように優しくスプーンを受け入れてくれるようになるのです。

あ、唐突に思い出しましたが、私に何の接点もなかった筈のSMAPですが、一度だけ中居くんに会ったことがありました。私の姉のような友人のやっている六本木のバーで飲んでいた中居くん。私たち酔っ払いグループが去り際にカラオケに誘ったら、ぼくプロだから、と断わられました。当然ですね。

はちみつにトラップなし

2016/3/17

便宜上、仕方なく使っていますが、前にも書いた通り、私は、不倫という言葉が好きではありません。既婚、未婚、性別などにかかわらず、恋愛関係における倫理は当事者たちの内にしかない、と思っているからです。つまり、部外者が渦中にいる人々を裁くことは出来ないということ。

しかし！　その当事者たちの行状や言動を見聞きするにつれて、嫌悪や腹立ちを覚えたり、おおいに気に食わん！　と机をドンと叩いたりすることがあります（壁ドンならぬ机ドンです。比喩ですが）。

そう、今、私が誰を俎上《そじょう》にのせようとしているかお解りですね。ゲス不倫（！）などと糾弾されて辞職した宮崎謙介元衆院議員です。切迫早産の危険があった妻の出産前後に元グラビアタレントと……というどうしようもない身持の悪さは、改めて私が説明する必要もないくらい知れ渡りましたが、それより問題は、こんな輩がフェミニスト面して「育休取得宣言」などしたことでしょう。あんたが育休取って、その間、税金使って何するつもり？　と多くの人は呆れ果てたに違いありません。

私もそうです。私の妹二人はどちらもシングルマザー（ひとりは離別、ひとりは死別）です。女手ひとつで娘たちをりっぱに育て上げ……と言いたいところですが、世の中そんなに甘くありません。娘たちの祖父母の手を借りなくては、とても育て上げることは出来なかったでしょう。大学卒業までの金銭的援助は、伯母である私が行いました。

大変なんです、片親だけで子供を育てて行くのは。あんな男に育休やるくらいだったら、シングルマザーにもっともっと救いの手を‼　ベビーシッター、保育園、養育費、住居斡旋……法的にサポートしなくてはいけないことは山ほどある筈なんです。それなのに、まだ子供を産んでもいない妻に、豆乳鍋を作って育休パフォーマンス……あんたねえ。

宮崎元議員のスキャンダルを週刊文春が報じた数日前に、彼、雑誌「婦人公論」でノンフィクション作家の吉永みち子さんと「育休」について対談しているんです。それによると、上の人に話を通さず勝手に「育休取得宣言」をしたために大声で怒鳴られたそうです。で、彼は、あと数日の政治家生命だというのに、こう、のたまう。

〈もっとスキャンダラスなことをした人はいっぱいいるのに、自分はそんなに悪いことをしたのだろうか、と……〉

あのー、言わせてもらって良いですか？　あんた、図々しいんだよっ！

あ、でも、別の女性週刊誌のインタビューに答えている、奥さんの金子恵美議員（当時）のお母さんのコメントがおもしろいんです。宮崎元議員の不倫相手について聞かれて、

〈身長165センチ？　うちの娘だって身長はありますよ。ミス湘南？　うちの娘もミス日本の関東代表ですからね〉（女性自身二〇一六年三月一日号より）

ぷーっ、そこ？　そこですか⁉　宮崎元議員もイケメンの理由付けに身長188センチが必ず上げられてたし……私の周囲のちびすけ共からは反感の嵐でしたよ。

ハニートラップに引っ掛かったという彼の発言の真偽はもういいです。それより、私は、女性セブンでも紹介されていた前田京子さん著「ひとさじのはちみつ」に心奪われています。荻窪に「ラベイユ」というはちみつ専門店があるのですが、そこで憧れのマヌカの20＋をとうとう購入！　毎日ひと舐め。美容液としても効果抜群です。これは、絶対にトラップなんかじゃありません。

神戸ビーフから逃げ切る

2016/3/24

いまだに、遺伝子の観点からは男が種で女は畑、従って男の種まき本能は自然の摂理である、とか言って男の浮気の正当性を主張しようとするトンデモおじさん（その多くが私よりひとまわりほど年上の団塊の世代……はっ、おじさんではなくおじいさんか……）がいますが、そういう輩には、わたくし、こう言って反論することにしていますの。えっ？　ほんとですか？　その理論で行くと、女の方が子孫繁栄のために、より良いＤＮＡを求めて色々な種を試してみなくてはならないのでは？　と。ま、単なる嫌みですけどね。

この間、某文学賞の授賞式に出席したのですが、その受賞者のひとりである男性作家のスピーチがびっくりだったんです。このジェンダーフリーが叫ばれる御時勢に、男女の性差について、とうとうと語り始めたのです。いわく、「産む性である女」とか「男は点で女は線としての存在」とか、途中で、何が何やら私にはさっぱり理解出来ない持論を展開。これを、もし、私のゲイの友人たちが聞いていたら……そう思ってあおざめてしまいました。会場の皆さん、とても品良く静聴なさっていましたが、文学の世界の懐《ふところ》は、どうやら、ものすごく広いようです。ええ、たぶん私の心よりも百倍、いや千倍くらいね。思わず、オブジェクション！　と言って手を上げたくなりましたが、もちろん私だって大人ですから、唇を噛み締めて我慢しました（書きますけどね）。

それはさておき、五十代も後半に差し掛かろうとする人々で、少しでも夜遊びに興じたことがあるなら、絶対に馴染みがあるであろう、アース・ウインド＆ファイアーのリーダー、モーリス・ホワイト氏が亡くなりましたね。さまざまな映像のBGMとして多くの楽曲が使われているので、若い方たちも一度は耳にしたことがあるかもしれません。「宇宙のファンタジー」、「セプテンバー」、「レッツ・グルーヴ」……私の場合は、と言えば、大学に入ったばかりに通い詰めたディスコのミラーボールの下で、彼らの音楽を全身に浴びながら、踊っていました。まさに一世を風靡《ふうび》したスーパーグループでした。

そんな偉大なるグループのメンバーのひとりであるフィリップ・ベイリーと作家になった自分が対談することになるなんて！

あれは、もう二十五、六年前でしょうか、ソロでも活躍していたフィリップがいいよね、と言っていたら、私に幸運が巡って来たのです。あの、ファルセットの素晴しいヴォーカリストと間近でお話し出来る、きゃーっ、と狂喜した私。

でも……でも…実際に会ったフィリップは、高飛車で、傲慢で、すごーく感じ悪かった……。ちぇーと思って対談場所のホテルの部屋を出たら、開け放した隣りのドアから、他のメンバーと円陣を組んで祈るモーリス隊長、いや教祖の姿が見えました。さすが、「大地・風&火」！　いよっ、「太陽神」！（彼らの大ヒットアルバム名です）。

夕方、ばったり、同じホテルのロビーでフィリップと再会しました。神戸ビーフを食べに行く予定なんだけど、きみに会っちゃってどうしたものかな、行く？　なんてほざく……いえ、おっしゃるので、けっと思って断わりました。そりゃ、神戸ビーフは食べたい！　しかし、この偉そうな感じ。しかも、パンツのベルトのバックルが金のVの字！　だせー。でも、そのおかげで私は口の中に滲《にじ》むであろう神戸ビーフの甘い脂の誘惑に打ち勝てたのです。サインはV上等って感じでしたよ。

猿の子孫、カレーを食す

2016/3/31

少し前の話になりますが、丸山和也参院議員の発言が人種差別に当たるとして大批判を受けましたね。いわく、「アメリカは黒人が大統領になっている。これは奴隷ですよはっきり言って」あー、もう！と舌打ちしてしまった私です。どうして、こういうことを言ってしまうかなあ、ばーかばーかと思いました。それを受けて、鬼の首でも取ったように責め立てる野党議員や各メディアは、人種差別主義者は即刻辞任という方向に持って行こうとしましたが、私は、そこは少し違うと感じました。彼が辞任すべきであるとすれば、公の場にいるにもかかわらず、あまりにも言葉の重要性に関して無自覚であるという一点に尽きると思ったのです。

丸山議員は、アメリカが、かつては奴隷として差別されていたマイノリティに公民権を認め選挙によって大統領を選んだ、フェアで進歩的な国である、と前置きをしたかったのだと推測するのです。でも！　だとしたら、この言葉の使い方、ぜーんぜん駄目！　彼、弁護士なんですよね？　だったら、ますます駄目。こんな言葉に対する意識の低い人間は、人の弁護をする資格も政治の世界の駆け引きをする才覚もないでしょう。それにしても近頃、政治家の人って、言葉をないがしろにしてやしませんかね。人間、言葉ありきの動物。そこから、良くも悪くも社会的なものが始まるんです。

あ、そういや、オバマ大統領は奴隷の子孫ではないのだから、丸山議員の言うことは正しくない、という意見がありました。父親がケニア出身、母親がカンザス州出身で、ハワイ生まれというのは知られるところです。つまり、彼の祖先は奴隷ではない。どうせ物議をかもすなら真実を述べたらどうでしょう。どの政治家の先祖も実は猿だった、とか。そうすれば、ある種の政治家のつたない言葉も、まだ進化の途中であると許されるような気がするのです。

私が心の師と仰ぐ、セツ・モードセミナーの主宰者であった、故、長沢節さんは、著書の「大人の女が美しい」でこうお書きになっています。

〈差別がいけないのは、それが必ず間違いだからである。差別は倫理や道徳の間違いではなしに、事実の間違いだからいけないということなのだ。〉

そして、ひとりひとりのパーソナリティだけが常に存在のすべてなのだ、と。そのひとりひとりが受け止める言葉の重みを公の場にいる人間は注意深く考える必要があるでしょう。

ところで、私は、今、若い頃から捻挫癖の付いてしまった足を、またしても、くじいてしまって家にこもっています。どうせなら、と蟄居《ちっきょ》の楽しみを満喫しているのです（ええ、やせ我慢です）。日頃、私に苛《いじ》められているのを根に持っていたのでしょうか。動けなくなった私の面倒をあれこれ見てくれる夫ですが、時々、意味なく私の頬に保冷剤を押し付けてみたり、ちょっとしたことで私を笑い者にして、嬉し気に逃げて行ったりするのです。それが、大昔に、青虫とかを枝の先に刺して私を追いかけ回した鼻たれ小僧（死語？）にそっくりな顔なんです。ああ憎らしい。まったく料理の作れない夫ですが、今晩は努力して何とかしてくれるそうです。良いとこあるじゃん！　と喜んだら、レトルトカレーでした。しかも一膳カレーとかいうやつ。しくしく……ええ、楽しい蟄居です。

2016/4/14

山田家総お大尽化

アベノミクスという言葉は、いったい誰が考えたのでしょうか。どうも私、この成り立ちが気になって仕方なく、口にした途端にもやもやが湧き上がる。困ってます。

語源は言うまでもなく、アメリカのレーガン政権時代の経済政策「レーガノミクス」なんでしょう。レーガン　プラス　エコノミクスで、レーガノミクス。でもさ、その造語の成り立ちの鍵になるのは"Reagan"と"economics"に共通するアルファベットである「n（エヌ）」だと思うんです。その文字が接着剤の役目を果たしてこその"Reaga–nomics"。

それでは、アベノミクスは、と言うと……アベ　プラス　エコノミクス……イコール　アベノミクス……って、何だか取って付けたよう。つなぎの「n」に当たる文字がなーい。せっかくアベの「べ」と「エコノミクス」の「エ」が同じ母音から来ているのだから、いっそ「アベコノミクス」にした方が自然なのでは？　え？

間抜けな感じ？　うーん。

安倍総理が、安倍野さんとかいう名前だったら、私は、アベノミクスをナイスネーミングとして納得したでしょう（賛同するか否かは別にしてですが）。それなのに……とここまで考えて思い付きました。「安倍さん」までをひとまとめにして、エコノミクスとつなげれば、座りの良い造語になるのでは。その名も、アベサンプラス　エコノミクスで、「アベサノミクス」！

と、まあ、相変わらずやくたいもない問題提起をして心を煩わせている純文学作家なのでした。でもね、ここ数年の政治家たちが生み出す言葉のセンスのなさに、私、本当にうんざりしているんです。「抱っこし放題」とか「一億総活躍社会」とか。「少子化対策」というのも私にはよく解りませんね。この世に、少子化対策を解決する目的のために生まれて来る子供など存在しないと思うからです。もし自分が子供だとして、あなたは少子化を防ぐために生まれて来た偉い子なのよ、と周囲から言われて嬉しいですか？　有無を言わせぬ愛情をこれでもかと注がれる存在として生まれて来るだけではいけないのでしょうか。その前提あってこその対策では。

「保育園落ちた日本死ね」という匿名ブログが大きな話題になっています。私は、ネットとは無縁のアナログ人間ですが、連日ＴＶや雑誌で取り上げられているので知っています。この間も某政治家が情報番組に出て、これについて話していました。いわく、こんな乱暴な言葉づかいは受け入れられない、と。

どこが？　と私は思いました。ぜーんぜん乱暴じゃないじゃん！　切実な叫びじゃありませんか。この発言が読むに値するのは、匿名でありながらも、自身の問題に端を発しているからです。安全地帯にいて、自分のうっぷん晴らしに他人を叩く人々よりずっと上等です。この問題を取り上げた時の国会議員の野次の方が、はるかに乱暴で下卑《げび》ている。

そう言えば、格差社会という言葉もよく使われますが、昔は、格差があって当然だったと記憶しています。何をいまさらという感じも……。

私の妹は、焼いた餅にいただきものの高級海苔をぐるりと巻いて「お大尽《だいじん》巻き」と呼んでます。山田家でお大尽化するのは簡単です。夫は冷凍うどんに玉子二個落としただけで、こんな贅沢が許されるのか!?　と歓喜。私は、こんがり焼いたトーストに、パンより厚く切った発酵バターをのせて、再度オーヴンに入れ溶かす。かりっ、ふわっ、じゅわーっで、あっ、と言う間にお大尽です。

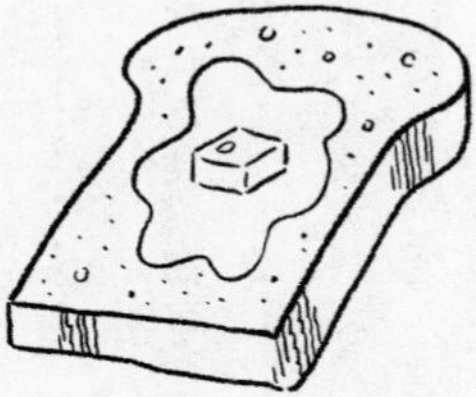

とろけるバターに溺れる

2016/4/21

山田家の面々が簡単にお大尽気分になれる食べ物をあげてみようと思います。そのひとつ、私の溶けかかったバターへの愛について……うーん、想像しただけで、うっとり。禁断の食べ物です。脂です。太ります。ええ、そんなこと解ってます。ああ、いくらバターを丸かじり（笑）しても、健康に悪影響を及ぼさず、脂肪を溜め込まない肉体が欲しい！

私、すぐに太ってしまう性質《タチ》なんです。と、言うと、それだけ食べてりゃ当然と言われてしまうのですが、具合が悪くて食欲を失う時（滅多にないことですが）など、おいしく食べられるなら「でぶ」のままで良い、と心から思います。万が一、飢饉《ききん》に襲われた時、この、たんまりと身に付けた脂肪のおかげで誰よりも長く生き延びられる筈だ、と言い聞かせて自らを慰めています。

小さな頃から、バターの溶ける瞬間が好きでした。父の好みで、朝はいつもパン食だった我が家。紅茶をいれる係は、いつも私でした。幼いので失敗も多かったのですが、上手にいれられた時は、ちょっと得意な気持になりました。そして、その気持を幸福の絶頂に導いてくれたのが、バタートースト。冷たく固いままのバターを薄切りにして、二つ折りにした熱々のトーストにはさみます。で、それを、うんと甘くした紅茶に浸して、ぱくり。焦げたパンの香ばしさと、とろーんと形を失くして行く風味豊かなバター、それらが、香り高い紅茶によって口の中に広げられて行く時の至福と言ったら！　冷たいバターの欠片《かけら》を残したままの食感も良かった。これなら、いつもちょっと持て余す、食パンの耳の角《すみ》っこも幸せの一部。そう子供心に認識していたように記憶しています。

この食べ方を喜々として実行に移していたのは、父と私でした。おいしいねー、と目を細めて笑い合う二人。しかし、そんな私たちを、母は、嫌ーな顔をしてながめているのでした。そのべとべとしたカップ、誰が洗うんでしょうねえ、と言いた気。父と私は、あくまで知らぬふりをして、今度は、バターの膜の張った紅茶を啜《すす》りながら、至福の余韻を味わって、にんまりするのでした。

下の妹は、母に似たようで、一緒に海外旅行をした際、ルームサーヴィスで取った朝食のクロワッサンをカフェ・オ・レに浸して舌鼓を打つ私を、不気味なものでも見たかのように顔をしかめていました。そして、とうとう我慢しきれない、とばかりに文句を言うのです。

「うえーっ、おねえの食べ方、気持悪ーい！」

そうでしょうか。クロワッサンのパン生地の層から滲《にじ》み出るバターと、香り高いコーヒーとミルクの混じり合った風味がベストマッチであるのに！　解んないかなあ。

「ジャンヌ・モローもこうしてたよ。パリの人は、皆、こうやって食べるんだよ」

（嘘です）

そう言って、他人（妹ですが）の不快感など一向に意に介さずにパンを浸し続けた私。とろけるバター、ばんざーい！

私が十代になると、山田家も時代の波に乗り、ソフトマーガリンなる代物がテーブルに上るようになりました。でも、今は、再びバターに回帰。エシレ、カルピスバター、ゲランドの粒塩を練り込んだグラン・フェルマージュ……数々の至福が売られている一角で、目移りしながら逡巡する私。ちらりとよぎる罪悪感を追い払いながら、体に悪いものは心に良いの、とその昔、自分の小説に使ったフレーズを思い出して頷いたりするのです。

外人由来も良し悪し

2016/4/28

　このところ一番驚いたのは、某週刊誌の連載夫婦対談で見た、じゃんぽ〜る西さんの御姿。嘘⁉　御本人が描く自分像より、ずーっと、いい男じゃん！　と目を見張ったのでした。日本でもてはやされるところのイケメン（苦手です）とか呼ばれるタイプとは一線を画する、いかにも海外でもてそうなルックス。でも、やはり漫画と同じようなとぼけた感じも漂っていて、ますます好感度は上がったのでした。

　そう、この、じゃんぽ〜る西さんという方は、漫画家さん。ペンネームから漂う洋行風味から、あの学歴経歴詐称でおおいに物議をかもしたショーンK氏を連想する方もいるかもしれませんが、ぜーんぜん違います。こちらは、理系のフランス人女性の妻と彼女との間に出来たひとり息子との日々のあれこれをエッセイ漫画という形で連載している、私の大好きな漫画家さんなのです。あまり多くは出版されていませんが、単行本は全部持っています。結婚前のフランス滞在記もとっても愉快でした。フランスという国でのカルチュアショックとそこの人々（特にパリ）への違和感を、親愛の情たっぷりに描いている。つまり、愛ある茶化し故に付けられた、おフランス感をまとったペンネーム……と愛読者の私は勝手に解釈しているのですが。

さて、ショーンKさん。私の記憶によれば、一番最初の週刊文春の記事によると、アメリカの大学に行ったものの、フランス人女性の恋人が出来て、パリ第一大学に……とあった筈。その話が蒸し返されることはありませんでしたが、本当のところ、どうなんです！　花の都パリのソルボンヌで、ジュテームとか言いながら、ベッドの中で「クロワッサンで朝食を」（フランス映画です）三昧だったんですか⁉　そこんとこをはっきりさせてもらいたい！　ちなみにこの映画の原題は「パリのエストニア人」。老いてますますイケズになったジャンヌ・モローの魅力が全開の映画でしたが、邦題、変じゃないですか？　クロワッサンで……って、……ティファニーと同列扱いしているのか……。

ショーンKさん、整形疑惑と共に、そのなりきり外人ぶりから懐かしの「クヒオ大佐」を思い出した人も多いようです。ええ、外見、国籍、経歴、すべてを偽《いつわ》って米軍特殊部隊のジェットパイロットのふりをして次々と女性をだました稀代の結婚詐欺師です。後に、彼をモデルとした堺雅人主演の映画も公開されました。

実は、私、このクヒオさんとニアミスしているんです。それは、小説家としてデビューする数年前のこと。当時、銀座のクラブでホステスのバイトをしていた私は、お店のお姐《ねえ》さんたちの噂で持ちきりのその男に興味津々でした。休日には、基地周辺に入り浸って遊んでいた私には解っていたのです。オフィサークラスの軍人が、制服のままシヴィリアン（民間人）のための盛り場で飲み歩くなんてあり得ないことを。よく銀座に出没するというそいつの正体を暴いてやる！と手ぐすねを引いて待っていたのです。既に結婚を餌にする最低男として悪名高かったクヒオめ！下半身の毛も金髪に染めていたからだまされた、という姐さんたちの仇《かたき》を取ってやる！

でも会えませんでした。逮捕されてしまったからです。年取った今なら、少し同情出来ます。全身アメリカ人のふりして、陰でこそ納豆ごはんとか食べてたんだろうなあって。その姿を想像するだけで……わ、侘《わび》し過ぎるよ……。まあ、さぞかし美味だったでしょうけどね、その糸引く甘露《かんろ》。

のんき夫婦

解説者を解説す

2016/5/5

某サッカー解説者が、とっても苦手です。興奮をあらわにしながらも、ぎりぎりのところで抑えつつ、あくまでプロとしての情報と分析を、素人にも解りやすい言葉でTV画面の向こう側にいる人々に提供する。その重要な役目をになっているのが解説者だと思うのです。しかし、私を困惑させるその人は違います。こちらが呆気に取られるほどのエキサイトぶりで叫んだり、けしかけたり、舌打ちをしたり。これじゃ、スポーツバーで観戦してるただのオヤジじゃん！　これで解説者？　敬意の欠片《かけら》もないタメロで突っ走ってるけど、そういうのは丁寧語のベースがあってこそ生きるもの。最初から最後まで、行儀の悪いおじさんと観戦してる気分で、ほーんとやんなっちゃう。チケット代返してくれと言いたくなります……あ、TVの前なんだった……仕方ないのか。

ワールドカップ予選の対シリア戦を観ていたら、相手のオウンゴールで日本に点が入りました。ラッキーでしたが、何だか素直には喜べないね、と思った瞬間、その解説者は喜々として叫んだのでした。

「ナイス　ヘッディング‼」

あー。なーんか、ほんと、嫌。その後も、まだシリアが入れた点しかないから、早いとこ追加点が欲しい、というような発言をしたりして、私たち夫婦を呆れさせたのでした。こういう人が必要とされて、スポーツバーの酔客とたいして変わらない言葉を吐き散らし報酬を得ているのか……まったく腑に落ちません。スポーツマンシップなんて、死語なんでしょうね。高校の頃、サッカー部の男子と、国立競技場にヤンマーの試合を観に行った頃が懐かしいです。早稲田の西野さんのファンでもありました。ちなみに当時の愛読誌は「イレブン」。でも、次にサーファー男子と付き合い始めたら、すぐさまサッカーのサの字も出なくなりました。ちゃっかりしてますね。若いってそんなもんです。

中継を含むスポーツ番組を観ていて、時々思うのですが、優れた選手や監督として名を馳せた人が、必ずしも優れた解説者になるとは限らないようです。普通の人には見えないものを見ることが出来る能力と、それを言語化する能力は、また別のことなのでしょう。そして、たとえ、優れた言語化能力に恵まれても、話す適性と書く適性は違います。

何か大きな事故や事件が起った時、その道の専門家が、情報番組などにゲストで呼ばれます。そういう場合、TV画面を見詰める私たちは、自分たちのつたない知識や想像力では解明出来ない答えを彼らに求める訳ですが、たまに、何を言ってるのかさーっぱり理解不能の説明に終始してしまう人がいます。スペシャリストなのは解るのですが、専門用語の羅列を当然のこととしていたり、さらに、その間に、えー、とか、まあ、とか、しかるに、とか、耳障りな接続語を入れまくったり。素人に解りやすくプレゼンテーションする能力に欠けているんですね。池上彰さんや林修さんとは対極にある訳です。知識や経験は、必ずしもコミュニケーションスキルに万能ではありません。件《くだん》のサッカー解説者は万能感たっぷりでしたけどね。万能ではなく、万能感。

夫婦でのんきにソファに並んでTVを観ながら、あーだこーだ難癖を付けるのが楽しみです。御供はアイス。夫のスーパーカップと私のガリガリ君を分け合いながら食べます。フルーツグラノーラを一晩牛乳でふやかしたのもグッドですよ。

ジャンクフードもまた愛し

2016/5/12

ローソンの「からあげクン」が誕生して三十年だとか。一九八六年に発売開始された「からあげクン」と、八五年に小説家デビューした私。お互い、よく持ちこたえたねえと、ねぎらいたい気分です。私も、ついつい買ってしまいます。前に姪にこう言われました。

「そういうの食べるのって、太るこつだよ」

そう……私は、そのこつをしっかりとつかんでいるのよ……などと深く頷く訳もなく、毎回、姪の言葉を思い出しながら、少しの罪悪感と共にコンビニを後にするのです。でも、せっかく購入したのなら楽しく食べなきゃ損！　レギュラーの「からあげクン」にタバスコに似たマリーシャープスのハバネロソースをたっぷり振って、缶チューハイのつまみにします。このホットソースは何段階かの辛さに分かれているのですが、私のお気に入りは「ファイアリー　ホット」。その名の通り、火のように辛い。それなのに味わい深い風味もあって病みつきです。緑色のサボテン入り（辛くない）のもあって、同時に使うと、なかなかオツなスナックに変身。もはや、「からあげクン」とは言えない味になっていますが。

デビュー前後、私は米軍横田基地の側を転々としていましたが、週末の夜遊びの最終地は私のアパートメントになることが多かった。共に狂乱の夜を過ごした仲間たちと別れがたくて、さらにお喋りに興じるのです。そんな時は、買い出しのため近所のセブン－イレブンに直行。そこで必ず購入するのが「じゃがまるくん」。具入りのマッシュポテトを丸めたような、ピンポン玉をひと回り大きくしたくらいのおやつです。温められて半分変形したようなそれが、レジ袋に人数分必ず入っているのでした。買い忘れたり、売り切れだったりすると大変！　皆、酔っ払っているものですから、大騒ぎ。この世の不幸のように嘆くのでした。「じゃがまるくん」なしに、私のウィークエンドは終わらなーい！　とか何とか。

基地内のクラブで素敵な出会いを果した子は、その場にはもういませんから、まさにガールズオンリーの無礼講。「じゃがまるくん」さえあれば良いの！　という、相当に開き直った宴《うたげ》の締めくくりでした。私は、A1のバーベキューソースを付けながら食べていましたが、辛子《からし》とウスターソースの子も。何も付けずにむせている人もいました。もう、ないんでしょうか。あの青春の「じゃがまるくん」。セブンーイレブンに行くたびに捜してみるのですが。

ジャンクフードも、たまには良いものだと思います。体に良いものばかり食べていては、抵抗力が付かないというのが、私の持論。ニューヨーク出身の男と結婚していた頃は、一時、ヴェジタリアンに傾倒しましたが、厳格にやっていたら、肉を口にするたびに具合が悪くなるように。こういう時、そっか、肉は良くないんだ、と私は思わないのです。肉食に対する抵抗力が落ちたのだ、ととらえる方。それに、段々、性格もスノビッシュでやな感じになって来たので止《や》めました。限定された食べ物でしか生きて行けないなんて、サヴァイヴァル能力を失うに等しい。そういや、私の尊敬するタフで長生きの女性作家の先輩方は皆、肉食だもんなあ、と何人かの御顔を思い浮かべたりします。

バブルの時期、西丸震哉という学者が「41歳寿命説」を唱えました。昭和三十四年以降生まれは早死にするというのです。私、ちょうど三十四年生まれ。添加物にまみれた子供時代を送りましたが、まだ元気です。

愛の解凍

ありき

2016/5/26

ひんぱんに市販の冷凍食品を利用する方ではないのですが、我が家の冷凍庫はいつもぱんぱんです。その理由は、私自身が次々と冷凍食品を生み出し続けているから。これ、賢い奥さんがやりくりした保存食として冷凍しているのとは違うんです。賞味期限を過ぎた食材や、作り過ぎて残ってしまった料理を捨てるに捨てられなくなってしまった時の「逃げ」なんです。取りあえず冷凍することによって、心に湧き上がる「もったいない魂」を封じ込めてしまう訳です。でも、結局、何ヵ月か経って、もう食べるの無理だよね、と言い聞かせて捨てることになる。「もったいない魂」は、ある一定期間冷凍すると死滅することになっているのです……って言うか、ちゃんと計画的に買い物、調理しろよ！　って話ですね。

しばらく前になりますが、いくつかの幼稚園で子供たちのお弁当に冷凍食品を入れるのを禁止している、という話題がＴＶで取り上げられていて、びっくりしました。親が子の食育に手をかけるようにという配慮なんでしょうか。練り物やデザート禁止というところもあるとのこと。他とは差別化を図ろうとする私立幼稚園の方針なら、あー、そうですかと言うしかないのですが、この種の思い込みって日本だけかもよ、と私は感じています。

手をかける　イコール　全部手作り。本当にそうでしょうか。もちろん、母親がそうしてくれたことに感謝出来るのは素敵なことです。でも、完璧な手作りだけが愛情の証明ではない、と知って行くのも子供の大事な学びだと思います。母親の体が弱かったり、忙しくて時間が取れないなどのさまざまな事情が、自分の家のみならず、よその家にもある。子供は敏感に察知するものです。私もそうでしたから。

私の母は、専業主婦でしたから、共働きの子たちの家より、手をかけてもらっていたかもしれません。時代のせいか、余裕がないのが明らかに見て取れる家の子たちも少なからずいました。そういう子たちに対して、あからさまに馬鹿にした態度を取るお金持ちの嫌ーなガキ共もいましたが、大半は子供なりの気づかいで恥をかかせまいとしていました。それなのに、その均衡を破るのは、いつも大人でした。彼らは決まってこう言うのです。

「子供が可哀相」

この言葉を口にするのは、たいてい他人です。子供自身は、元々はそう思っていないことが多いのです。けれども、大人によって「可哀相な自分」であるのを教えられるのです。そして、子供にとって何より屈辱的であり、悲しいのは、他人から可哀相と思われることなのです（大人になると可哀相が一種の快楽の装置として使われるのですが、ここでは説明をはぶきます）。

お弁当に冷凍食品を入れられた子供って可哀相。そんなふうに、よその家に同情出来る大人たちが沢山いるって、素晴しく平和な国ですね。でも、その平和が、完璧なママ幻想に拍車をかけ、母子を追い詰めて行くのも事実。子供への愛情証明はお弁当だけに限らないのです。おれのおふくろ料理下手だったからさあ……と、さもいとおしげに母との思い出を語る魅力的な大人になった男たちが、私は大好きです。愛は愛のまま確実に冷凍保存される！

そういや、私の母もお弁当に、出始めたばかりの冷凍食品を喜々として詰めてました。揚げている内に中身がどこかに行ってしまったコーンクリームコロッケとか……子供心に文字通りの空虚というものを学びました。

2016/6/2

海鼠の王子様 R・I・P・

マイケル・ジャクソン、ホイットニー・ヒューストン、アース・ウィンド＆ファイアーのリーダーだったモーリス・ホワイトに続き、プリンス様までが亡くなってしまいました。七〇年代から八〇年代にかけてのナイトクラブシーンを華やかに彩って来た方々が次々と天に召されて行く……アデュー、私の青い春……これで、私の胸の奥底に、かろうじてその輝きを残していたミラーボールが完全に消えてしまったのです。

訃報に接した朝、すぐさまTVをケーブルに合わせてCNNを観ました。その日、一日中、プリンス特集になるであろうことが予想出来たからです（マイケルの時もホイットニーの時もそうでした）。

案の定、スーパーディープなプリンス特集が組まれて延々と流れていました。音楽のみならず、彼の生涯を掘り下げ、女性関係も隅から隅までほじくり返され、ほんまかいなと呆気に取られるゴシップも次々と暴露。その死が報道されたばかりだというのに、関係を持った女たちが次々と「私だけが知る彼」について語り始めるのにはびっくりでした……いえ、本当のところ興味津々で画面に見入ってしまったことでした。へー、やっぱりシーラ・E（プリンスによるプロデュースで一世を風《ふう》靡《び》した年上美人パーカッショニスト）ともマドンナともできてたのかー、とか、女に対しては相当なコントロールマニアだったんだーとか。

黒人映画監督のスパイク・リーは自宅の玄関前を開放し、門の上からガンガンにプリンスの曲を流し続け、ブルックリン中の人々がそこを目指して集って来ているようでした。黒人たちの路上ダンスライヴをブロックパーティと呼びますが、まさにその様相を呈していました。そして、その内に、オバマ大統領までが声明を！

その昔、映画「パープル・レイン」を観ながら、友達と指差して、そのベッドシーンに大笑いしたりして、ごめんなさい。なーんか爬虫類とやってるみたーい、と叫んで、映画館を沸かせちゃったりして、本当に本当に、すんません。気づかいの欠片《かけら》もない若い馬鹿女でした。

実は私、日本での公演を観に行ったことがあります。でも、最後まであまりのれないままでした。何故なら、会場が横浜のベースボールスタジアムだったからです。まだ明るい時間帯のオープンエアー。ビール飲みながらの野球観戦にはぴったりの日和でしたが、プリンスにはぜーんぜん似合わなかった。あそこのステージで、真っ昼間からピアノの上に寝そべられてもねえ……。体をくねらせてのセクシーパフォーマンスに、違う！ なんか違う！ と違和感だらけ、不満だらけだった私。仕様がないので、中華街で、たらふく飲み食いして帰りました。これまた何か違う！ と思いながら。

プリンスには明るい野外よりも暗い密室がよく似合う。そう言えば、亡くなったアーティストも含め、彼らが活躍した七〇年代から八〇年代にかけては、ナチュラルを拒否した時代だったなあ、とつくづく思うのです。作り込んだ人工美が最も威力を発揮した時代。徒花《あだばな》の美しさに満ちていた。まさに、百花繚乱。そして、その過剰なものを良しとする価値観が、日本ではバブル崩壊まで続いて行く訳ですが、失速して、そこを越えられなかった才能も数知れず。プリンスも、途中、変な人になりかかっていましたが見事復活……した筈でしたのに。

そういや、コンサートの帰りに、海鼠《なまこ》の旨煮《うまに》を食べましたっけ。その食感は、明るい球場よりも余程あの王子様に相応しかったのでした。

よそのおうちで何するの？

2016/6/23

福山雅治夫妻の自宅に侵入した女のニュース、ほんと気味悪いです。鉢合わせした奥さん、どれほどおののいたことでしょうか。しかも、犯人、マンション付きのコンシェルジュだったとか。コンシェルジュのいるマンションが日本にあったのか！　いや、驚くポイントはそこじゃないですね。最も信用されてしかるべきポジションである筈の職業がそんなけしからんことするって……コンシェルジュより、屈強なドアマン常駐させろってことですね。

いや、しかし。私、このニュースを知った時に思ったんです。福山くんのギターを見たかったと言い訳したらしいこのポンチな犯人が、すっごくキュートな不思議ちゃんだったらどうなったんだろうかって。え？　犯罪は犯罪？　しかし、皆さん、その昔、この二つの映画に拍手を送った覚えはありませんか？

ひとつは、一九九五年に日本で公開された香港映画「恋する惑星」。ウォン・カーウァイ監督によるスタイリッシュなステキムーヴィー。これが解ってこそ、スルドイ感性を認め合えたんですね（ええ、ステキ、スルドイの片仮名表記に、思いっきり私の反感が現われています）。

この映画の中で、トニー・レオン演じる警官の部屋に、フェイ・ウォン演じる謎の女が留守中に忍び込み、少しずつ自分好みにインテリアを改造しちゃう。この女がさあ、当時、私が忌み嫌っていた不思議ちゃんタイプそのまんま。ショートカットで手足は長く、とってもセンスィティヴな魅力を備えた私は、何をしたって受け入れられるの……って、あんたがしてること、りっぱな犯罪だよっ！

そして、二つ目の映画は、まだ記憶に新しいでしょう。フランス映画の「アメリ」です。人々に小さな幸せを届ける使命を（自分勝手に）持った愛くるしくて憎めない女の子、アメリ。彼女が、これまた風変わりな趣味を持った男に恋して、周囲がやきもき。そして、この女も、なーんの罪の意識もなく家宅侵入しちゃうんだよなー。

わーい、アメリのわくわく冒険だ、ファイト！　と多くの女性観客はエールを送ったようですが、私は、またも心の中で叫んでいましたよ。それ、りっぱな犯罪だよっ！

家宅侵入が問題なんじゃないんです。いや、社会的には重大問題なんですが、ガーリーでお茶目なお転婆さんがやるなら、ぜーんぜんオッケーでしょ？　と観客をステレオタイプに見くびる作り手の思い上がったセンスが嫌なんです。しかも、こういう映画がヒットすると、勘違いしたただの困ったちゃん女が大量発生。当時も、感性スルドイ、ステキガールなアタシだもん、ちょっとキマグレだけど許してネ！　と言わんばかりの態度を取る女が続出。あんたは、オドレイ・トゥではない！　と何度言いたくなったことか。ええ、彼女は本当に可愛いかった。認めます。

で、ここで、スターのギターが見たかったコンシェルジュさんに話を戻しますが、彼女がアメリだったら、どうだったでしょう。私は、自分のギターピックを彼のそれと交換して置くような気がするのですが。

「アメリ」に関して、誰もが印象的だと口をそろえるのは、彼女がクレーム・ブリュレの表面の焦げ目をスプーンで割るところ。でも私は、男がターキーのお尻に手をつっ込んで、ソリレスという美味なる部分をほじくり出すとこなんです。ガーリーな不思議ちゃんになれなかった訳です。

我が家の舛添論議

2016/6/30

政治資金問題やら、公私混同疑惑、保身のための下手な弁明、果ては母親介護を巡る親族との確執……と、連日、吊し上げられて袋叩き状態となっている舛添要一東京都知事（当時）。TVの定例会見などを観て、腹立ちのあまりに毒づいているのは都民だけではないでしょう。私も、まるで説明責任の何たるかを解ってないじゃん！　と呆れているひとりです。

しかし！　いつまで経っても納得行かないままTV画面をながめている内に、何だか飽きて来てしまいました。と、同時に、この問題について語る時のパネリストやコメンテーターの人々の表情や態度に、何だか嫌ーなものを感じるようになってしまったのです。大手を振って糾弾出来る人物への共通認識を得た人々に特有の正義の表情。それが誰の顔にも浮かんでいるのです。喜々としている、と私には感じられます。最初は、不当な行為への怒りに満ちていた御顔の数々が、いつのまにか、悪者退治に加担していること自体への喜びに満ちている。全員が「失笑」というコンセンサスを得て、和気あいあいとしているように見えて仕方ありません。この茶番を、もっとおもしろくTV画面の向こう側の皆さんにお見せしますね、と言わんばかりに薄笑いを浮かべて解説して見せる、コメンテーターのあなた、あなたのことですよ。

そういう偉ーい方々が、とっても鼻につくようになって来たので、我が家では、どうにか、舛添さんにも良いとこがあるのではないかと必死に考えてみることにしました。ちなみに、私たち夫婦は舛添さんの味方でも何でもありません。でも、定期的に出現する、この人ならどのように叩いても大丈夫、と思わせてしまう人間パンチングバッグのような存在を見ると、身から出た錆《さび》とは言え、非常にいたたまれなくなるのです。

舛添さんは成り上がりたかっただけなんだ。ただ、その成り上がり方が間違っていたんだ！　と言ったのは私の夫ですが、そうかもね、と私も思います。聞けば、東大で鳩山邦夫さんとは首席を争ったとか。片や銀のスプーンをくわえて生まれて来たような裕福な上流出、片や父を早くに亡くした貧困家庭に育ち、姉夫婦の援助で大学を出た野心家。鳩山さんに代表される恵まれた人々への劣等感はハンパじゃなかったと思います。

前回、福山雅治夫妻宅に侵入した女がフランス映画の「アメリ」だったら……という妄想を書きましたが、もし韓国映画で、舛添さん役を、ハ・ジョンウとかが演《や》ったら……ぜーんぜん違う世界が開ける！　文学に落とし込めば、パトリシア・ハイスミスの「太陽がいっぱい」？　スタンダールの「赤と黒」？　きゃー。

おい、舛添だよ？　という夫の冷静な声が聞こえて我に返りました。彼は、その昔、舛添さんの介護本を買ったことをひどく後悔していますが、セキュリティの観点からファーストクラスは仕方ない、と言います。私もそう思います。問題は、ファーストクラスやスイートルームそのものじゃないんだよなあ。ゴージャスなディテイルに浮かび上がる性根の貧乏臭さと言うか。国際政治学者かあ……そういや、落合信彦さんてどうしてるんだろ（連想）。

バブルの時期に何度かファーストクラスに自腹で乗りました。周囲の白人客たちがサーヴィスのはっぴを着てキャヴァに舌鼓を打っていました。なーんか、ださいよねー。

恋の至極はスキャンダル

2016/7/7

六代目三遊亭円楽さんが、二十歳だか年下の美女とラブホテルに入った現場を写真雑誌に撮られてしまったそうな。はー、また不倫の話題かあ……と思いながら釈明会見の様子をTVで観ていたのですが、段々、首を傾《かし》げたい気分になってしまいました。とうとう噺家さんにまで、この種のことを一大事として追及し、懺悔を要求するようになったのだなあ、と呆れたのです。桂文枝師匠のケースも、またしかり。

芸事の世界の人が特別とは思いませんが、世の中で決められている（らしい）色恋の倫理なんて、はなから期待する方が間違ってるんじゃないでしょうか。何だか、このところ急速に野暮な世の中になって来てないですか？

自らの内にある恋の倫理と婚姻関係の正当性が必ずしも結び付く必要なんてない！　そう思って、私などは、恋愛小説を書き続けて来たのですが。そもそも色恋の悦楽って、倫理から、どうしても逸脱してしまうままならなさにあるのでは？

そして、古今東西そのことは、芸術のテーマの重要部分をになって来たのでは？　なーんて書くと、昔の石田純一発言みたいになっちゃうんだけどさ。ちなみに彼は、そういう（道ならぬ）関係から文化的なものが生まれることだってあるというニュアンスで話したそうで、不倫は文化と明言していませんでした（ちゃんと観てた暇な私）。

円楽さん、六十六歳。その二十歳年下ってことは、お相手の方、四十六歳……別によろしいんじゃないんでしょうか。若気の至りとかとは違うんだしさ。いや、それはそれで楽しいんですよね。だいたい、私、若気の過ちを通過していない人間を信用しない性質《タチ》なんで。

……って言うか。噺家の方々が、こんなふうに断罪されてしまったら、いったい作家はどうなるんです‼　商売上がったりではないですか⁉　日本文学なんてスキャンダルの歴史ですよ、はっきり言って。文豪と呼ばれた偉大なる小説家の行状を思い返してごらんなさい！　ヨーロッパのいたいけな舞姫をだまくらかした末に捨てて、さっさと日本に帰って来た人（森さん）や、奥さんを自分勝手な都合で、くれてやるわいとばかりに同業者に譲渡した人（谷崎さん）や、心中未遂常習者にして口説き文句の名人、結局、女を道連れに玉川上水で死んじゃって、生まれて来てすみませんとテヘペロした人(治)とか……あ、自衛隊市ヶ谷駐屯地で割腹自殺をとげたすごい人もいます(由紀夫。鳩山ではない)。

女の作家だって負けちゃあいません。夫を置いたまま上京して来て、そのまんま恋に落ちた文士と暮らし始めた恋多き人(宇野千代センセ)とか、既婚者の作家を愛して出奔《しゅっぽん》し、その大胆な筆づかいのため男社会の文壇で干されながらも書き続け、出家してなお旺盛な執筆活動にかげりを見せない人(ジャッキー)などなど……私なんて、まーだまだひよこだなあ、と溜息をつくばかりです。犯罪にならない不道徳は、世の中を彩る……こともある筈です。恋の至極は忍ぶ恋。でも、色に出にけりでもある。そのことを第三者はおもしろがりこそせよ、糾弾するのは不粋というもの。

実は、私も夫に秘密の禁断の快楽があるんです。それは、カマンベールチーズの丸かじり。ハンバーガーを食すようにして、チーズをぱくり。最高です! でも途中飽きるので、歯形の付いたそれをこっそり冷蔵庫に保存しているのです。

黄昏はシネマの時間

2016/7/14

映画「64（ロクヨン）」、前編に続き、後編も観て来ました。豪華俳優陣の熱演がすごい迫力だった前編同様、息もつかせぬ展開で、画面に釘付けになっている内に、あっと言う間に終わってしまった充実の二時間余りでした。

私たち夫婦は、散歩がてら、よく映画を観に行くのですが、この時もそう。必ず「夫婦50割引」というのを使います。これは、夫婦どちらかが五十歳を過ぎていれば、通常料金大人ひとり一八〇〇円のところ、二人で二二〇〇円になるという嬉しいサーヴィス（二〇一六年当時）。ただし年齢確認出来るものを持参しなくてはなりません。

うちの場合、十歳年上の私の方が窓口で何か証明するものを見せなくてはならないのですが、自由業で運転免許もない身の上、写真付きＩＤとして使えるのはパスポートのみ。それを思って、いつも逡巡してしまうのです。

「ねえねえ、やっぱりパスポート持って行かなきゃ駄目かなあ。なんか大袈裟じゃない？ 映画観た後、散歩したりごはん食べたりするのにさ、ずっとパスポート持ってるのって気になっちゃったりするし……健康保険証じゃ駄目かなあ……あー、でも写真付いてないから、他人のを拝借したと疑われる場合もあるかも……ねえ、どう思う？ 健康保険証でも……」

と、いつもこうして、だらだらと悩んだ揚句に結局パスポートをバッグに入れていた私なのでした。

しかし！ 今回も同じように迷う私に業を煮やしたのか、夫が、きっぱりとこう言ったのです。

「そんなもん持ってかなくたって、顔見りゃ五十過ぎだって解るでしょ！」

……んなこと知ってるよ！ きーっ、なーんて憎ったらしい男だろう、と途端にへそを曲げてしまい、ぷりぷりした私なのでした。日頃、若さに価値なんて置いてませんの、おほほほほ、と達観しているように見せているリベラルな作家（笑）の私ですが、やっぱり見た目年齢は気になるんですよっ。若作りは断固拒否の私ですが、若々しくはありたいんです。

まあ、そんないさかいを引き摺《ず》りながらも、無事映画を堪能した私たち。外に出ると街は夕暮れ。その時間にシャンパンを飲める場所を捜して、腰を落ち着け、乾杯！　こういうひとときが、本当に幸せです。

話題は、やはり観たばかりの映画について。良かった場面も、気になったエピソードも上げて思い思いに話します。

「64の事件以降、十四年間も引きこもりになった男、髭だけ妙に整えられてた気がする」

「そお？　私が気になったのは、あれだけの絶望を味わってどん底の生活をくぐり抜けて外の世界に出て来た永瀬正敏のシャツがラルフローレンだったことだな」

「あれは、彼の幸せな時代から、ずーっと着続けてるんだよ」

「十四年間経っても、ラルフローレンの仕立てはしっかりしてるってことか……」

……いつのまにか、ラルフローレンの縫製は長持ちするという話に変換されて行った映画鑑賞の後の初夏の黄昏時なのでした。

昔、N.Y.に長期滞在していた時はブロンクス地区のシネコンによく行きましたが、金属探知器での身体検査をくぐり抜けた後に待っているのは、ポップコーン。何と蛇口から出る熱々の溶かしバターをたーっぷりかけてくれるんです。

JB偲んでソウルフード

2016/7/21

先週の「64（ロクヨン）」に続き、今週は「Mr. DYNAMITE The Rise of James Brown」という映画を観て来ました。ミック・ジャガーのプロデュースによるこの作品、ソウルミュージックのゴッドファーザーと呼ばれた偉大なるシンガー、ジェイムス・ブラウン（以下JB）のドキュメンタリーです。日本でもお馴染みの「ゲロッパ！」というフレーズをくり返して歌っている人、と言えば、あー、あの……と頷く方も多いことでしょう（本当は、ゲット　アップ！　と歌っているのですが）。そのファンキーなパフォーマンスに、亡くなった今現在も多くの熱狂的信奉者を持つJBですが、確かに強烈に格好良い。パンフレットには、青いダブルのスーツに身を包み、キャデラック（たぶん）のボンネットに片手を置いて身を預けた、若かりし頃の彼の写真がのっていますが、いよっ、ファッショニスタ！　と声をかけたいくらいにクールです。映画の中でも、共にステージに上がるメンバーには、常にスタイリッシュであれ！　と半ば命令のようにアドヴァイスしています。

でもねえ、これって、ある時期までなんですよね。ニクソン大統領を支持し始めるあたりから、なーんか、だんだんおばさんぽいファッションになって行って、八〇年代には、まったく私の好みではなくなってしまったのでした……なんて言うと、JB信者からは責められそうですが、そもそも、私、彼から漂う女性蔑視のニュアンスに我慢がならないことも多々あったんです。アメリカの公民権運動は、肌の色による偏見にブラックパワーが立ち向かった歴史的なエポックメイキングとなりましたが、性差別の問題はまったく扱われず、その後のフェミニズムの台頭を待たねばなりませんでした。

当時のソウルミュージックの歌詞ってさ、オレさまのセックスがいかに強くて男らしいかってのが多いんだよねー。JBしかり。「ゲロッパ!」は、自分のセックスマシーンぶりを延々と歌ってるんです。立て! 立つんだーっ、(get up, get on up) とくり返すこと何と三十回。想像するだけで、へとへとです。マシーンなセックスが、女をオーガズムに導く訳ではない! という男にとっての不都合な真実を、存命の内に彼に教えてあげたかったです(何様のつもりでしょうか、私)。

なんて、ここまでくさして書いておいて、今さら何ですが、この映画は、JBの一番魅力的なダイナマイト時代を切り取っていて必見です。当時を証言するおじいさんになったメンバーも格好良いんだなあ。特にドラマーのメルヴィン・パーカー。赤シャツがいかす！　ファッションにポイントを置くと、この映画の別な側面が堪能出来ます。クール、クーラー、クーレスト、坂本ですが？（©佐野菜見さんの漫画です。すみません）。

JBの映画を観た後は、やっぱりアメリカ南部のソウルフードと行きたいところですが、滅多に専門のレストランを見かけません。それなら！　と昔取った杵柄《きねづか》……アフリカ系の男と結婚していた経験に過ぎませんが、それを駆使して自分でこしらえてみましょう。

ぬるい油から煮るようにして揚げるダークミート（ももとか手羽先）のフライドチキン。そして、コーンブレッド、明日葉《あしたば》みたいな野菜のコラードグリーンのソテー。極めつきはチトリン（もつ煮込み）。どれも白人たちが捨てた部分。でも、南部の深い味がする。人種差別の中のJBのクラブツアーがチトリンサーキットと呼ばれていたのは皮肉なことです。

美味をいただく サイン会

2016/7/28

新刊「珠玉の短編」のためのサイン会を、東京、大阪、名古屋の三つの書店で開催させていただきました。本当に沢山の読者の方たちが足を運んでくださって大感激でした。その中でも、女性たちは、いつもながらお洒落な別嬪《べっぴん》さんぞろいで目を見張るほど。そして、世代の幅の広さに、またびっくり。おばあちゃんの本棚で見つけてピックアップして読み始めたという少女や、お父さんに、こういう主人公みたいな女になれ、と無理矢理押し付けられた、と苦笑まじりに白状する娘さんもいて、自分の書いた本に出会ってくれた際のさまざまなエピソード（アクシデント？）に、感謝するばかりとなった私なのでした。

少なからぬ皆さんが、お手紙やプレゼントを渡してくださるのですが、料理好きで食い意地の張った私のために、珍しい調味料を見つけてくださることも多々あります。外国製のオイルであったり、塩コレクターの私でも見たことのない岩塩であったり、地方特産の香辛料であったり。

今回、いただいたものの中に、「ゆずすこ」がありました。これ、私にとっては久々の再会で、ずい分前に九州物産展で購入したことがあったんです。

「ゆずすこ」？　何じゃ、そりゃあ、という人のために説明しておくと、名前の由来はゆず皮、お酢、こしょう（九州では唐辛子のこと）。それらを絶妙なバランスで混ぜ合わせて誕生した……というのは説明書に書いてあった受け売りですが、タバスコにあやかったのか「THE　YUZUSCO」とも表記するようです。簡単に言えば、柚子胡椒を液体にした新感覚辛味調味料というところでしょうか（なんて、これも受け売りなんですが）。

前に手に入れた時は、白身魚のお刺身のカルパッチョ仕立でよくいただきました。アマニ油などのクセのないオイルと出汁醤油をたらした後、「ゆずすこ」を振りかけるのです。もちろん、その他にも鍋物など、柑橘系と相性の良い和食には絶対に合うでしょう。しかーし、説明書にあるチャレンジャー向け使用法のところに「焼酎」とあるのはどうなんでしょう。ブラッディ・メアリー（ウオッカとトマトジュースのカクテル）に、タバスコを数滴落とすような感じなんでしょうか。柚子だけとか、レモンピールだけとかで良いんじゃないでしょうか。

大阪のサイン会が終了する頃には、仕事とは関係のない他社の編集者たちが、大人の修学旅行よろしく次々とやって来ます。そして合流して、たいていは同じ台湾の石鍋料理屋さんで、ごはんを食べます。

これは、うんと熱々にした石鍋に胡麻油を注ぎ込み、そこで豪快に炒めた豚バラ肉とバラエティに富んだ具を胡麻だれ風のスープで煮込みながら食すもの。辛い味噌を各自足しながら好みの味に調整し、締めは中華麵。ここに行き着く頃には、皆で、大鍋の担担麵をつついているような具合になります。そうして、同じ釜の飯ならぬ、同じ石鍋の麵を食った仲間になるのです。ここ数年、大阪サイン会の夜は、このお店になること多し。旨《うま》いんだなー。

そうして、飲んで食って愚連隊のようになった私たちグループは、その大人数故に難民のようになり、北の新地をさまよいながらも、ある秘密の場所に辿り着きます。そこで消費して来たお酒の量を思い出すたびに、私は叫びたくなるのです。いくら本を売っても、これでは……。

言葉も天ぷらもT・P・O・

2016/8/4

二〇一六年七月一日に起きたバングラデシュのレストラン襲撃事件では、志を抱いてその地に赴《おもむ》いていた日本人七名も巻き添えとなってしまいました。考えるだに理不尽極まりないことで、犠牲となってしまった方々の御身内や親しかった御友人、仕事仲間の人々の心の傷は、この先も癒えることはないでしょう。かけがえのない人の命を唐突に奪われた時の衝撃と苦痛はとてつもないもので、運命に突如刃向かわれたような、あるいは、神様に突然裏切られたような気持にさせられるのではないでしょうか。

そんなふうに思いながら暗澹《あんたん》たる気分でTVの画面を見詰めていました。事件から二日ほど経った頃で、その全容は次第に明らかになって来ていました。犠牲者の方々の身元なども、徐々に判明したのですが、その中に、来年結婚を控えた若い男性がいました。うわー、気の毒になあ、婚約者の方は、今どんな気持だろう……などと思って、御両親たちへのインタヴューを観ていました。すると、ひとりの女性インタヴュアーがマイクを差し出して言ったのです。

「それで、そのカノジョさん、今、どんな感じなんですかあ？」

……カノジョさんって……こらーっ、こんな時にそんな日本語使うんじゃなーい！　と、TV画面のこちら側で、殺意に似たものが芽ばえましたね。「カノジョ」はもちろん「彼女」と違う平板な発音で。そして、「どんな感じ」も「ど」にアクセントを置かない、あの、意味をわざと持たせないイントネーションで。もう一度、言わせてもらいます。こらーっ、こんな時にそんな日本語使うんじゃなーい！

馬鹿なんでしょうか。言葉にT．P．O．があるということを、プロのくせに知らないんでしょうか。息子を亡くして苦しみのどん底にいる人に、赤の他人が、そんな口の利き方をしても良いと思ってるんでしょうか。あ、馬鹿だから、何も考えてないのか。きっと、どんな場合でも友達とカフェや飲み会で話すのと同じ調子で話すのが、「自然体」かつ「ブレない」自分とでも信じているんでしょう。ちなみに、このわたくし、どちらの言葉も大嫌いですの。自然体を標榜する超不自然な女とか、ブレないを目標にあげたピントの合わない男を散々見て来ていますので。

あのー、ある種のマスメディアの人々って、あまりにも言葉に対する敬意がないと思うんですが、どうでしょう。言葉への敬意を持てないのは、それを使う対象の人々にも敬意を払えなくなるということでもあるのです。そういうトレーニングって受けて来ないんでしょうか。特にTVの人たち。

とは言え、TV画面のテロップの誤字は昔ほど多くはなくなったように思えます。いえ、あってもちゃんと訂正されることが増えました。前は本当に本当にひどかった。

昔、友人の格闘家が情報番組の単独インタヴューを受けていたのを観て、ほお、なかなか良いこと言うじゃん、感心感心と腕組みしながら偉そうに頷いていた私。直後、テロップにはこう出たのでした。

「おやじには、人の約に立つ人間になれと言われて来ましたから」

約に立つ……役に立つではなくて……？……なーんか、アバウトな人間になっちゃった気がするよ？

そう言えば、昔、私が昼ごはんをホテルの天ぷら屋さんでおごってやった時のこと。ランチメニューを食べた後、「追加で、アラカルトのこっちからこっち二往復で！」と頼んで、私をあおざめさせたよね。アバウト・前田日明くん、あなたのことよ。

2016/8/11

都知事選
野次馬の楽しみ

いよいよ東京都知事選の投開票を前に、選挙戦も山場を迎えようとしていますね。私も興味津々で候補者たちの戦いぶりをTVや雑誌などでチェックしながら、夫と二人、あれこれと難癖を付けています。

その中でもいち早く立候補に手を上げて以来、自民党のおっさんたちに苛《いじ》められているとしか思えない小池百合子氏には、どうしてもエールを送りたくなってしまう私。TV画面で見かけるたびに「ユリコー！　負けんなーっ」と声をかけていました（もはや呼び捨てです）。

しかーし！　ある時、彼女が、ボードに三つの目標を書いて掲げていたのです。自分が目指したい東京のイメージは、と言って。その三つが、これ。

1. ダイバーシティ
2. セイフシティ
3. スマートシティ

……シティを「都市」の意味で韻《いん》を踏んで並べてみたんでしょうか。セイフな東京もスマートな東京も良いんですけどね、問題は、1の「ダイバーシティ」。これ、多様性を意味する"diversity"のことですよね？　だとしたら、他の"city"と並べるのは無茶でしょう。アクセントも〝シ〟ではなく〝ヴァ〟にある訳だし……いい加減だなー、カイロ大学……などとぶつくさ言っていたら、夫が、こう笑って追い打ちをかけるのでした。

「どうせなら、キャパシティとかも付け加えれば良かったのになー、容量たっぷりの東京ですとか言ってさ」

えー？　それ、どういう都市？

それにしても、「シティ」で、まとめたこのスローガン、私、結婚式でどこかの田舎のおやじさんによる仕様もないスピーチを思い出してしまいましたよ。ほら、結婚生活における三つの大事な袋、それは、お袋、給料袋、堪忍袋（順不同）とかいう、あれ。とほほ……でも、私は、自民党のいじめっこおじさんとは違うので、これ以上、ユリコの揚げ足を取ったりはしません。三つの「シティ」を胸に、がんばれーっ、あ、キャパシティも忘れずにね。

鳥越俊太郎氏に関しては、公約にがん検診100％を掲げたので、頭を抱えたくなりました。今、そこ？　そこですか？　それって、すべての人に強制的に検診を受けさせるってことなんでしょうか。受けない自由はないんでしょうか。それとも、100％ただでお得なサーヴィスだからお勧めだよってことなんですか？

昔、雑誌編集長だった鳥越氏の下で働いていた男性がインタヴューに応じて、その行動力を賞讃していました。

「どうしても、インタヴューの取れない女優に、薔薇の花を百本送って口説き落としたんですよ！」

……そういう行動力……薔薇百本って……すげー迷惑……じゃなかった、すごい行動力です！　ゴージャスです！　さすがプレイボーイのための深夜番組「トゥナイト」に出演していただけあります！　あ、間違えた。あれ、石川次郎さんだった。

最後のひとりは、増田寛也氏ですが、彼、この間、ゲリラ豪雨で人々が消えてしまった、寂しい吉祥寺で、雷の鳴り響く中演説していました。嵐を呼ぶ男なんでしょう。呼び過ぎでしたが。

あれ？　アクアシティお台場ってのもダイバーシティの仲間？

2016/9/1

リオに神の街あり

御存じのように、新東京都知事は他の候補者たちに圧倒的な差を付けて、小池百合子氏に決まりました。ユリコ、良かったねっ！（何故か、またもや呼び捨て。面識全然なし）自民党のおじさんたちに苛《いじ》められているように見えてはらはらしたけど、実は、苛めさせていたんだね。それこそプロの仕事です。昔、バイトしたことのあるSMクラブのお姐さんもお客さんも、熟練者は皆そうでした。「〇〇させる」のプロフェッショナル。それは、言い換えれば、人々を誘導する玄人ということに他なりません。がんばれ、ユリコ！　今日、観たばかりのリオ・オリンピックの開会式でも、会場は、ユリコグリーンで覆い尽くされていたよ……と思ったらブラジル国旗でした。

もうそろそろ、いくつもの競技が終了し、結果が出る頃でしょう。そして、クライマックスへと向かって行く。開会前には、リオの治安の悪さが、これでもかと喧《けん》伝《でん》され、無事に終わるのかと不安視する声もしきりでしたが、きっと取り越し苦労に過ぎなかったと思うに違いありません。だって、あの南アフリカ共和国でのワールドカップだって問題なかったんですから。ちなみに、前にも書きましたが、南アフリカのヨハネスブルグは、世界各地のスラム街を訪れたことのある私が、一番、危険を感じた都市です。うっそ、あそこで何事も起らない訳ないよ、と不安を感じましたが、結局、何の問題もなく大会は終了。いやはや、案ずるより産むが易《やす》しってやつ？　とほっとしました。

しかし！　やはり、まだ安心出来ない気もします。映画「シティ・オブ・ゴッド」のあまりにもやりきれないいくつかの場面を思い出してしまうからです（もっとやりきれないのは、それらが名場面であることなのです）。

これは、私のオールタイム・ザ・ベストに常に入れたいぐらいに大好きな映画。舞台は、リオ・デ・ジャネイロ郊外の「神の街」と呼ばれる貧民街。そこで生まれ育つ子供たちのタフでたくましくも悲惨な日常をドキュメンタリータッチで描いています。ギャングの抗争に巻き込まれて夢を破壊されて行く彼らの人生に愕然としながらも、映像のスタイリッシュさに思わず賞讃の溜息をついてしまう……そんなアンビヴァレンツな魅力あふれる作品なのです。

今、この街、どうなっているんでしょうか。二〇〇二年の映画なので、ずい分と平和になっているかもしれません。しかし、もっとひどい状況になっていたら……オリンピックで沸き立つ光景とは異なるダークサイドも存在しているということになります。TVで、海外メディアに訴えていたスラムのおばさんもいましたし。ま、表があれば裏がある。光当たれば影もあるのは程度の差はあれ、どこの国でもそうなのですが。

あ、そう言えば、オリンピック関連で、あのテニスの錦織圭くんが、「おかあさん」と連呼するCMを、私の周辺では問題視しています。彼に罪はないですが、制作側は何を思って、世界的プレイヤーにああも幼稚な物言いをさせるんでしょう。いい年齢《とし》した大人が公の場で「おかあさん」。何故、「母」じゃないの？「カネを積まれても使いたくない日本語」をお書きになった内館牧子さんの真似して言っても良いですか？ その言葉、バカに見えるわよ！ あー、すっきりした。

昔、宇都宮の実家の側にあった在日ブラジル人御用達のショップで買った塩は旨《うま》味《み》が効いていて夢中になったものです。故郷の海の味なんだろうなあ、彼らにとって。

2016/9/15

炎上広告
現われて消える

ひと月ほど前、新しい芥川賞直木賞受賞者が決まってしばらくしてからでしょうか。日本文学振興会というところが、こんな全面広告を出したそうです。いわく、
「人生に、文学を。」
そして、その後には、こう続いていたのだとか。
〈文学を知らなければ、
目に見えるものしか見えないじゃないか。
文学を知らなければ、
どうやって人生を想像するのだ（アニメか？）〉
この青臭く偉そうな文言に対する非難の記事をあちこちで読んで、私も呆気に取られて開いた口が塞がりませんでした。何なの？　これ、ださ過ぎ……と溜息をつくしかなかったのです。あー、もう！　余計なことしてくれやがって！　と憤りすら感じました。芥川賞の選考委員を務める身としては選考の邪魔をされているのと

同じこと。それを、文学振興会がやるとは……人の不倫を暴き立ててないで、自分んとこの仕様もない言語感覚を糾弾した方が良いのでは？（文学振興会は、芥川賞直木賞を運営する文藝春秋内のセクション。あのセンテンス スプリング＝週刊文春の版元です）

この余計なお世話で解るのは、ここに書かれている「文学」とやらと、私が思う文学とは、まったく違うということです。だいたい人生は想像するものではなく実感するもの。アニメか？ って……このコピー書いた人って、野坂昭如さんの直木賞受賞作「火《ほ》垂《た》るの墓」がアニメ化されて人々を感動させ、もう一度小説に引き戻したのを知らないんでしょうか。文学とアニメの両方を馬鹿にしてるではありませんか!!

この広告、各方面からの非難ごうごうの末、たったの二週間で謝罪撤回されたそうです。あー、かっちょ悪い。それにしても全面広告な訳でしょ？ いったい、どれほどの金額を払ったのか。そして、それがその数倍のイメージダウンとなって戻って来るという無駄の極致。すいませーん、そんなんだったら、芥川賞の選考料アップに回してもらえませんかね。余裕でしょ？

ちなみに、私の人生を想像させたアニメ（笑）は、子供の頃に観た「紅《くれない》三四郎」です。赤い柔道着を身に付けて、父の仇《かたき》を捜しながら行く先々で敵を倒して行く男（いや、漢《おとこ》と表記したい）三四郎のロードムービーいや、ロードアニメなのです。

赤い太陽〜、それより赤い（赤い！↑コーラス）、胸に正義の〜〜血潮がおっどっる〜〜……と、今でも主題歌を口ずさめるくらい夢中になりました。はー、こんな素敵な兄さんと付き合ったら、あんなことも、こんなことも……と想像をたくましくした小学生の私は、その甲斐あって、高校に入って柔道部の男子とねんごろ（死語？）になりました（すぐに勘違いと悟り別れました）。赤い柔道着を空に向かって放ると同時に、ジャンプしながら空中でまとい、黒帯をきゅっと締めて着地していた超人、紅三四郎さま、アデュー！　さらば、私の幼年時代。

ところで、SMAP、とうとう解散してしまいましたね。そのニュースを耳にした晩、偶然観たDVDが「ヨコヅナ・マドンナ」という韓国映画。マドンナに憧れるぽっちゃり乙女男子がシルムと呼ばれる韓国相撲に挑戦するトンデモストーリーなのですが、これが可愛い。主人公が恋する教師を演じたのが草彅剛くん。私にとってのSMAP濃度が一番高い夜になりました。映画でなごむ夜の友はスーパーカップ。夫婦でひとつのアイスを大事に舐めるのです。

SAYチーズ！で笑う

2016/9/22

夕食は、おいしいチーズとそれに合わせたワイン、そしてバゲットで充分ですの……なんて言ってみたい気もします。実際、私もその組み合わせは必需品。その場合のチーズは、やはりナチュラルチーズ。白かびタイプのブリー良し、青かびタイプのロックフォール良し、ウォッシュタイプで癖はあるけどキャステロ・マルキの風味は最高だし、シェーブルだったらスペインのロシナンテに軍配を上げよう……なーんてね……そんなふうにチーズ通を気取ってみたいものです。

しかーし、どんなにチーズ通ぶっても、市井《しせい》の酒飲みである限り、絶対に避けて通れないのが、雪印メグミルクの偉大なる発明「さけるチーズ」なのだ！　と、この私の意見（表明？）に賛同してくださる方は多いのではないでしょうか。ちまちましたものをだらだらと口に入れつつ、意地汚い様子で酒を啜《すす》る時のあの楽しみと言ったら。飲まない人から見たら、いつまでそれやってるつもり？　と呆れられそうな、しかし、酒好きからは、くーっ、解る、解りますとも！　と深く頷いてもらえるであろう、つまみ→酒→つまみ→酒→たまにトイレ→戻って来て、再び、つまみプラス酒……という至福のメビウスの輪。わーっ、止《や》められない止まらない。スタイリッシュな酒のたしなみ方とか、そんな格好つけが頭の中から消えて行く。それが、「さけるチーズ」に代表されるちまちま系のつまみなのです。あれを裂いて、さきイカみたいになった一方のはしを口にくわえるその姿にはダンディズムの欠片もありません。その代わりに、もういいじゃん、私ら、同じ穴の愉快な酒飲みとしてちまちまだらだら楽しもうよ、という共感が湧き上がり、「お目出たき人」への道を進むことが出来るのです。

前に、食にロハスなこだわりのありそうな友人宅で飲むことになった時、途中立ち寄ったコンビニで、彼女が大量の「さけるチーズ」をかごに入れたのは、あまりにも嬉しい驚きでした。いっきに親近感が増したのです。そうだよねっ！　何事も臨機応変、T.P.O.ってこと。丁寧に引いたお出汁《だし》に浸した、旬の青菜を肴《さかな》に一献やりたい日もあれば、ジャンクなスナックを口に放り込みながら、ごくごく飲みたい日もある。どちらも楽しんでこそ、日々はカラフルな幸せと共に過ぎ行くのです。

プロセスチーズには、プロセスチーズのおいしさがあるなあ、と近頃とみに感じている私。と、言うのも、新たにベビーチーズのお楽しみに目覚めてしまったからなのです。まさか、あんなにも多くのフレイヴァが発売されていたとは！　まるで、チーズ界の「ガリガリ君」です。

Q・B・Bや雪印メグミルクを始めとして、ロルフやイオンなどいくつもの会社から発売されているベビーチーズ。銀紙に包まれて四個パックの袋に入った、あの御馴染みのものですが、昔は、プレーンしかなかった筈。それが、アーモンド風味、カマンベール味、明太子、枝豆、生ハム入りまで！　数え切れません。中でも私が好きなのは「わさび味」と「うまみ」（現在は販売終了）。この「うまみ」のラベルには泡立ったビールのジョッキの絵が小さく印刷されていて、何とも可愛いのです。

そういや、大学時代、酔っ払って、仲間となだれ込んだ同級生男子の部屋で、住人の彼がチーズ入りサンドウィッチを作ってくれました。それを口にした深窓の御令嬢が感嘆してひと言。すごいわ、こんなにチーズを薄く切れるなんて……。庶民の日常食のスライスチーズを知らなかったみたいです。

2016/10/13

司法修習生
カビを語る

その日、入浴中に髪を洗っていた私。コンディショナーのボトルが空《から》になっているのに気付いて、詰め替え用のパックの封を切りました。節約やエコの観点から、そうしている人は多いと思います。

私のシャンプー、コンディショナーのボトルはポンプ式。その上部を回し緩めて口を開け、ポンプ部分を取り出したのですが、その瞬間、なんじゃこりゃーっ、と叫びそうになりました。ポンプのパイプに謎の黒いドロドロが、たんまりと付着していたのです。

こ、これは、まさしくカビではありませんか。でも、何故？　前回、詰め替えた時には何の異変もなかったのに。詰め替え時に、絶対ボトルを洗わないで下さいという注意書きもきちんと守っていたのに。いつのまにか、カビの元が侵入してしまったのでしょうか。わーっ、いつから、ボトルの中がカビの温床に⁉　きっと、私、カビだらけのコンディショナーを長いことなすり付けていたんですね。うう、とっても気持悪いです。速攻で、そのボトルは捨てました。いじましく、本体のボトルを使い続けてはならないという教訓です。時々、リニューアルしましょうね。

カビ……黴と表記したいところですが、この漢字自体が嫌なルックスです。実は、秋が一番、カビが繁殖しやすい季節なのだとか。過ごしやすい季節というのは微生物にとっても同じなんでしょうか。食中毒も、本当は夏より秋口の方が多いらしいのです。

非常に不愉快な存在の憎むべきカビ……でも、私、青カビの付いたブルーチーズは大好きなんです。ちなみに、世界三大チーズは、ゴルゴンゾーラ、ロックフォール、そして、スチルトン。どれも素晴しい深みある味。そういや、その昔発見された抗生物質のペニシリンって、青カビから抽出されたんだよなー、と思った私は、これ食べてりゃ結核にならないよ、と吹聴していたのですが、どうやら関係なかったようです。ばか？でも美味だよねー。私は、ハムと一緒にグリルドチーズサンドウィッチにするのが好き。作家になる前の大昔のことですが、赤坂のキャピトル東急ホテル（現、ザ・キャピトルホテル東急）のバーで出してくれた裏メニューにあったのがそれ。その名も「ゴーゴーサンドウィッチ」。バイト先のクラブのお得意さまにくっ付いて行き、よく御相伴《おしょうばん》に与《あずか》っていました。鼻持ちならない小娘ですね。

ところで、皆さん、女性セブン（二〇一六年九月二十九日号）の私と芥川賞を受賞したばかりの村田沙耶香ちゃんの対談、読んでいただけましたでしょうか（318ページより参照）。実は、いつも挨拶だけで、ちゃんと話をしたことのなかった二人。ようやく、じっくりと向かい合う機会に恵まれて、話は尽きませんでした。彼女の不思議なチャームにくらくらしっぱなしの私でしたよ。天然とか言われてる女優さんたちなんて、彼女のナチュラルボーンな天然ぶりの前では、ただのあざとい人。それほど、おもしろくて見てて飽きないんです。

対談後、食事をして、最近、私と夫が見つけた「ザッツ昭和なスナック」に行き、最後は我が家に辿り着いて大宴会、というフルコース。翌日は宿酔《ふつかよ》いでしたが妙な達成感もあり。

スナックでは、総勢八名で、他のお客さんがいないのを良いことに大カラオケ大会でした。しかし、途中、常連さんらしきおじいさんが入って来たので、途端に居ずまいを正して行儀良い子のふりした私たち。すると、そのお客さんがからんで来たんです。いわく、

「あんたたち、司法修習生だろう！」

何故!? ホワーイ!? おめでとうと乾杯されている沙耶香ちゃんの司法試験合格祝いと思われた? 年食った修習生な残りのおれたち……

写真週刊誌に愛憎こもごも

2016/10/20

　またもやの週刊文春による不倫報道。キャッチされたのは、歌舞伎役者の中村橋之助氏と京都は先斗町《ぽんとちょう》の売れっ子芸妓《げいこ》さん。

襲名披露の大事な時に、あれはまずいよねーという意見あり、あまりにも綺麗に撮れているので、その宣伝じゃないの？　と邪推する人あり。歌舞伎役者と芸妓の色事に野暮は言いなさんな、と諭す人もいました。そして、芸の肥やしは、有りか無しかという軽い論争も勃発。皆さん、やはり一家言あるんですね。

　私も気になって仕方ありませんでした。が、しかーし!!　私が目に止めたのは、許されるか許されないかというような道義的な問題点ではないのです（基本、他人のラヴァフェアには寛容です……て言うか、無責任におもしろがる性質《タチ》なので）。

　私が問題視したのは、そのグラビアの隠し撮り写真に添えられた橋之助氏の洩れ聞こえて来たひと言。美しい芸妓さんと御満悦の体《てい》で食事をしながら、彼は、こう言ったとか。

「フォーカスに撮られちゃうよ」

……フォーカス！　それ、十五年も前に廃刊されてるよっ！　時間、止まってる？　でも、この一文を読んだ時、何とも言えない懐かしさを覚えてしまったのです。やはり、この世は何事も栄枯盛衰。あんなにも隆盛を誇っていた写真週刊誌も、今は見る影もない……諸行無常です……ふ、偉そうにしてるからだよ、ざまーみろ！　ええ、私も、散々追いかけられて、不本意な記事を書かれたくちです。

八〇年代、フォーカスに続き、次々と写真週刊誌が創刊されました。今も残るフライデー、フラッシュ、あの週刊文春の版元である文藝春秋からは、エンマ。そして、この女性セブンと同じ小学館からは、タッチ。その他、小さな出版社からもいくつか創刊されました。何故か全部片仮名表記。アルファベットで、少しでもスタイリッシュな印象を与えようとしたのでしょうか。どうやっても、内容は下世話そのものでしたが。しかし、その下世話さを、実は人々が求めていたのを写真週刊誌は証明して見せた。卑小で、愚かで、だからこそ捨てて置けない醜聞や事件の数々が、毎回誌面を禍禍《まがまが》しく、キッチュに彩っていました。私なんか、誘惑に勝てずに舌打ちしながらも立ち読みしていましたもんね。

そして、大ブームは、やがて「フォーカスされる」「フライデーされる」という流行語を生みます。件の歌舞伎役者さんは、ここで止まったままだったから見くびっていたんでしょうね。文春砲の時代なのに。

写真週刊誌の人気がいっきにピークに向ったのは、一九八五年からだったでしょう。あの日航機の墜落事故のあった年です。ページをめくるたびに、目を覆いたくなるような惨状を見てしまうことになるのですが、実際には、ほとんどの人が目を覆ったりせず、焼け焦げた遺体の写真を食い入るように見詰めたのです。

人の死も不倫も汚職も災害も、何もかもが一枚の写真の許《もと》で一緒くた。でも、そこでは、希望や幸福や喜びも同列に並べられているのでした。ちなみに、私がデビューしたのも八五年。嬉しさも口惜しさも写真週刊誌が運んでくれました。写真は嘘をつかないけれども、そこに付けられた文章は嘘をつく。そんなことを学んで、あれこれ肝に銘じました。

そう言えば、私の取材に来た記者で後に担当編集者になった人物がいたのですが、今でも酒を飲むたびに、私にいびられていて可哀相です。シャンパンと旨《うま》いめしでチャラにしてやるとか言われてさ。でも、後の良い仕事に結び付いて良かったね。

WEEKLY
MAGAZINE

きのこ愛ラプソディ

2016/10/27

秋！　きのこのおいしい季節です。

この間、エンポリオ紀ノ国屋といった感じの少しばかりお高いスーパーで、夫とたまの贅沢とばかりにあれこれ物色していた時のこと。野菜売り場にずらりと並んだきのこを前にした、御夫婦の会話が耳に飛び込んで来ました。

「おっ、松茸が出てるじゃないか。今晩は、これですき焼きと行かないか」

「……椎茸で良いんじゃないの……」

思わず振り返って見てしまいました。お年を召した品の良い御夫婦です。御二人共、七十歳くらいでしょうか。楽し気なだんなさんの提案をうんざりした感じでスルーした奥様。

ははーん、と思いました。雰囲気から察するに、だんなさんは、大会社の管理職か何かの偉い地位に就いていた方に違いありません。そして、接待などでさまざまな高級料理店に行った経験をお持ち。そう、松茸をカジュアルにすき焼きに入れてしまうような贅沢な店。そんな名店に行きつけていたので、リタイア後もなかなかその癖が抜けないのです。松茸と来たら、土瓶蒸しや焼き松茸のような当り前より、すき焼きやフライで外すのがオツだろ？　なーんて。

解ります！　私もバブル時デビューの作家です。あれこれ意表をついた松茸料理をいただいたことがあります。確かに、すき焼きに入れるのはおいしい！　甘辛い割り下に松茸の風味が加わって、奥深い味になるのです（くどいので、すぐ飽きますが）。

でもねえ、おとうさん（と、勝手におとうさん呼ばわり）、市井《しせい》の人々にとって、松茸は大変な贅沢品なんです。すき焼きにぶち込んで、わしわし食べる、なんて、暴挙以外の何物でもないんです。もう会社の接待費では落とせない身の上。奥様の言うように、椎茸にしときなさいよ、シイタケに！

と、余計なお世話のエア説教が、頭の中を駆け巡ったひとときでした。奥さんにくっ付いてスーパーにやって来る世のだんなさんたちって、どこかピントが外れていて、呆れるやら可愛いやら。ま、うちの夫もそのひとりなんですけどね。

ところで、私は、大のきのこ好き。秋はもちろん、年中、毎日のように食べています。我が家のカレーの具は、何が何でもきのこだけは外せません。じゃがいも？

入れません。野菜系のメインは、絶対にきのこです！　シイタケやシメジ、エリンギなどの定番物から、アミガサタケ、ヤマブシタケ、ハツタケなども見つければ即購入。私の実家のある栃木県では、チタケというきのこを採って鍋物に入れます。炒めた茄子とつゆに入れたチタケそばという郷土料理もあります。野生のきのこであるこのチタケ、秋のシーズン、採取時に遭難者を出す年もあったとか。

ポルチーニも大好きです。昔、イタリアに行った時、毎日食べるのを自分に課していました。シーズン中には、メニューのカルネ（肉料理）の欄にポルチーニのステーキがのっているんです。あ、それからフクロタケ……小さいきのこに大きなきのこが覆い被《かぶ》さったようなルックスで、中華の炒めものなんかに入っていますね。あれも旨《うま》い……旨いのですが、なーんか、残念な童貞のおちんちんを彷彿とさせて、レ・ミゼラブルです。慚愧《ざんき》に堪えません。

昔、アメリカでの長期滞在を終えて帰国したら、我が家のバスルームにぶら下がっている木製のボディブラシに変なきのこが生えていました。松本零士先生の漫画「男おいどん」の汚ないパンツに生えるサルマタケを思い出しました。ぞぞっ。

いとしの豆腐エレジー

2016/11/3

ＳＯＹＪＯＹと言えば、大人気のヘルスコンシャス系スナックバー。私もたまに小腹がへった時にいただきます。特にバナナ味が本物のバナナみたいで大好き……なんですが。

この間、ぼんやりとＴＶを観ていたら、突然、ＳＯＹＪＯＹのＣＭが流れました。ふうーん、新商品？　などと思いながら画面に目をやっている内に、激しい違和感が湧いて来たのでした。

そのＣＭでは、何人もの人々が次々と豆腐を素手でつかんでは、丸かじりするのです。そして、仕舞いには制服姿の女子高校生が、手に持ったでっかい豆腐を口にくわえながら、横断歩道を軽やかに走りながら渡って行く……。

豆腐同様の栄養価がある便利なＳＯＹＪＯＹでエネルギーを補給しろ！　ってなコンセプトなんでしょう。

でも、ここで私が思い出すのは、韓国映画の裏社会もの。刑務所から釈放されたボスとかを待っていた舎弟たちが、すかさず豆腐を差し出すあの場面。刑務所の門の前、迎えの車の中、さまざまな場所で、彼らは素手でつかんだ豆腐を貪《むさぼ》り食うのです。あれ、厄落としみたいなものなんでしょう。TVドラマなんかも入れれば、釈放の直後の豆腐つかみ食いのシーン、私、たぶん十回以上観ていると思います。きっと、すごくポピュラーな習慣なんでしょう。

ソン・ガンホやハ・ジョンウが口に豆腐を押し込むのを見るたびに、ちぇ、うちに冷奴《ひややっこ》を食べに来れば良いのに、と思います。たっぷりの薬味を刻んでのっけた特製を用意して、兄さんたちの長いおつとめの労をねぎらってやりたい！　と詮ないことを考えたりするのです。

で、件《くだん》のCMです。あれ、まずいんじゃないでしょうか。御行儀云々《うんぬん》の問題以前にさ……たとえば、よその国のおいしいライスクラッカーのCMで、茶碗に山盛にしたごはんに箸が突き刺さって出て来たらどうでしょう。慣れない箸を使うことなく、美味なるライスのパワーを今こそ！　なんて言ってさ。一粒のごはんも無駄にすることなく体内にチャージ出来るよっ！　サクサクサクサク……（クラッカーを咀嚼《そしゃく》する音）ま、誰も気にならないなら、それはそれで良いんですけどね。

豆腐は、我が家でもしょっ中、食卓に上ります。冷奴だけでも、小葱とかつおぶし、そして、すりおろし生姜をのせた正統派から、ハムや胡瓜を胡麻油であえたのをあしらった中華風、モッツァレラチーズに見立てたカプレーゼ仕立などなど……ヴァリエーションは無限です。でも、私が一番好きなのは、本わさびのおろし立てをのせて、出汁《だし》醬油をたら—りと回しかけたもの。丸ごとの本わさびは、山田家の贅沢のひとつです。さっと焼いた牛肉の薄切りにもたっぷり使います。

豆腐で思い出しましたが、私には子供の頃の、今でも吹き出してしまう突飛な過去があります。

中学二年生の頃です。当時、夏休みになると仙台の大学に行っていた従兄《いとこ》が、福井の実家に帰省する途中で栃木県の我が家に寄り、長い間滞在するのが常でした。彼と私は、何かしら馬鹿げたことにトライしては大失態をさらしていたのですが、ある時、いただきものの大量のドジョウを豆腐と煮てみようとしたのです。水から煮ると、熱くなったドジョウが逃げ場を求めて冷たい豆腐に頭を突っ込むから、ドジョウ豆腐が出来上がると彼が言うのです。で、実行したのですが……もがき苦しんだドジョウは次々と鍋の外に飛び出したのでした。呆然自失の二人組。馬鹿です。

ハッピー ボブ・ディランナイト

2016/11/10

祝！　ミスター・ボブ・ディランのノーベル文学賞！……なーんて、実は、私、あんまり熱心に聞いたことありません。でも、我が家には、ボブに関するすべてのものがそろっているのです。CDはもちろんのこと、書籍、映像、その他もろもろ……実は、私の夫は、重症の（と、言うと病気じゃない！　と怒るでしょうが）ボブ・ディランマニアなのです。

ノーベル文学賞の決まった、その夜、私が某文学賞の選考委員を務めて家に戻ると、夫はボブ・ディラン三昧していました。そして、彼に影響を受けた日本のミュージシャンのコメントの数々がニュースで流れる中、夫は言うのです。

「まず、みうらじゅんさんに今の思いを聞くべきじゃないか！」

みうらさんは、熱狂的ディラン信者で知られているのだとか。

「そしたら、ホフディランにも聞かなきゃね！」と、私。

ホフディランは日本のミュージシャン。メンバーのひとりの名が「ワタナベイビー」というのですが、作家の山崎ナオコーラさんを彷彿《ほうふつ》とさせる、イカスふざけ具合です。ちなみに、私の本名は双葉と言いますが、小学校の頃、相撲取りにかけて「山田双葉山」と呼ばれからかわれていました。双葉山と言えば、六十九連勝した昭和の名横綱らしいのですが(すいません、相撲、全然知らないので)、女の子的には、その渾名《あだな》が嫌でたまりませんでした。

それはともかく、夫が次にこう言ったのです。

「東京ボブにも聞くべきだし」

「……誰、それ」

そこで、夫は白状したのです。池袋のPOLKADOTSというバーに私に内緒で行ったことがあるということを。ふーん、そうなんだ、仕事帰りにそういうとこに寄ったたっていうの黙ってたんだ……と、訝《いぶか》し気に彼をながめた私です。こいつめ、おひとりさまを満喫か？

「……夫婦間に隠しごとはないと思ってたのに……」

「そんな、大袈裟な……」

POLKADOTSは、ボブ・ディランの曲が流れるコアなファンのためのカフェ&バーだそうで、そのオーナーさんがそっくりのスタイルで東京ボブと名のっているのだとか。ちなみに、ポルカドットとは、英語で水玉の意味。ディランの好きなシャツの柄だそうです。

「お店の御主人は、東京のボブだから『東ボブ』で、アメリカのボブは『米ボブ』って呼ばれてるんだ」

と、夫は得意気に語っていましたが、米ボブって……本人じゃん‼

夫のディラン熱には付いて行けない私ですが、ひとつ好きなエピソードがあります。

それは、アメリカ国内の高速道路で、ボブ・ディランがスピード違反を起こし、パトカーに止められた時の話。

免許証の提示を求められたボブが、ぐずぐずしていたら、警官が、ともかく名前を言うように命じたので、渋々従ったそうです。すると、警官は、メモを取りながら、こう言ったそうな。

「名前は、ボブ・ディランね。で、職業は？」

未来のノーベル文学賞受賞者、かたなし！　でも、吟遊詩人的にはナイスな逸話です。

昔、ニューヨークでボブ・ディランという名のカクテルを飲んだよ。米ボブ旨《うま》し。

イクメン父
いろいろ

2016/11/17

青果店やスーパーのフルーツ売り場に梨が並び始めると、大きなタッパーウェアに水キムチを仕込みます。そして、それは、梨の季節が過ぎ去るまで続きます。基本の材料は、大根、胡瓜《きゅうり》、りんごなのですが、ある時思い付いて梨を入れてみたら、これが大正解。体にとても良いものを取り込んでる！ という滋味が舌に広がるのです。りんごと梨を多めに配分して発酵させ、はちみつをひとすじ、すいーっとたらすとなお良し。空気中の乳酸菌とのケミストリーで出来上がる水キムチですから、腸の健康にも効果あり。

あれこれと見つくろった野菜で試してみましたが、意外といけるのがプチトマト。楊枝《ようじ》でぷすぷすと穴を空け放り込んで置くと、りんごと梨の甘みを吸い込んで、巨峰のごとき美味に！（でも、巨峰で試してもプチトマトにはならず、むしろ、だいなしな味に）飲み過ぎた朝に、肉料理のサイドのスープ代わりに、ぜひお試しあれ！

スーパーと言えば、この間、うちの近所の安売りスーパーに行った時のことです。

ある男性の押しているカートに目が釘付けになってしまいました。

それは、カートには、小さなお子さんを乗せられるようになっているものがありますね。カート本体の押し手側に、お子さんを座らせるためのサドルのような腰掛けが付いたりしている。親が目を離すことなく、安全に買い物が出来て便利です。

ところが！　その男性は、その椅子部分を無視して、カートにのせた黄色い買い物カゴに直接女の子を入れていたのです。そして、その子の体の上に、肉や野菜などを直接置きながら店内を回っていたのです。もう、大きい子なので、すっごく不自然。

私は、子供嫌いという訳ではありませんが、思いました。ねえ、それ、衛生上、非常に問題なんじゃないの？　まさか、その子の足の下にある食材、気が変わって元の売り場に戻したりしないでしょうね。ていうか、すげー気分悪いんですけどっ！

自分の子供は、誰よりも可愛くて綺麗。だって、食べちゃいたいくらいなんだもーん。ね、皆も同じように思うでしょ？

彼の顔には、そう書いてありました。得意気に、カートに乗った……いえ、カートの上のカゴに入れられ、食べ物を足でおもちゃにしている娘を見せびらかすように、長い時間をかけて、店内をクルージングしていました。はやりのイクメン？ やっちゃってる自分を誇示しているようにも見えました。

イクメン。もう、はやってないから！ それ、ただの父親の義務だから！ 大変な思いをして子供の面倒を見ざるを得ない父親もいれば、ファッション感覚で的外れなアピールをしている奴もいる。色々です。そういや、イクメン志願のふりして、奥さんの妊娠中に他の女とちゃっかりラヴアフェア……なんて元国会議員もいましたっけ。

この間、仕事場からの帰り道に困っているお母さんを目撃しました。ベビーカーに乗っている男の子が、突然、飛び降りて走り出してしまったのです。慌てて追いかけるお母さん。男の子は、走って行った店の前から動こうとせず、まだ回らない舌で、ドアを指差しながら中に入ろうと促します。いったいどうしたって言うの？ と困惑しきりのお母さんでしたが、私には察しが付きましたよ。男の子が入りたがったのは、天井チェーンの「てんや」。きっと、イクメン父と来たんでしょう。父ちゃん、天ぷらをアテにビールを一杯やってたね。これは、許す！

2016/12/1

来たれ！朗読ジャズライヴ

下北沢のレディジェーンと言えば、俳優の、故・松田優作さんがこよなく愛した老舗ジャズバーとして知られていますが、ここで「下北ジャンクション」と銘打たれたジャズと朗読のライヴを定期的に催しています。

出演者は、日本の名立たるジャズミュージシャンであるウッドベースの吉野弘志さん、ドラムスの小山彰太さん、ヴァイオリンの太田惠資さんたちと、ここではフルーティストとしての側面をおおいに披露する同業の奥泉光、そして、私。ジャズと小説のセッションをお客さんにおおいに楽しんでいただこう、という趣向です。

この朗読ライヴ、場所を移しながら、もう足掛け十数年続いています。時にゲストもお呼びして、楽しい、そして、エキサイティングな一夜を作り上げるのです。この間は、芥川賞を「コンビニ人間」で受賞したばかりの村田沙耶香ちゃんが観に来てくれましたが、やがて彼女にもぜひ参加して欲しいところです。あの不思議な雰囲気とジャズとのケミストリーを見てみたい気もします。

男ばかりのメンバーの中の（一応）紅一点である私。その晩に着る服に、毎回、困っているのです。ちょっとは華やかにした方がいいのかなあ、なんて思って。

今回は、母が六十年近くも前に仕立てたラスティー（さび色）なワンピースを着てみました。鈍く光る重めの生地で作られた、Aラインのシャツ仕立て。いわゆる昔の「よそゆき」です。転勤族の娘である私は、幼い頃、母が会社の社宅に引っ越しの挨拶回りをする時に着ていたのをよく覚えています。髪を夜会《やかい》巻きのように結っていました。

私は、母の昔の服が大好きで、見つけるたびに、これちょーだい！　と有無を言わせず自分の物にして来ました。で、思うのですが、昔の服の縫製は、すごい！　肘の部分の布にダメージが行かないように、そこに隠しダーツが入っていたりするのです。もちろん、ボタンは、落ちないように、表と裏のダブルボタン。

三十年前の直木賞の記者会見にのぞんだ時に着たのは、母が新婚旅行に着たピンクの麻のミニワンピース。同じ生地の上着も付いてセットアップになっているのですが、これが絶対に現代にはない、しっかりとした作りで、昔、横田基地の前のテイラー兼、クリーニング店に持って行ったら、そこのおじいちゃん店主が感心していました。こ、この裏地、そしてボタンの付け方の素晴しさよ！　と言って。

スマイルマークのボタンが縦にずらーっと並んだミニの巻きスカートなんてのもありました。もちろん手縫いです。今は、もうすっかりおばあちゃんの母がどういうふうに着こなしたのか……これで、父がたぶらかされたのか……興味津々です。

その夜、私は、自分で髪をショートボブに切ってステージに出たのですが、観に来てくれたゲイの友人たちに、どうよ、これ、と聞いて回りました。すると、自他共に私の妹と認める男子が尋ねるのです。

「ねえさん、どういう心境の変化なのよっ⁉」

「あー、私、もう髪を伸ばしても、もてる年齢《とし》じゃないんだなあって、やっと解ったの」

「何それ⁉　結局、『モテ』で伸ばしてたの⁉」

「そうでーす！」

朗読ライヴ後、近所の居酒屋の座敷で胡座《あぐら》をかいて、うぇーいとか言って黒ホッピーを飲んでいた私。清々しいほどに人目をはばからないはしたない姿。髪の長さとモテは何の関係もないようです。ほほ。

昼飲みで 大統領選

2016/12/8

近頃、東京オリンピックがらみで「レガシー」という言葉をよく聞きます。言うまでもなく「遺産」という意味の英語ですが、今の御時世、「未来に残した場合に有益」なものと同義に使われるようです。

しかーし！　私は、こう思うのです。どうなるか解らない未来のためのレガシーより、過去から受け継がれて来た現在のレガシーの方を重要視すべきではないかと。スクラップ＆ビルドを良しとして巨額のお金を動かそうとする今の東京のあり方って、まったく理解出来ないし、野暮だと思う。ほらっ、そこの木、切らないでもらえます？　ええ、怒ってます。

それと、これに関連して、日本の電柱と電線が醜いだなんだと悪《あ》しざまに言われていますが、実は、私、嫌いじゃないんです。大学の漫画研究会で劇画の洗礼を受けたせいでしょうか。黒いインクで描かれる込み入った電線とそれらをつなぐ電柱にスクリーントーンが貼られた風景には、ぐっと来たものです。今でも、日没前の紫色の空に黒い線のように浮かぶ電線の影を美しいと思ってしまいます。日本特有の荒木経惟《アラーキー》的な美、のような気がして。ま、これは余談ですが、人には人の価値観があるということです。

さて、このエッセイでも恐れていた「トランプ大統領誕生」、とうとう現実になってしまいましたね。アメリカの掲げていた「フリーカントリー」の行き着く先がここだったとは……まったくもってF××Kです。

この悪夢が現実となった瞬間、私は、神戸の新開地という所にいました。夫と二人、おっちゃんたちの昼飲みの聖地である「高田屋」という居酒屋さんのカウンターで、かちわりワインを飲みながら、TVに釘付けになっていたのです。

まさか、肉体労働を終えて来たあんちゃんたちと、アメリカ大統領選の結果を固唾を呑んで見守ることになろうとは思いませんでしたが、誰もが大注目し真剣に楽しんでいるようでした。カウンターの中にも小さなTVがあり、働いている、おばちゃん、おねえさん（皆、迫力あり。味もあり）たちも速報を見ては、驚いたりガックリしたり。見事にエンターテインメントと化した今回の大統領選なのでした。

結果はどうあれ、おもしろかったのは否めません。

新開地は、その昔の遊郭から続く歴史ある歓楽街の福原に隣接するエリア。以前は、ずい分とやばい雰囲気だったと聞きますが、今は、文化的なイヴェントなども開催されるなかなか味のある街です。夫は、高校生の頃、映画を見に来たと言っていました。私は、すっかり高田屋ファンになり通っているのです。

その日は、須磨に行った帰りに立ち寄りました。私は、季節外れのリゾート地が大好き。シーズン中の騒々しさが消えて、少しだけ寂しくてもの哀しい空気の中を歩く気分がたまりません。そんな私の好みに、秋の須磨海岸は、ぴったりです。波のない、陽ざしできらきらするだけの砂浜沿いをただひたすら歩くのです。ほとんど人のいない海辺は、たまらなく小説的で、「海からの贈り物」を書いたリンドバーグ夫人のような気持になれます。

散歩の前には、須磨駅側にあるホットドッグ屋さん「コペンハーゲン」にぜひ！ メリケン波止場で働く知り合いに、須磨に行ったら絶対にあそこに行かなきゃと言われていたのですが、今回、ようやく叶いました。とろーりとしたチーズのかかったホットドッグとスパイシーなホットワイン、お喋り好きなデンマーク人の御主人。すべて最高です。

挨拶の極意
NYC編

2016/12/15

前に、スーパーのカートのかごに、娘と食べ物を一緒に入れて、得意顔で店内を徘徊していたイクメン父に呆れた、という話を書きましたが、またまた問題ありのパパを目撃しましたよ。

ある日の午前中、私は仕事場へと急いでいました。すると、五、六歳くらいでしょうか、子供用の自転車にまたがった男の子が、のろのろと不自然な様子で移動しています。足の間の自転車ごと歩いているのです。

狭い道で、通行人やたまに通り掛かる車の邪魔になっているので、どうして、ちゃんと乗らないんだろうと追い越しざまにうかがってみると、なんとポケモンGOをやっているのでした。

ち、危ないなあ、と思いつつも、そのまま行き過ぎようとすると、前の方から腹立たし気な男の声が。

「おい、早くしろよお！」

見ると、数メートル先に、男の子と同じように自転車にまたがった大人が、ポケモンGOから視線を上げて振り返っていたのです。

うわーっ、と思いました。その日は、土曜日。仕事休みのお父さんが、やはり学校だか幼稚園だかが休みの子供の面倒を見ていた光景……にしても、なーんて危険で迷惑な父子なんだ！　すぐ近くに公園があるんだから、さっさとポケモンごと、そっちに移動しなさーい！　ほら、また車来てるよっ！

……なあんて言える筈もなく、心の中で悪態をつきながら、その場を離れたのでした。下手に注意して、反対に言い掛かり付けられたらたまったもんじゃないし……と、ここでふと思ったのは、これがアメリカだったらどうだったかなあ、ということです。

自分の背後から息子が付いて来ると信じて疑わなかったお父さん。これ、有り得ない。誘拐されていなくなってたらどうするつもり？　事故も心配ですが、こっちだって怖いでしょう。ほんの一瞬の隙で子供は犯罪に巻き込まれてしまうのです。イクメン気取るなら、ちゃんと育児しましょうね、そこのお父さん。

某マンションで、挨拶禁止を提案した母親がいて物議を醸《かも》しているそうです。知らない人に応対して交流を持ったりすると、事件に巻き込まれる危険があるから、とのこと。

それに関しては、そんなせちがらいのは良くない、とか、礼儀は重要という反対意見もあれば、いや万が一を考えたら仕方ないという賛成意見もあり。

私が思うのは、知らない人に挨拶をされて返すのと、知らない人に付いていくのは違うのではないかということ。この二つの区別をしっかり子供に教えるべきだと思っています。

と、いうのも、私は前の結婚でアメリカ人の元夫に、しっかりと叩き込まれたからです。

いわく、エレベーター内で「ハーイ」と言われたら必ず「ハーイ」と返すこと。それが余計な敵を作らないこつ。出来るだけ感じ良くしていろ、と。何が怨みを買うかは解らない。つまり、当たり障りのない挨拶は、身の安全のためのスキルのひとつだということなのです。

と、同時に、子供相手には絶対に挨拶以外の言葉をかけるなとも教わりました。不審人物と思われないためのこちらの防衛策です。

感じ良く感じ良く、でも絶対に付いて行かないこと。そう自分に強く言い聞かせていた私は、NY市警のおまわりさんにナンパされましたが、パトカーには乗りま

せんでしたよ。そしたら苦笑してキットカットをくれました。御褒美か⁉

2016/12/22

稲田大臣

眼鏡の怪

私の夫が大のカレー好きという話は前に書きました。そして、たいがいの男がカレーに目がない、ということも。しかし、彼のこの発言ってどうなんでしょう。

先日、朝ごはんに昨夜の残りのカレーをかき込んで、ばたばたと出勤の用意をした彼、寝室を覗いて、まだぬくぬくとベッドの中にいる私に得意気に言ったのです。

「おれ、やっと川島なお美の言ってたことが理解出来たよ！」

いきなり何だ？　と思っていたら、彼は、こう続けるのです。

「おれの血はカレーで出来ている‼」

「……マジで？」

これ、もちろん亡くなった女優の川島なお美さんが生前に言った名言、

「私の血はワインで出来ているの」

を受けた発言な訳ですが……カレーって……あんたの血、どろどろじゃん！　動脈硬化とかにならないよう、せめて、スープカレーにしてもらいたいです。あそこ

から派生した「私のワインは血で出来ているの」というホラーな迷言もありましたが、「おれのカレーは血で出来ている」という文言を思い付いて、ものすごく怖くなっています。

さて、話は変わりますが、近頃気になっているのは稲田朋美防衛大臣（当時）のファッション、特に、あの眼鏡です。伊達《だて》眼鏡と聞きましたが、いったいどうしてなんでしょう。

実は、私、ある年齢以上の人間がかける伊達眼鏡って、ものすごく格好悪いと思っているんです。いえ、ファッションのため、あるいはハッタリをかますため、頭良さげに見せるためなど、理由はともあれ、伊達眼鏡をかけること自体は良いんです。問題は、それを伊達眼鏡だと周囲に知らしめることなんです。

作為的にかけてる眼鏡って、何かうさんくさくないですか？　眼鏡の格好良さの第一条件は必然性だと思う訳よ。なんで、わざわざ伊達なのを吹聴するかなあ。

若い子が、これ素通しだよーとか言いながらかけるのは良いんです。稲田大臣、私と生まれた年も月も一緒の五十七歳。ここで、新明解さんで「伊達」を引いてみました。そこには、

〈内容を充実させることには意を用いず、外見（だけ）を飾る様子。〉

と、あります。もう、我々の年齢になったら、「伊達」はよろしいんじゃないでしょうか。サラ・ペイリンを彷彿とさせるのは、あまり得にはならないと思います。オタサーの姫（解説は略します）っぽいのも女性の支持者を遠ざけます。

その昔、不良っぽく見られたいなら煙草、芸術家に見られたいならベレー帽（笑）、秀才に見られたいなら眼鏡なんていうステレオタイプの小道具たちがおおいに役立ったものですが、今となってはカリカチュア、お笑いです。こう見られたいというイメージをファッションだけで実現しようとするのは本当に危険。失敗したら、失笑が待っている。

稲田さんが、ミリタリーっぽいアウトフィットで自衛隊を訪問するのを見ましたが、何故、ああなる……私は長年、横田基地の側に住んでいましたが、女性の軍服姿が、時々、息を吞むほど格好良かった。戦争には、まったく賛同しませんが、エアフォースジャケットの着こなしは溜息ものでした。何故か。たぶん、必然性があるからだと思います。私たちが必然性もないのに、あえて、それを身に着ける場合、細心の注意を払わなくてはなりません。眼鏡や服だけじゃなくてね。

2017/1/1

都知事さん横文字愛好者

あのー、最近、とみに不思議でたまらないのですが、都知事の小池百合子さんて、何だってあんなにも横文字を多用するんでしょうか。英語ではなく、横文字。私には、時々何を言っているのかさっぱり理解出来ないのですが、都民の皆さんは、あの横文字を共通言語として認識しているんでしょうか。もっと、日本語への変換能力を駆使して、私のような横文字無知にも解るようにお話ししていただきたいです。なんか、八〇年代の業界人みたいで、少しもクールジャパンじゃないです（今の業界の人々も片仮名多いですが、違う種類に感じられます）。

あー、しば漬け食べたい（故・山口美江さんが元祖国際的美女に扮したCMのコピーです。インターナショナルなシチュエーションに身を置いてグローバリズムをテーマにビジネスを展開していると、ベリータイアードになって、ゴーホームした途端に、ごはんとしば漬けが食べたくなるという内容……いや、コンテンツ？すいません、なんか下手なプレゼンみたいな説明になっちゃった）。ＴＶで御顔を拝見するたびに、そう呟きたくなる今日この頃です。

多用される横文字をいちいちフリップとか使って親切に解説する番組サイドってのもやなんだよなー。誰も、的確な日本語はないのか、と問題提起することもない。あれ、なんで？

そう言えば、昔、故・加藤和彦さんのラジオ番組に招《よ》ばれた時、時間よりずい分早く到着してしまった私は、スタジオの外に貼られた日本のヒットチャートをながめていました。

辞書から引っ張り出したような不自然な英語の曲名が並ぶ中、ひとつだけ、わー、格好いいなー、と感心した日本語のタイトルがありました。それは、ブランキー・ジェット・シティの「ガソリンの揺れかた」ってやつ。たぶんクールじゃん？　と思って付けたであろうほかの英語の曲名が、すごく不粋に感じられました。英語だから良いってもんじゃねえやい！　てなふうに。

いや、英語だろうが、日本語だろうが、横文字だろうが、外来語だろうが、そこに的確に収まり、伝えたいことが伝えたいように、ちゃんと伝わる言葉なら良いんです。T・P・O・重要です。都政で使う言語は、歌や本や映画などに求められるものとは違う筈です。

話は変わりますが、この間「そばと私」（文春文庫）という無類の蕎麦好きの人たちによるエッセイ集を読みました。私も蕎麦は大好き。お酒と一緒に嗜《たしな》むことを覚えてから、ますます好きになりました。

このアンソロジーの中で、生前親しくさせていただいた作家の水上勉さんが、まさに、彼らしいことを書いています。蕎麦は、まずい店でも、それはそれで良いとした後で、

〈ひたすら諸国を歩いて、好きな女にめぐりあうよろこびを夢見ることに似ている。女に裏切られれば、またつぎの女にうつればいいのである〉

いよっ、好色一代男！　と声をかけたくなります。存命でいらしたら、一代限りなのがせつなくてかなわん、とでもおっしゃったでしょうか。セクシーなのに、いけずで食えないじいさん、と私に言われて、さも愉快そうに笑っていらした姿が目に浮かびます。ぼくの一番若いガールフレンドと言われて得意になり、色々な所でおいしいごはんとお酒を御一緒しましたっけ。そうですか……蕎麦は女ですか。

名店の蕎麦も良いですが、私は町場のＴＶのあるような所が好き。蕎麦前（酒の肴）の玉子焼で一杯やりながら、店にある新聞で都政の記事を読むという……この楽しみに横文字など介入出来ません！

新年に万年の抱負あり！

2017/1/19

明けまして、おめでとうございます……と、言いたいところですが、御存じの通り、これを書いている時点では、まだ年の瀬。年末進行と忘年会続きで、私たちの業界はやけくそのようになっています。

私は、と言えば、この時期はあえてじっくりと進める仕事に取り組むことにしているので、編集者たちのように時間との闘いになることもなく、お付き合いの飲み会もいっさい止《や》めているので、比較的ゆるやかな日々を送っています。

それでも、親しい人たちとは、おおいに羽目を外して、一年の反省をしたり、憂さ晴らしで溜飲《りゅういん》を下げることとも。そして、翌日は、宿酔《ふつかよ》いでボツ日（ボツ原稿のボツです）を迎えてしまうというていたらくの日々もあります。

ええ、昨日も、私たちは、麻布のお姉ちゃんのような人がやっているお店に、楽器を持って大集結していました。まあ、楽器と言っても、ギターとハーモニカ軍団と声（！）の人たちなんですが、私の持参した空気で膨らませるキティちゃんフェイクマイク片手に狂乱の一夜を過ごしていました。

実は、二人のギタリストはプロはだし。そして、声の人たち（全員ですが）の中には、ジャズヴォーカリストとブルースマンも。私はハーモニカを吹きまくりました。

お客さんは、私たちグループのみ。たまたま店がすいている日だったのか、外から覗いた時の私たちの狂態に恐れをなしたのか、遠慮せずに図々しく盛り上がりました。皆、燃え尽きたらしく、へろへろになりました。数名は、今も消息不明です。

その集まりでは、いつもひとりひとりが、ニューイヤーズ　レゾルーション（新年の抱負……いかん、小池都知事みたいになってる）を述べるのですが、それぞれ殊勝に語るのが笑えるのです。

私は、このように発表しました。

「私も、もう覚悟を決めて決行しようと思っていることがある」

ざわざわ。え、どんな小説を？　大長編？　とか疑問を呈する声が。

「あ、ごめん、小説のことじゃなくってさ。ダイエット。来年こそ根性を入れ替えてがんばってみるよ」

ちっ、と忌々しい舌打ちが聞こえるようです。

「ねえ、それ、毎年言ってなかったっけ？」

まあ、そうなんだけどさ。私と来たら、まったくダイエットに向かないタイプ。色々な情報に惑わされて目移りしてしまい、

「あー、ダイエットなんて簡単だよ。私、何度もやってるもん」

と、万年禁煙失敗者と同じことを何故か胸を張って言っているのです。

でも、禁煙には成功したんですよ。そうしたら、あっと言う間に体重は激増。会う人ごとに、禁煙したら太っちゃってさあ、と言っていたのですが、ある日、夫にたしなめられてしまいました。

「ねえ、何年、禁煙のせいにしてるの？」

……五年ですと、しょんぼりしていたら、たたみかけるように言われてしまいました。

「それにさあ、ゼロカロリーとか、カロリー何パーセントオフとか、数字に左右され過ぎてない？　ついでに半額の札とかも」

ええ、そうですね。今、愛飲してるのは、キリンメッツプラスのレモンスカッシュ、ゼロカロリー！　これ飲んで、二〇一七年もがんばります。

健康新常識続々誕生！

2017/1/26

どなたがお書きになったエッセイだったかは失念してしまったのですが、今でもある行動を取るたびに思い出すのです。

それは、バターに関するエピソードについて書かれたものなのですが、その方のお母さんは、こうするのが習慣だったらしいのです。

料理で使うバターをナイフで必要な分だけ切るそれを鍋やフライパンに落とすそのナイフでさらにほんの少しだけバターを削るそれをナイフに舌を当てて舐めちゃう……と、まあ、こんな感じ。

それを知った娘さんである作者は、え、そんなことするの？　とお母さんに驚きと共に尋ねます。すると、お母さんいわく、

「そりゃ、するわよう」

確か、そう答える。これを読んだ時、お母さんが湯気の漂うあったかな台所で、家族のために料理をこしらえる光景が浮かんで微笑ましくなりました。おいしいバ

ターの誘惑に駆られてする、少々御行儀の悪い仕草も、何とも言えず魅力的！

それを読んでから、私も料理でバターを使う時、同じことをするようになってしまいました。ほんのちょっぴりナイフにへばり付いたバターを舐める幸せを、とうとう知ってしまったのです。ナイフの冷たさで自分の舌の熱いのが解ります。そして、その熱で、すっと溶けて行くバターのはかなさ。

はたから見たら、行灯《あんどん》の油をぺろりんと舐めている不気味な妖怪に映るかもしれませんが良いのです。幸せを呼ぶバターよ！　あなたは、どうしてそんなにも風味豊かなの？

え？　だから太る？　それに体に悪い？　そうかもしれませんが……でも、もしかしたら、世の油（脂）の中で、実は、バターが一番体に良いという新説が出て来るかもしれませんよ。実際、昔、言われていたほど、純粋なバターやラードは体に悪くないという記事をこの間読みましたし。それに、少なくとも心には大変良いというのは、多くの人が認識しているんです（ですよね）。

健康とかダイエットとかの常識って、ほんと、めまぐるしく変わりませんか。ブームはすぐ去る。少し前まで、ココナッツオイルは認知症に絶大な効果ありと喧伝《けんでん》されていましたが、実は、まったくエヴィデンスなどないとか。どうなってるの？

私、今でも毎朝コーヒーに落として飲んでるんですが。いっとき、スーパーに山積みになっていましたが、もはや売れ残りの邪魔者のように隅に追いやられています。

玉子だってそうです。長い間、コレステロール問題のせいで、一日一個以上は駄目なーんて言われていたのに、今では、まーったく害はなく、何個食べてもOKだなんて。むしろ健康のために推奨されているではありませんか。それを知っていたら、私だって、あんなに板東英二さん（元野球選手のタレントさん、超玉子好きで、一日中ゆで玉子を食べている）の健康に思いを馳せたりしませんでしたよっ！（すいません、嘘です）。玉子に関するデータは、ウサギのものだったというのは本当なんでしょうか。もしそうなら、ウサギと人間は違ーう！と言いたい。あ、ちなみに、私、玉子は大好きですがぶつぶつを連想させる「卵」は大嫌い。表記にこだわってます。

今は糖質が目の仇《かたき》にされています。でもねえ、うちの母、お酒は飲まないのですが、熱狂的甘いものラブに加えて主食命の人。なのに八十四歳の今までほとんど病気にかかったことがないんです。歯も全部自分の歯。具合が悪くなるのは娘の行状を見た時だけなんだそうですが……。

2017/2/2

ディスカバー新年の浅草

帰省していた宇都宮の実家から戻る途中、前々から散歩欲をそそられていた浅草に立ち寄って一泊して来ました。

夫婦でホテルの格安カップルプランというのを利用したのですが、日が暮れた頃にチェックインして部屋に入ってびっくり！　カーテンを開けたら目の前に東京スカイツリーがそびえ立っていたのです。その姿を堪能するためにあるような部屋でした。何しろ、窓は床から天井までガラス張り。そして、そこには、同じくガラスのカウンターが設置されている！　まるで夜景を楽しむためだけにあるカップルシートさながら。

圧倒的な存在感のスカイツリーの下に目をやると、きらきらと可愛らしくライティングされた日本最古の遊園地「浅草花やしき」が。そして、お隣りには浅草寺。下手なバーで高いお金を払って飲むより、どこかでお酒を調達して来て夜景をながめながらいただいた方が素敵な酔い心地かも……と一瞬思いましたが、せっかく来たのですから、夜の街を散策し、小さな飲み屋さんでにぎわう界隈《かいわい》ではしご酒を楽しみました。

どこも外にテーブルがせり出していて、それらの席は防寒のために、透明のビニールカーテンで覆われています。そんな店の狭い空間に入れてもらい、肘をついてホッピーなんかを飲む幸せ！　私の内なる外食カーストでは、予約の取れない人気レストランなんかより、こちらの方がはるかに格上なのです。「高級」とか「スノビッシュ」とか「ステキ」とかのキーワードをありがたがるって……ぷ、田舎臭ーい！

さて、その流れで、昔、夫が行ったことがあるという「捕鯨船」という鯨料理を出す居酒屋に寄ったのでした。ここは、昔、ビートたけし氏の愛した店なのだとか。彼を慕う後輩芸人さんたちも足しげく通ったそうです。とても混み合っている店ですが、偶然にも空いたばかりのカウンターに座れた私たち。さえずり（舌）をつつき、野菜炒め（ここのは、汁気たっぷりに炒めた肉と上に大量にのった生のせん切りキャベツを混ぜながら食べるスタイルで、止められなくなります）を頼み、酎ハイを啜《すす》っていました。

すると、隣りにいた男女が、私を見て何かこそこそと話しています。ん？　私の本を読んでくれている？　そう思って喜びかけましたが、夫が彼らの会話を耳にしたところ、どうやら、私を女の芸人さんと間違えていたようなのです。

……私に似た芸人さんて……誰⁉　誰なんです！

「あの店には誰かしら名のある芸人さんが来ているに違いない、っていう先入観がそんな勘違いをさせるんじゃないかなあ」

「でも、私が芸人さんて」

「あなたも何かしらのオーラが出てたんでしょう。むやみに人を笑わせてばっかのおもろい奥さんだし」

うーむ。あれ以来、気になって仕方がありません。黒縁眼鏡にショートボブの私……はっ、光浦靖子さんとか？　その昔、週刊文春の「顔面相似形」グラビアにのった時は、元大リーガーの野茂英雄似だったんですが。お笑いにはてんで疎《うと》い私。誰か心当たりの方、教えていただけませんかね。

翌日は、花やしきのローラーコースターに乗りました。ものすごい人気で三十分待ち！　還暦を過ぎた名物コースター。スピードとは別な意味で、とっても恐かったです。最後の一瞬、頭上に貼り付いていたもの、あれは……。

夫は古さから来る揺れが恐怖で見られなかったというのですが。

酒と薔薇とキモの日々

2017/2/16

年が明けて最初の重要なお務めである芥川賞選考会も終わり、ほっとひと息ついているところです。

今回の受賞者は「しんせかい」という作品を書いた山下澄人さん。自身が十代の終わりに身を置いた、脚本家・倉本聰氏が主宰する富良野塾での日々をモデルにスケッチするかのように綴った小説です。シンプルで、だからこそ、並の書き手には真似出来ない、きらりと光る一文が際立つ魅力ある佳品に仕上がっています。どうか、皆さんも、ぜひ本を手にして堪能して下さい。優れた純文学の魅力を、より多くの方に知っていただくことこそ芥川賞の使命です。

……なあんてね。とっても出来た人間みたいに書いてしまいましたが、実は、選考会の後は、単なる酔っ払いとして、はた迷惑な振る舞いをしていた私なのでした。反省……うぅん、でも、それ、私だけじゃないもん。川上弘美選考委員も、私ほどじゃないにせよ酔っ払ってたもん。ええ、私たち、仕舞いには、某高級ホテルのロビーを腕組んで、千鳥足で歩いていました。いえ、歩いていたそうです（伝聞。記憶なし）。きっと、二人共、大役を果たして御機嫌だったんでしょう。

翌日は、予想通り、ひどい宿酔《ふつかよ》いでボツ日でした（前にも書きましたが、ボツ原稿のボツです）。夫に、「何というぐうたら奥さんだ！」と言われながらも、一日中、布団にもぐり込んで、使いものにならないボツ人間として、ただただ、時の過ぎゆくままに、この身をまかせ〜（©ジュリー）と口ずさみながら、大反省していました。

反省するなんて簡単さ。私、もう何度もやってるもん！と、例によって開き直ってもいました。「反省」は「ダイエット」や「禁煙」と言い替えも可能ですが、そこに「結婚」を当てはめた強者もいましたっけ。

宿酔いの時の反省は、本当に情けなくて、つらいです。自分が、真底、駄目人間のように思われて、あーもー死んでしまいたい……と呟くことしきり。人生で一番、殊勝な人間になった自分がそこにいます。

しかーし！何故でしょう。日が暮れる頃には、すっかり元気を取り戻して、何食わぬ顔で復活してしまうのです。過去は振り返らない主義ですの、ほほほ、と言いながら、またもや、たらふく飲み食いしようともくろんでいるのです。

その日も、ちゃっちゃと甦り、深夜には、CNNの、トランプ大統領就任式中継に向けて待機するのでした。もう私は前夜の酔っ払いじゃない！　アメリカの未来とグローバリズムの行く末を憂慮する、深い考察に身をゆだねようとする作家なのよっ。

無理矢理、そんなふうに脳内イメージチェンジを図る私なのでした。過去の酔っ払いとしての反省と屈辱を、常にこうして払拭して来たのです。その気が遠くなるような臥薪嘗胆《がしんしょうたん》の日々。人に歴史あり。嘗胆……苦ーい肝《キモ》を嘗《な》めて辱《はずか》しめを忘れないことよね……あー、私、レバ刺し、無理。胆（肝？）は焼いてタレで食すのが良しなのですが。山椒と七味をたっぷりかけてさ。

まあ、それはともかく、トランプ新大統領です。とうとう、この日が現実となってしまいました。私、あの人の顔を直視出来ないくらいに苦手なんです。坊主憎けりゃ袈裟まで……ではありませんが、あの人を擁護しようとする人まで憎んでしまいそう。いかん！　私は公平をモットーとする芥川賞選考委員。胆（肝？）を食べて耐えなくては（焼いてね）。

グレイトトウキョウどこに行く

2017/2/23

「メイク　トウキョウ　グレイト　アゲイン‼」

イェーイ！……なんて言う訳はないです。この小池東京都知事の言葉、言うまでもなくトランプ新大統領のスピーチをもじったものですが、普通、人って、自分の嫌いな人間の文言を使ったりは絶対にしませんよね？……と、いうことは、小池さん、トランプ氏が嫌いじゃないんですね。

アメリカならぬ都民ファーストとかも使ってるし、気の利いた引用、アレンジだと思っていらっしゃるんでしょう。え？　皮肉っぽい？　違います！　はっきりとした皮肉であり、嫌味です。あのトランプに共感出来る言語センスの持ち主……私には信じがたい。

この間は、東京都予算案で、メリハリを付けるために、羊の「メリーちゃん」とハリネズミの「ハリーくん」というキャラクターのイラストを紹介していました。若手職員が描いたそうですが、その人、喜んで描いたんでしょうか。それとも描かされたんでしょうか。都民の皆さん、これからは、「メリーちゃん」と「ハリーくん」と共に都の財政について考えて行くんですね。楽しいですか？　って言うか！　なんでこんなにも幼稚なんでしょう。都の予算にいちいち素人さんの描いたキャラを付けなくたっていいよっ！　私、がんばっている小池知事を応援するにやぶさかではないんですが、彼女のセンスに時々、どうしても付いて行けないんですよ。グレイトなトウキョウって……夜郎自大《やろうじだい》感たっぷりですね。せめて、グレイトの部分だけは変えて欲しかった。パロディではなく真面目に言ってるらしいのが、恐ろしいんですよ。

そのトランプ大統領ですが、今現在、イスラム圏七ヵ国出身者の一時入国禁止の大統領令を発令して、アメリカの主要空港を大混乱に陥れています。

そのニュースを聞いて、びっくりです。まさか、本当にやるとは……何を考えているんでしょうか、あの御仁は。イスラム国とイスラム圏の区別も付いていないとは。それに、イスラム教国と言われる国々にも他の宗教を持った人々は大勢いるというのに。

テロリスト集団と敬虔《けいけん》なイスラム教徒と一緒くたにして入国禁止にするなんて……。これは、地下鉄サリン事件を起こした宗教集団がいた日本という国からの入国は禁止する、というのと同じことではないですか。どうなってんの？　このままでは、アカデミー賞候補となっているイラン人監督も式に出席しなくなる方向だとか。はー、まったく喜ばしくない色々な理由で、目が離せません。

トランプの影響なのでしょうか。近頃、妙に政治家の人々のアグレッシヴな言動が目立つような気がしてなりません。

瀬戸内寂聴さんが、近頃、あの戦争前夜の軍靴の音が聞こえるような気がする、とどこかでおっしゃっていましたが、何だか、すごく不吉な感じがします。私の前の夫がアメリカ軍人だったので、その感じ、よく解るんです。奨学金欲しさに軍隊に入ったら、いつのまにか湾岸戦争でイラクに行かされてたYO！　と嘆いても後の祭りな若者を何人も見ました。映画「ヘアー」みたいな成り行きもありました。

そして、その数年後、マンハッタンのツインタワーは跡形もなく破壊されちゃった。

この間、ペヤングのチョコレート味のカップ焼きそばを試すという暴挙に出てみました。その味覚テロの破壊力。メイク　ヤキソバ　ソース味　アゲイン！　と叫びましたよ。

2017/3/2

「こいつ」のメモリアルデイ

　二月八日は私の誕生日。毎年この日を第二の正月と位置付けて、早くもだらけて来たその年を仕切り直そうと試みるのです。中国の旧正月とか、バリ島のサカ暦の新年などになぞらえて、ニックネームのポン酢ちゃんからポン暦などと名付けてみたりして。

　年明けから一ヵ月と少し。新規まき直しにはまだ間に合う！　とばかりにフェイクな新年を設定して、フレッシュな心持ちを呼び寄せようという魂胆。しかし、その内、また掲げた目標を放り出して怠け者一直線の日常が戻って来て、ま、いっか、という調子で、なし崩しに例年と変わりばえしない一年になって行くのです。私の年頭所感がゴールデンウィーク過ぎまで持ったことがなーい！

　無駄に年を取って行くのを「馬齢《ばれい》を重ねる」というらしいです。馬齢は犬馬の年とも言って、「犬や馬が無駄に年を取るように成すこともなく年齢を重ねる」意味だとか。はーっ、犬と馬には気の毒です。でも、無駄に年を取る幸せというのもありますよね。

と、言うのも、ついこの間、二十年以上の付き合いがある、とっても親しかった女性編集者が亡くなってしまったんです。まだ四十代。病気を宣告されてから、わずか三ヵ月後のことでした。

知り合ったばかりの頃、彼女は我が家から目と鼻の先に住んでいたので、毎晩のように私の家で夕ごはんを食べたり、二人で西荻窪、吉祥寺、と近所を飲み歩いたりしていました。豪快によく笑う彼女とは、一緒にいて本当に楽しかった。編集者で、私を「あんた」呼ばわりしたのは彼女だけかもしれません。私たちは、作家と担当編集者ですらなく、ただの飲んだくれ姉妹のようでした。酔っ払って道で二人同時に転んで、彼女の下敷きになった私は、格闘技のギブアップよろしく地面を叩いて叫び、何事かと出て来た飲み屋の親父さんに説教されたりして。

いつも笑い転げていました。あー、箸が転がってもおかしいよう、と言う私に、ある時、彼女が提案するのです。

「私たち、コンビを組んで、お笑い芸人をめざしませんか？　実は、もうコンビ名も考えたんですよ。『どいつもこいつも』なんてどうでしょう。あんたが『どいつ』で、私が『こいつ』。じゃ、行きますよ！　せえの、はいっ」

「ええ？　あー、どいつです」

「こいつです！　二人合わせて？」

「どいつもこいつもです!!」

……駄目なんじゃないかなあ？　という私に、そうかなあ、と納得出来ないらしく、本気で憮然としたままだった彼女。ほんと、しょうもない……。

そんな私たちでしたが、年齢《とし》を取るにつれて、仕事を共にする機会が増えて行きます。もう、馬鹿やってるだけじゃいられない。そんな自覚が出て来て、互いに苦言を呈し合ったりしたけれども、相変わらず二人でハワイやらパリやらに行き、珍道中を満喫したりもしていました。旅行に出ると、私は、いつも通訳兼ガイド。まーったく、人に頼ってばかり、と常にぶつくさ文句を言う私でしたが、実は、彼女が一番重要な時には、決して他人に頼らない人間であるのを、最後に思い知ることになるのです。

奇しくも、彼女の告別式は、私の誕生日である二月八日になってしまいました。毎年、誕生日に栓を抜くクリュッグ、これからは彼女の分までシャンパングラスを用意しなくちゃなあ。この先も、二人でずっとずっと、馬齢を重ねて行きたかったよ、佐藤とし子。いや、「こいつ」か、ははは。

お尻にキスするお国柄

2017/3/9

この間、アメリカ新政権関連の番組を観ていたら、さまざまなトランプグッズが紹介されていました。応援用の帽子、抗議のためのTシャツ、デフォルメされた醜いマスクなど数多くのそれらと並んで、トイレットペーパーもありました。トランプ大統領の顔が連続してプリントされているものです。

英語で、人をののしる場合、しばしば"ass"（アス＝ケツの意）というスラングを使います。最低の奴を"ass hole"（アスホール＝ケツの穴）と呼び、そんな輩への捨て台詞として"kiss my ass"（キス　マイ　アス＝おれのケツにキスしろ……直訳……意図不明）なんて吐き捨てたりするのです。

で、トランプ大統領の顔が続くトイレットペーパーでお尻を拭いて溜飲《りゅういん》を下げてやれ、という目的で作られたであろう、この商品、いくら何でもこれはちょっとえげつないですねえ、というニュアンスで紹介されていたのでした。

ほんとですよっ。いくら憎々しいトランプ新大統領でも、こんな仕打ちはひどすぎますよっ……と私も同意した……というのは大嘘で、てへへへと頭を掻《か》いてしまったのです。

実は、私、八〇年代のニューヨークで、レーガン大統領の顔が延々と続く同じタイプのトイレットペーパーを手に入れ、日本に持ち帰っていたのです。正確に言うと、自分で購入した訳ではなく、ニューヨーク在住の知人に、持って帰って配れと押し付けられたのですが。

トランプ氏と違って、ロナルド・レーガンは、さすが元俳優。トイレットペーパーで微笑む顔も苦み走っていて味がある。結構イカスじゃん、と思った若くて馬鹿な小娘だった私（ほんとだよ！）は、自分の家のトイレの窓枠にオブジェとして並べて置いたのでした。

すると、どうなったか。アメリカ人の友人が我が家のトイレを使うたびに狂喜して持ち帰り、あっと言う間になくなってしまったのです。文字通り（と、言うのか？）「イエーイ、ミスター・プレジデント、キス　マイ　アス！」とか言って喜んでいる人もいました。あの人たち、全員、軍人だったんですが、大丈夫だったんでしょうか。よっぽどレーガノミクスに腹を立てていたんでしょうね。

今さら言い訳しても仕方がないんですが、私、政治的主張のために、あれ、トイレに置いといた訳じゃないんです。ただのファッション……あ、もしかしたら、同じような理由で、反トランプぶってる若者もアメリカにいるかもしれませんね。でも、それって、ある意味健全かもしれません。正し過ぎる信念をぶつけ合う人々だけで世界が構成されたら、それは、もっと恐ろしいことです。

に、しても、日本で政治家の顔をトイレットペーパーに印刷して売るなんて考えられないことです。せいぜいTシャツで茶化すぐらいが関の山。アメリカ人のジョークのセンスって、時々、理解出来ません。

そういや、クリントン元大統領とインターンのモニカ・ルインスキーの情事が発覚して政権危機に陥った時は、顔写真シールを貼った「モニカ葉巻」が大人気でした。彼女のあそこに大統領が葉巻を入れて弄《もてあそ》んだそうですが、どういうプレイなんだか……禁煙しろよ、アメリカ人……いや、そういう問題じゃないか。

アメリカのスーパーでは、いつもポール・ニューマンの顔の付いたサラダドレッシングを買っていました。政治的に超リベラルだった彼。大統領になれば良かったのに。政治は最大のギャンブル、元ハスラーなんだし……って、あれは映画の中の話か。

ギャップがイカス政治家さん

2017/3/16

少し前になりますが、TVを観ていたら、野田佳彦元総理が憤懣《ふんまん》やる方ない、という表情でインタビューに応じていました。内容は、米大統領令への安倍首相の対応批判。それは良いのですが、私をうんざりさせたのは、そこで漫画の「ドラえもん」を引き合いに出したこと。いわく、イギリスのメイ首相やドイツのメルケル首相などのしずかちゃんたちは毅然としてものを言っている。それなのに安倍氏はコメントを避けている。これでは、日本はのび太になるか、スネ夫になるかだ。のび太君はびびりながらものを言うことがある。安倍首相は完全にスネ夫君になったと思われるのでは……と、正確ではありませんが、こんな感じ。

ああ……。この人、これを気の利いたたとえと思ってるんでしょうね……。ふざけてないよ、ぼく、真面目だよ、と言わんばかりの表情で話していました。あのさ、そういうお茶目さんの真面目さ、政治家にいらないから。この人、昔、首相に就任した時も、ノーサイドにしましょうよ、とか言ってましたね。そのラグビー用語を口にする時も、どうどす顔（ドヤ顔より、まーったり）していましたけど、今回も、そう。要職にあっても、この局面で「ドラえもん」持って来られちゃう、お茶目なぼくちゃんのこのギャップ！　どうです！

すみません、政治家に、そのギャップもいらないんですよ。都の財政をやりくりして飼っているメリーちゃんとハリーくんもいらない。

だいたいさあ、国民全体が「ドラえもん」を知っていると思ったら大間違いなんです。私？　その存在は知っています。でも、読んだことありません。キャラクターのいくつかをアニメで見たことがあるだけ。私は挫折した漫画家志望で、ある種の領域の漫画にはマニアックに熱狂する性質《タチ》ですが、その国民的な人気漫画は素通りしてしまっているのです。

でも！　そんな私も国民なんです。解るように話してくんないかなー。藤子・F・不二雄派ではなく、藤子不二雄Ⓐ派なんですよ。ちなみにⒶさんの方は「まんが道《みち》」や「笑ゥせぇるすまん」などが代表作。私たち飲み仲間の間では、本名の安孫子さんをもじって「あびこっち」と呼ばれる、とってもチャーミングで、ちょっと迷惑な酔っ払いです。

たぶん、漫画と無縁な私の両親などは、野田氏の言っていることがさっぱり理解出来なかったことでしょう。政局を「ドラえもん」にたとえて、ジャースト・フィーット！　と悦に入るのも良いんですけどね、それ、内輪でやったらどうでしょう。オバマ元大統領が、各国の首相を「ザ・シンプソンズ」や「サウスパーク」(困ったちゃん大集合のファミリー漫画)にたとえるなんて想像もつきません(トランプならやりかねないかも)。

に、しても、ノーサイド。ちゃらにするってことですよね。何故ラグビー用語でなければならなかったんでしょう。より一般的な野球の用語ではなく。野球には匹敵する言葉がないから？　じゃあ、ジョン・レノンみたいに「スターティング・オーヴァー」で良いではありませんか。

野田さんは、私より二つ年上だとか。ラグビー　イコール　お洒落というイメージを植え付けられた世代。私も、明大に入って、強制的に明早戦(早明戦とは呼んではならない)を見に行かされました。その後、新宿の北の家族(安居酒屋)で先輩たちにおおいに飲まされて皆、ゲロまみれ……ちっともお洒落じゃなかったよっ。

困っちゃうよ迷スピーチ

2017/3/23

この間、某文学賞の授賞式に出席して思ったのですが、壇上でのスピーチって、ほんと難しいですね。特に小説家の場合、講演会などをやり慣れたベテラン以外は分をわきまえて簡潔に終わらせないと。素直に、誠実に、真摯に、そして、短くが鉄則。

一番いけないのが、妙なウケねらい。本人、がんばって考えて来るんでしょうけど、その「がんばって」ってとこで、もう駄目。痛々し過ぎるんです。芸人さんたちのように作り込んだおもしろさが出せる訳でもなく、「スベる」以前の問題。センスのなさに悲しくなることもしばしば。会場の人たちの、あー、やっちゃってる、という溜息に、当人が段々気付き始めるのを目のあたりにしたりすると、ますますいたたまれません。

前に、同じ授賞式で、歌を歌って笑いを取ろうとした人がいたそうですが、会場は見る間に憐《あわ》れみで満たされて行ったそうです。はー、私、欠席して良かったーっと、後で友人の作家に話を聞いて、胸を撫《な》で下ろしたものです。失敗したウケねらいほど、こちらの居心地を悪くするものはありません。

しかし！　これが受賞者の御友人とかにはウケたりする訳よ。しかも、ちーっともおもしろくない箇所で。そして、その箇所って、たいてい選考委員を揶揄《やゆ》してみたり、ことさら権威（と、本人が思い込んでいるもの）を茶化したりするとこなのね。でもさ、どうせそれやるなら、もっと気の利いたこと言ってもらいたいじゃないの。的を射ていれば、過激な政治的発言だって大歓迎なんです。

今回、私が出席した授賞式も、そうでした。期待していたあるひとりの受賞者のスピーチにがーっかり。変に悪びれるばかりで、皮肉にも風刺にもパロディにもなっていない。すべてが中途半端。やるんなら、ちゃーんとやらんかい！　とつい口にしてしまいました。どういう意図？　と首を傾《かし》げている人もいました。

贈る言葉、授賞の挨拶、祝辞、弔辞……などなど、大人の世界に足を踏み入れるにしたがって、人前でスピーチをする機会が出て来るものです。私なんて自分で苦手なのが充分解っているので逃げ回っています。でも、どうしてもお引き受けしなくてはいけない時は「ただ真面目に」とそれだけを心に留め置くことにしています。

そして、逃げ切れる場合は、そうする！　上手な人がやった方が良いに決まっています。

今の段階で、まだアカデミー賞の授賞式は始まっていませんが、私は、毎年必ずライヴで観ています。ずっと長い間、自分のTVのない生活を続けた私でしたが、グラミー賞とアカデミー賞の授賞式の中継が観たくて購入したのでした。そこに、今の音楽と映画の最大公約数が表われていると思うからです。

そして、何しろ、スピーチ！　名立たるショウビズ界のプロが集結している二つの授賞式ですが、スピーチは、やはり人によって上手い下手が如実に表われている！　ここでも下手なウケねらいを画策して失敗している人や、人名を羅列して会場の眠気を誘う人も。

そうかと思えば、鋭い政治的発言で株を上げる人も。昔、キム・ベイシンガーが、黒人監督のスパイク・リーの作品に対する不当な評価に抗議した時は、世界中があっと驚きました。今となっては元暴力夫（アレック・ボールドウィン）の心配するべきだったねって感じですけど。

あ、いつだったかグラミーの客席で、ビヨンセの夫のジェイ・Zが、持ち込んだブランデーグラスをぐるぐる回していて、金満家ぽかったのが笑えました。

2017/3/30

セクシャルな似た者同士

へえーっ、と思ったニュースがありました。それは、七十歳過ぎの男性が女性にストーカー行為を働いて逮捕されたというもの。それだけ聞くと、老いらくの恋なのか、おじいさんがボケちゃったのか、いずれにせよ最悪、とたいした関心も払わないまま忘れてしまう事件なのですが、問題は、その嫌がらせの内容。なんと、そのおじいさん、人参を削って男性器を形作り、女性宅の郵便受けに入れて置いたのだとか。それを読んで、えーっ、と驚きながらも、その形状を想像してしまった私。あの形になったオレンジ色の人参……うーむ。

ほら、時々、高級中華料理屋さんなんかで、見事に彫られたり切られたりした野菜が、前菜の皿に飾られてサーヴされたりしますよね。あの芸術品のような代物とは、まーったく意を異にするカーヴィング……観音様でも彫っときゃ良かったのに……いや、そういう問題でもないか。

人参というのが、何ともキッチュで、私の興味を引き付けてしまったのでした。

被害者の方には、ふざけて本当に申し訳ないのですが、おじいさーん、人参は、カレーや煮物に入れるだけにしましょうよ。

と、ここで思い出したのですが、八〇年代に、日本でも人気だったフィービー・ケイツというアイドル女優がいました。彼女のデビュー直後の映画に「初体験／リッジモント・ハイ」というのがあるのです。

ハイスクールを舞台にしたドタバタ青春コメディなのですが、ここでフィービーの魅力は炸裂。彼女演じる学校のアイドルは、ダイエットのために人参のスティックを昼食代わりにするのですが、それを口に出し入れしながら、女友達にオーラルセックス指南するのです。で、それを目撃した男子学生たちが身悶える……という御約束のお馬鹿な展開。人参って、そういうものを連想させるのかなあ。

この映画、ほんとしようもない作品ではあるのですが、後の大スターがポンチな役で何人も登場しています。どちらもアカデミー賞受賞俳優ですが大麻でぶっ飛んだ揚句、教室にピッツァをデリバリーさせるショーン・ペンとか、猪突猛進しか技のないフットボールプレイヤーのフォレスト・ウィテカーとか。駆け出しの頃の彼らの演技を見るだけでも愉快なので大お勧めです。

ちなみにフィービーは、数年後に共演したケビン・クラインと恋に落ちて結婚。

今は引退してお母さんになっています。彼女の名を聞くだけで胸がきゅんとしてしまう、私と同年代の男性は少なくないでしょう。そして、言う筈です。あの人参になりたかったよーっ、と。でも、囓《かじ》られちゃうんですけどね。

人参以外にも、男性器を連想させる野菜や果物がいくつかあります。ズッキーニとか、バナナとか。ポール・マッカートニーの「ハイ・ハイ・ハイ」という曲を中学生で初めて聴いた私は、その歌詞に何度も登場する「スウィート バナーナ」の意味するものを知り、思わず膝を打ってしまったことでした。早熟で、変な中学生ですね。

昔、アメリカ人の友人たちと猥談《わいだん》をしていた時のこと。日本もかの国も男性のあの部分のたとえは、ほとんど似ているのですが、きのこになぞらえるのは解らなかった、とのこと。あっちのマッシュルームは軸が短いからなのか……女性のあそこは、上のクリームを舐め切ったアイスクリームコーンを連想する人多しでした。トウィンキーというクリームをはさんだ極甘安スウィーツの説もあり（ほんっと、余計な情報ですが）。

2017/4/13

いけいけ籠池さん

これを書いている前日に、あの森友学園の籠池泰典さんの証人喚問が行なわれたばかりです。そういう人、多いと思いますが、生まれて初めて国会中継を最初から最後まで観てしまいました。仕事が休みだった夫と二人で、あーだこーだ難癖を付けながら、ふざけた態度で半日、TVの前に居座っていました。

ぜーんぜん我が国の行く末を憂えることのない、不謹慎極まりない態度でしたが、ほとんどの視聴者は、そうだったのではないかと……。だーって、下手なドラマを観るより、ずーっとおもしろいもんね。籠池さん、毎日、出て欲しいです（あの奥さんは結構です）。

途中、何度か笑ってしまいました。はしごを外されたと訴える籠池さんに、誰が、そのはしごをかけたんですか、と尋ねると、こう答えます。

「はしごは私がかけました」

ここで、私と夫は爆笑してひっくり返ってしまいました。以後、私たち夫婦の間では、「はしごをかける」「外す」がはやってしまいました。何か都合の悪いことがあると、「はしごを外されてしまいました」とうなだれる。恩に着せたい時には「ほれ、私がはしごをかけてやったぞ」といばる。「はしごを叩き壊したのはあんたやないか！」というヴァージョンもあります。

「一瞬」という言葉も多用されました。安倍首相の名を冠した小学校名をどのくらいの間、寄付集めのために無許可で使っていたのか、という問いに対して、籠池さんは、

「ほんの一瞬です」

と返したのです。関西人の夫によると、あー、これ使う使う、とのこと。関東の私たちからすると、わずかな瞬きの間、時間にして一秒間くらいのことを「一瞬」と言いますが、関西の人間は、短い間を強調するために、使う人が多いそうです。女の子と二、三ヵ月付き合っていても、ほんの一瞬の付き合いになるのだとか。だから籠池さんも、きっとそうだったんです。三年でも四年でも、自分で短いと思えば「一瞬」。

関西の人って、時々、理解しがたい表現をしますよね。姿の良い男を「しゅっとしてる」とか言ったりして。その他にも、

「（タクシーの運転手さんに向って）その先の角をくいっと曲って」

とか、

「自転車で、しゅーっと行ってすぐ」

などなど。描写がシュール過ぎて、実際どう進行して良いのか解りません。

この間も、夫と二人で日用品の買い出しにドラッグストアに行ったのですが、彼がこう言うのです。

「あれ、もう切れてるよ。ほら、あれ！　お風呂でシュシュッとやるやつ」

スプレー式のバスマジックリンでした。苛々《いらいら》がつのった私は、つい怒ってしまいました。

「シュシュッじゃ全然解んないでしょ⁉　あんた、子供なの？　それとも関西人なの⁉」

するとすると夫は勝ち誇ったように胸を張るのです。

「関西人やないか！　わはははは」

あー、疲れる。これ、関西人の問題ですか？　それとも、うちの夫の問題ですか？

粉もん大好きの夫は、よくタコ焼きを買って来て食べていますが、たいらげた後、少し、もの足りない顔をしながらも気を取り直したように宣言するのです。

「よし！　今日はこのくらいにしといたるわ！」

擬人化！　これも関西人の特長ですかね。

今夜は忖度カレー

2017/4/27

昼下がりに家事をしながらワイドショーを観ていたら、安倍昭恵さんの特集をやっていました。例の森友学園問題の新たな切り口か、と思いきやそうではないようでした。

どうやら、安倍昭恵さんという女性の人物像にせまるというような企画。こんなに長い時間を使って、大きなボードを指したり飾られた紙をめくったりしながらするほどのすごい人生なのか。そして、そこに、今回の問題を解明する鍵が隠されているのか。そんなことが気になって、つい観続けてしまったのですが……。

それは、なんと昭恵さんがいかに純粋で無垢《むく》で一所懸命なお嬢さまであるかを証明するためのコーナーだったのです。いえ、証明にもなっていませんでした。批判が噴き出しつつある総理夫人を擁護するためだけに作ったように私には思われました。

司会者は、総理夫人を「アッキー」よばわり、ゲストコメンテーターは、何度も一緒にお酒を飲んだタレントさんとか、彼女のやっている居酒屋さんに行ったという評論家など。皆、口々に本当はピュアだと誉める……という、TVのこちら側からすると、え？　こういうの放送するとかえって好感度下がるんじゃないの？　と余計な心配をしたくなるような仕様もなさ。

素晴しい向学心で、夫が総理になった後も大学院に進学した、と感心していましたが、公開講座やオープンカレッジならともかく、上級学位が付与される大学院は、ちゃんと大学卒業してから行くべき、と中退の私などは思うのですが。

日本の総理夫妻で手をつないでタラップを降りて来たのは前代未聞で日本中の人々が驚いた、とミヤ……いえ、司会者の人が言っていましたが、そうなんですか？　鳩山元総理と幸さんの御二人には色々驚かせられましたが、安倍夫妻が手をつないだからって、私の周囲では誰ひとり話題にもしていませんでしたが。ましてや感動した人なんて。

終始、盛り過ぎの感で進行したアッキーのライフストーリースペシャルだったのでした。

あれ、昭恵さんへのいわゆる忖度《そんたく》ってやつを駆使して作られた番組なんでしょうか。すごく気持悪かったです。だって、どこにも批評性というものがないんです。

ほんのひとかけらも。

忖度という言葉がこれほど使われた年（まだ前半ですが）もないでしょう。二〇一七年の流行語大賞ノミネートも確実ですね（実際に受賞）。我が家でも、使っています。もっと妻に忖度しろやい、と連呼して、夫に嫌がられています。

忖度という言葉の意味を英語ではなかなか説明出来ず、外国人記者クラブの通訳さんも困ったそうですね。行間を読むみたいなこと、と訳したそうですが苦心してますね。

私が思うに、アメリカ人にも忖度はあります。しかし、日本と違うのは、忖度をした後で、当人が、しといたからねっ、と恩きせがましく表明すること。

あるいは、私の夫に対する要求と同じように傍若無人ないばりんぼとして圧力をかけることもある。そういう時の忖度は「私の唇を読め（"read my lips"）」という言葉で表わせるでしょう。ジョージ・ブッシュが発言して、後に、さまざまな楽曲でラップになって引用され、茶化されました。

さて、今夜は、夫の気持を忖度してカレーを作ろうと思います。実は、私の強情っぱりのせいで、朝、いさかいを起してしまったのです。スパイスに凝ったりせずに、夫の好きな普通のバーモントカレーです。不本意ですが、忖度カレーとも呼びます。

2017/5/4

ブームにノリノリすぐ落ちる

甘酒がブームみたいです。体にとても良く、飲む美容液と呼ばれるほど肌に効くのだとか。よし！　早速、私もトラーイ！……と言いたいところですが、実は、私は甘酒が大の苦手。あの匂い自体がもう鼻について、ごっくんと飲み下すことが出来ないのです。

甘酒には酒粕系と米麹系があるそうですが、そもそも酒粕自体があまり好きじゃないんです。だから、寒い日に最高！　と多くの人たちが声をそろえる粕汁も御遠慮したい。日本酒もきりっとした辛口ならいけますが、にごり酒とやらが……でろーんとした飲み口に、あのしつこい風味。私は、甘酒一味と呼んでいるのですが、乱暴かなあ。子供の頃のお祭りでは、ただで甘酒が振舞われているのを横目で恨めし気に見ていた私。あれがコーンポタージュとかならなあ、と詮ないことを思っていたものです。

でも、いいんです！　ブームに乗り遅れたって気にしない。ブームは、必ず去るものなんです。もしかしたら、この文章が掲載される頃には甘酒ブームも去っているかもしれません。この陽気に、あんな暑っ苦しいもん飲めないよ、とか何とか言って（甘酒は夏の季語ですけどね）。

もう、すっかりとうが立ってしまった私は、長い年月の間に自分の確固たる好みが形作られて、それは今、ゆるぎないものとして自分の中に君臨しています。しかし……つい、ブームというものに惑わされて手を出してしまうのです。

特にダイエットや健康に関するもの。色々なダイエット法を試してみましたが、今、さほど前とは変わりなく太っています。体に良いと話題になったものは一度は口に入れてみます。そして、見るのも嫌になって、かと言って捨てることも出来ずに今も放置されているのです。

あーっ、もう！　我が家の冷蔵庫に重なっている賞味期限二ヵ月前の糖質ゼロ麵、誰かどうにかしてくれーい！　半分ずつ残して棚の隅に押しやられた、スーパーフードのパッケージ、どうしたらいいんだよー、と訴え始めたらキリがありません。ちゃんと常備品に昇格して今もおいしくいただいているのは、もち麦とキヌアを始めとするいくつかの種類の雑穀だけ、というていたらく。

タイガーナッツとやらがブームになった時も購入してしまいました。それも、T

Vでタレントさんが大絶賛していたのを見て、かなり大きめの袋に入ったのを輸入食料品店で見つけて買ってしまいました。で、すぐ飽きました。固くて、全然、おいしくないじゃん！

案の定、ブームは、すぐに去ったようでした。某ナチュラルフードショップでは、店の隅の売れ残り品のワゴンに、大幅値下げをされて、大量に放置されていました。

くーっ、でも、このわたくし、創意工夫に富んだ作風で知られる純文学作家ですもの！　と自分を叱咤激励して、うちに大量に残ったままのタイガーナッツの再利用法を考えたのです。

で、思い付いたのが、タイガーナッツの炊き込みごはん。ちょうど、「むかご」に似た形状なので、ルックス的にいけるかも……とアイディアが浮かんだのですが……。

結論を言うと、もう二度と口に入れたくないくらいにまずかったです。私は、いつもこの種の実験にトライして、フュージョン料理をこしらえて、悦に入っては大失敗をして落ち込む、というのをくり返しているのです。でも、負けない！　ブームは自分のものにする……って、その決意を「踊らされる」って言うんですよね。

人は見た目が0パーセント

2017/5/11

二〇一七年三月、千葉でベトナム国籍の小三の女の子が遺体で発見されたという悲惨な事件がありました。これを書いている前日に容疑者を連行したという一報が入りましたが、つかまったのが女の子の学校の保護者会の会長だというので驚愕です。同じエリアでお子さんを学校に通わせていた親御さんは、どれほどのショックを受けたことか。

容疑者の男は、事件後も子供たちのために見回りをしたり、被害者家族のための募金を呼びかけたりしていたとか。真面目で子煩悩な父親にしか見えなかったという近所の人々の感想が多かったようです。

一連のニュースを観ていて、私は、何やら既視感に襲われてしまったのでした。何故だろうとしばらく考えていて、あっと思い当たりました。ずい分前に観たドラマです。

それは、十七年くらい前に放映された「つぐみへ…」という連続ドラマです。私は、ケーブルTVの再放送で観たのですが、何故だか妙に真剣になって、珍しく釘付けになってしまったのでした。役者が皆、すごく上手だったからかもしれません（ちなみに、主演は母親役の鶴田真由、その夫は仲村トオルです）。

東京郊外に家を建てて引っ越して来た、希望にあふれて新しい生活を始めようとする夫婦が、ひとり娘の誘拐殺人事件に巻き込まれて、不幸のどん底に突き落とされるというストーリー。犯罪被害者の遺族の葛藤と闘いを描いたやり切れないサスペンスドラマでした。

何故、今回の事件でこのドラマが甦ったかというと、金子賢演じる犯人が、千葉の容疑者と同じ行動を取っていたから。そして、傍目《はため》には、そんなことを起こす人間にはとても見えないところも一緒。

TVの犯人は、裕福で評判のとても良い若い歯科医。もちろん身代金目的の誘拐殺人ではありません。病んだ心がさせた、とても身勝手な犯行なのです。

ドラマと実際の事件の犯人が似ているところはまだあります。ドラマの中で金子くん（役名失念）は、行方不明になった女の子の捜索を必死になって手伝ってやるのです。その熱意を目の当たりにして疑いを持つ人なんていやしません。しかも非常に好感度の高いナイスなイケメン……という言葉は当時ありませんでしたが、そんなステキ歯医者が時折豹変する、その演技の薄気味悪さと来たら！

人は見かけに、まーったく、寄らない……がテーマのひとつでもあるドラマなのでした。千葉の容疑者も、これから、そのあたりが解明されて行くのかもしれません。

そう言えば、まだ姪が幼ない頃、日がとっぷりと暮れた時刻に、刑事さん二人に連れられて帰って来たことがありました。

いつも伯母である私に海外を連れ回されていた彼女は色々な面で自由（苦笑）なところがあったので、母である妹は、とうとう何かしでかしたか、とどきどきしてしまったそうですが、そうではなかったのです。

姪はお友達と二人で下校する途中、不審な男に後をつけられたのでした。それに気付いていた姪は、このままでは自宅を知られてしまうと思い、急遽、道草を食うふりをして方向転換し、近くの大きな公園の売店に入って助けを求めたそうです。幼女に対するかなり重い性犯罪の前科がある男でした。

周囲の心配と安堵をよそに、帰って来た姪は、ごはんをかき込んでいました。警察ではかつ丼が出るんじゃなかったのか……と残念がっていました。こらっ！

反、食のおこだわり

2017/5/25

こういうこと耳にした覚えはありませんか。いわく、有機栽培で育てた野菜は、おいしくて虫も大好きだから、虫食いだらけになる。

あ、聞いたことある！ という人、多いのではないでしょうか。私も思っていました。野菜の虫食いは、新鮮さと安全の証明、みたいに。

でも、この説が実は間違いだという記事を読みました。本当は、おいしくて元気な野菜は高分子で、消化液のない虫は食べられないというのです。腐りかけの食べ物に虫が飛んで来るのも、分子が小さくなって虫が食べやすくなったからなのだとか。同じ有機栽培でも条件がそろわず元気な野菜にならなかった場合には虫が付くそう。

へーっ、と思いました。いつだったか、虫食いでレース状になったレタスを使っていると自慢していた自然食レストランの料理人がいました。うちは、虫も大好きな野菜を使っているんですよ、と。

雑誌のインタビューで、その発言を読みながら、皮膚がぞわぞわっとしてしまった私。ええ、何度も書いているように、私、大の虫嫌いなんです。わーん、有機野菜は食べたいけど、虫が怖い。どうしたら良いんだ！　と頭を抱えたものです。食通じゃないね、と言われそうだけど、私は、綺麗な野菜がやっぱり大好き。これからは、虫を寄せ付けないくらいに元気な美しい野菜を捜してみます。

この、食に関する「通」問題にぶつかるたびに、いいや、私、別に通じゃなくて、と思います。食いしんぼうなので、食について語るのは大好きなのですが、こだわりとかがすごく苦手です。

食を大事にしているのを標榜している人って、よく食材のおいしい部分を教えてくれたりしますよね。

たとえば、ほうれん草の根元のところの赤い部分とか、ブロッコリーの茎とか、椎茸の軸とか。そして、この一番美味な部分を捨てちゃうなんて、ほんと、損してる！　とまるで、それが一生の不覚であるかのような熱をこめて勧めてくれるのですが……実は、私、ここにあげた三つは、全部苦手。食感が好みではないので捨ててしまうこともしばしばです。でも、その瞬間に、思ってしまうのね。あ、私、今、食通への道を諦めたねって。

食にこだわる人々は、スーパーなんかで買い物をしないようです。グルメショップ、でなければ地元の商店街。お店の人と会話をしながら、調理法を教えてもらったりして豊かなひとときを過ごすようです。その交流がライフスタイルの質を高めてくれるのは解ります。私も、たまに商店街で買い物をしますから。

でもでも……私、やっぱりスーパーマーケットが好きなんです。あの気楽さと品ぞろえ。前にアメリカ人と結婚していた病を引き摺っているのでしょうか。当時から、私は、スーパーマーケット狂だったのです。そして、いったい何時間いるつもり？　と呆れられていた。アメリカのスーパーは、私のワンダーランドであるのと同時に、お気に入りの孤独を存分に味わえる場所でした。冷凍食品と缶詰の、まるでギャラリー。置いてあるビールの種類で住人の人種が解る、そんな文化人類学的（？）パラダイス。

今も、スーパー大好きです。パックされて並ぶ野菜を「画一的」とか「死んでいる」とも感じません。作り手の顔が見えない、とか文句を言う人よりも上手に調理する自信があります（たぶん）。

名前はともかく、顔が見えないって……。パッケージに小さな写真を貼ってあれば安心するんでしょうか。

2017/6/1

独自にテレビジョンデイズ

休みの日、夫と二人で、てんでにくつろぎながら、だらだらとTVを観て笑ったり難癖を付けたりしながら過ごすのは至福です。

とは言え、ほら、一応、私も独自の視点を要求される物書きですから（ここ、笑うとこです）、変なところに目が行ってしまう訳です。いつも問題視している点を、得意気に語っては、え？　そこ？　と夫や友人に不思議がられたりするのです。

二〇一七年四月、「つなぎ融資詐欺」を働いたかどで、山辺節子容疑者（六十二歳。当時）が逃亡先のタイから強制送還されました。なんと、自称三十八歳。そして、七億円をだまし取って、タイ人の若者に貢ぎ、家まで建ててやっていた！　と驚きの事実が明らかに。

「すごいよねー、二十四もサバ読むなんてさ。ふてえ女だ！」

と糾弾する私を、すかさず夫が遮る。

「あなたもおんなじでしょ？　いや、あんたの方がひどいやないですか！」

と、今さら森友問題の籠池さんの口真似で言うのです。

あー、そうでしたそうでした。実は、私、毎年誕生日が来て、年齢を尋ねられるたびに、

「二十六になりました！」

と、悪びれもせずに答えているのです。近頃では、電話をしてくれる父も言います。

「おねいちゃん、お誕生日おめでとう。ようやく二十六だね」

こちらの思惑に乗ってくれているのか、本当に、ぼけてそう思い込んでしまったのかは解りませんが、この娘にしてこの父あり！という感じです。

実は、二十六歳というのは、私の作家デビューの年齢。いつまでも新人としての心持ちでいるために、フォーエヴァー26を標榜していたのですが……。ほら、サバ読みもここまで来ると罪がないじゃないですか。つなぎ融資の女王と一緒にされたくないよっ！

……と、TVニュースを観ながら、私が問題にしたのは、そこではないのです。

エリコ女王様（山辺容疑者が使っていた偽名）が、日本に到着した際、女性の捜査員みたいな人たちに連行されて、空港の通路を歩いている映像が流されましたよ

ね。あの時にエリコの横にぴたりと付いていた女性捜査員（刑事さん？）の人なんですが……彼女、すごく格好良くないですか!?

顔はちらりとしか映りませんでしたが、長身、そして、長い髪をひとつに結《ゆ》わえて、黒いスーツで颯爽《さっそう》と歩くあの御姿！　くーっ、惚れてしまいましたよ。私の背中を見て！　by澤穂希選手……という感じの後ろ姿でした。パンツの裾と靴のバランスも良し……とTVの前で人間ウォッチャー兼ファッション評論家みたいな口を利いていた私。ええ、夫に怪訝《けげん》な顔をされました。

もうひとつ、注目したのは、山崎豊子原作のドラマ「女の勲章」です。戦後の日本ファッション界に新たな道を開いた女性ファッションデザイナーの美しくもはかない生涯を描いた力作ドラマなんですが、主役の松嶋菜々子を始めとした女性登場人物たちを手玉に取る色悪な男を演じた玉木宏が……素晴しかった……じゃなくて、いや、彼は、すごく良かったんですが、私が瞠目《どうもく》したのは、眼鏡をかけた玉木くんが、ジャズピアニストのビル・エヴァンスにそっくりという事実！　これ、私独自の新発見だよね!?　と言いながらアイス（スーパーカップ）を夫と分け合うTVデイズなのでした。

13:00

2017/6/8

神戸のホッピーマニア

「神戸でもホッピーが飲めたよ」

と、神戸でいつも立ち寄る食堂兼飲み屋の主人に伝えたら、彼は、きっぱりとこう否定したのでした。

「それは、ない！　神戸にホッピーは存在しなーい！」

でも、さっき飲んで来たもんねー、と顔を見合わせて得意気に笑う夫婦を唖然とした様子で見詰めながら、信じられへん……と絶句する主人。え？　そこまで？　と思わないでもないですが、それほど神戸のみならず、西の方面でホッピーに出会うのは稀《まれ》なのです。

この、ホッピー、関東圏在住の安い居酒屋好きなら、ほとんどの人が御存じでしょう。一九四八年赤坂生まれの元祖ビアテイスト飲料で、ノンアルコール。でも、ビールの代替品として飲むよりは、圧倒的に焼酎の割り物として使われることが多いのです。

白、黒を始めとしたいくつかの種類があって、ホッピーセットの白を下さい、なんて感じでオーダーします。お替わりをする場合は、焼酎を「ナカ」、ホッピー自体を「ソト」と呼ぶのですが、ナカとソトがちょうど良く同時になくなることはなく、足りない方を追加している内に、どんどん酔っ払って行くという制御不能の幸せな困ったちゃんへと変身して行くのです。

私たち夫婦は、このホッピーが大好きで、夕方の散歩の途中に、この印（提灯や旗）を掲げた飲み屋を見つけると、つい立ち寄ってしまいます。鼻持ちならないのを承知で言いますが、歩き疲れたらシャンパンかホッピーに限る！　泡の威力でしょうか。ビールは苦手なので、味のせいかもしれません。

私が初めてホッピーを飲んだのは、大学生の時。一ぺんで気に入ってしまいました。私も仲間たちも、常にお金がなくて、でも酔っ払いたいものですから、いつも集っては助け合って飲んだくれてました。そんな若者で馬鹿者の私たちの青い春（笑）の盛り上がりに一役買ってくれたのがホッピーだったのです。

得体の知れない安焼酎も、ホッピーさえあれば百人力。貧乏学生たちの強ーい味方だったのでした。

そう言えば、スピリッツをビールテイストで割るホッピーで思い出しましたが、昔、ジャマイカを何度か訪れた時、その地で知り合った肉体労働者のお兄ちゃんたちが、ラム酒をレッドストライプという現地のビールで割って飲んでいました。

これは、私が学生だった頃の能天気なホッピーの楽しみ方とは違い、アルコール度数を上げなきゃ、人生やってらんないよ、というやけっぱちな理由のようでした。彼らと話をしていると、眩し過ぎるほどの明るい太陽が照らす島には、その分、濃くて深い影が果てしなく広がっているのが解るのでした。すると、あのお気楽だと感じていたレゲエのリズムが、レジスタントソングとして耳を震わせるようになる不思議。忘れられない旅になりました。

ところで、私たちが見つけた、神戸でたった一箇所しかないであろうホッピーを供するお店は、和田岬の駅前にあった海鮮系の充実した食堂兼居酒屋さん。昼間からやっているナイスな店で、従業員のお兄ちゃんたちの接客の良さが際立ってました。

和田岬は、神戸の中心から地下鉄でしばらく行った三菱重工や三菱電機などの工場のある街。縁もゆかりもない場所ですが、思いつきで降りてみて良かった。潮の匂いがぷんとする道を歩き続けた後、工場で働く人々に混じって飲むホッピーはその人間模様と相まって、最高でした。

2017/6/15

プチ恋愛映画狂

中学生

フランスのマクロン新大統領（三十九歳。当時）の妻が二十五歳も年上であるのが話題になりました。何と出会ったのは彼の高校時代。夫人はその高校の演劇部顧問で三人の子供がいる既婚者だったとか。

周囲の反対にもめげず、紆余曲折を経た後に結ばれた二人のエピソードを聞いて、えーっ、フランス映画みたーい！　と思った人も多かったと思います。私も同じです。でも、私は、「みたーい」ではなく、あるひとつの映画のシーンを具体的に思い出していたのでした。

その映画の題名は「愛のために死す」。数年前に亡くなったフランスの女優アニー・ジラルドが主演しています。

舞台は五月革命が勃発した一九六八年のフランス。二児の母親である高校教師のダニエルと生徒のジェラールの激しいラブストーリーです。革命のさなか、純粋な恋を貫こうとすればするほど、二人は周囲によって引き離され、最後にはとうとう悲劇的な結末を迎えてしまうという……マクロンさんはそうならずにすんで良かったね、と胸を撫で下ろしたくなる映画だった……と断定したいところなのですが、実は、隅から隅まで明確に記憶している訳ではないのです。

だって、私、観たのって中学の時なんだもん。TVの洋画劇場で放映していたのです。食い入るように画面を見詰めて、最後には大号泣してしまいました。なんで愛し合ってる男と女を受け入れてやれないんだよーっ、て。たいしたおませさんでしたね。

恋に恋するお年頃の私でしたが、その映画を観てショックだったのは、女教師がベリーショートヘアで少しも色っぽくなかったことと、相手の高校生が髭面だったこと。私の思うステレオタイプの恋愛とは違っていたのです。

当時から年上の女と少年のラブロマンスに興味津々だった私は、その王道を「個人教授」(やはり同時期のフランス映画)に見ていました。主演のナタリー・ドロンのような訳ありの妖艶な美女が、相手役のルノー・ヴェルレーみたいな美青年に恋の手ほどきをする……そんな王道。

あ、ちなみに、ナタリー・ドロンは、この間引退したアラン・ドロンの奥さんだった人です。そして、ルノー・ヴェルレーは、二作の日本映画にも出ていて、それぞれ浅丘ルリ子さん、小川知子さんと共演しています。浅丘さんとの「愛ふたたび」は、やはり中学に入ったばかりのころの映画でしたが、これまたTVで放映されてから観ました。

日本でも大人気となったルノー・ヴェルレー。美男子の代名詞として使われあちこちで、○○のルノー・ヴェルレーと呼ばれる人が誕生したようです（例、我が社のルノー・ヴェルレー、町内会のルノー・ヴェルレーなど）。そういや、私が作家としてデビューした頃にも某出版社に、我が社のルノー・ヴェルレーがいましたっけ。ダウンサイジング？

それはともかく「愛のために死す」です。これ、今現在、映像を入手するのは非常に困難なようです。マクロン新大統領を祝して、どこかで復活、放映してもらえないでしょうか。日本では人気のなかったアニー・ジラルドの中でも、かなりマイナーな主演作品ですが、今なら、皆、興味を持つと思うんです。そして、私としては、あの少女時代に立ち返ってみたい。

学校から苦手で飲めずに持ち帰った牛乳で、母が鍋でココアを作ってくれました。熱々のそれを啜《すす》りながらのプチ恋愛映画狂時代が懐しくって。

いとしの百貨店

スペシャリテ

2017/6/22

江戸時代に使われていた調味料がブームだそうです。代表的なのは、煮貫《にぬき》と煎り酒《いりざけ》。関西では煮抜きと書いて固ゆで玉子のことを指しますが、それとは違います。ものの本によると「醬油の麵つゆが普及する前まで江戸っ子にもてはやされた味噌仕立ての麵つゆ」のことだとか。銀座の名店「三河屋」の「煮ぬき汁」には、味噌の逸品「三州八丁味噌」が使われているそうな。おいしそうですが、まだ味見したことはありません。

一方、煎り酒の方は我が家の必需品です。友人のライターの方に「茅乃舎《かやのや》」の煎り酒をいただいてから、もう病みつきです。

この煎り酒は、基本的には日本酒に梅干を入れて煮つめて作りますが、風味やこく付けの方法が色々とあるようです。これが本当に何にでも使えるおいしい調味料なんです。お刺身にも納豆にもお豆腐にも良し！　でも、ひんぱんに使うのは、生野菜のサラダ！　煎り酒とエゴマ油やアマニ油などのオイルを回しかけるだけで、いつものサラダが格段においしくなるのです。ちぎった海苔やちりめんじゃこなどをのせると、さらに良し！　アボカドと海老にも合う！

この我が家に常備されている煎り酒、どこで購入しているかと言うと、実は神戸の大丸百貨店内にある「茅乃舎」で、「野菜だし」などと一緒にまとめ買いして発送してもらっているのです。

「茅乃舎」自体は東京にもあるし、お取り寄せも出来るらしいのですが、うちでは、夫の里帰りに合わせて訪れる神戸で調達するのが習慣となっているのです。大丸に行って一番最初にするのが「茅乃舎」詣でなのでした。その後、あれこれと見て回ってからカフェで、シャンパンのグラスを傾けて、ひと息つくのです。

実は、私、大の神戸大丸ファン。何しろビル自体のたたずまいが好きだし、中の雰囲気も好き。そして、ここでは、古き良き百貨店で買い物をする際の接客の醍醐味のようなものが味わえると思うのです。もちろん東京にも百貨店はありますが、なーんか違うんだよなー。商業施設的サーヴィスそのものって感じで。

私は、武蔵野市の吉祥寺という街に長いこと住んでいますが、いわゆる百貨店と呼ぶべきものは、一軒だけになってしまいました。近鉄百貨店が閉まり、伊勢丹がなくなり、とうとう東急百貨店だけに。残念です。

専門店や人気ショップが軒をつらねるファッションビルも良いのですが、百貨店には百貨店の良さがあるのになあ。私、近鉄の中を用事もないのにうろうろするのが大好きだったんです。

ピンポイントの買い物も便利ですが、系統立てられた商品から捜すのではなく、ゆったりとながめて、好ましい物が向こうから寄って来るように感じた時の喜び（書店でのクルージングでも、同じことを思います）。

百貨店で「おつかいもの」を選ぶのも楽しいものです。そのちょっとかしこまった気分は、百貨店ならでは。こんな年増になって言うのも何ですが、大人コスプレしているみたいで楽しい。そう、私、百貨店に足を踏み入れると、何故か、おませな子供に戻ってしまうんですよ。

今もはっきり覚えているのですが、うんと小さな頃、私は、百貨店で両親とはぐれて迷子になってしまいました。途方に暮れてべそをかきながらフロア中を歩き回る私を、両親は物陰から観察していたそうです。「ママは、可愛いから放っておこうと言ってたよ」と父。ひどい。

許さん！ その言い回し

2017/6/29

人によって苦手な言い回しってありますよね。

交際が発覚した芸能人カップルの「お付き合いさせていただいてます」、「あたたかい目で見守っていただければ幸いです」などは、私や周囲の人々にとっては、難癖の対象となる大定番。TVなどでコメントが読まれるたびに、あー？ 誰に敬語使ってんのー？ なんで、この人たちのためにあたたかい目を？ などと毒づいたものです。あんまり多過ぎるので、今は、どうでも良くなっていますが。

近頃は、政権に対する批判やら、待機児童などの社会問題にもの申す人々の言い回しならぬ「書き回し（？）」に物書きとして目が行ってしまいます。あるんだなあ、どうも好きになれない書き言葉って。

この人の言っていることは正しい。その通り！ 異議なーし！ と賛同出来る内容であっても、これらの語尾で締められる文章を見ると、何か大嫌いな虫が飛んで来たような気持になってしまうんです。たとえば、

「〜って、どうよ」

強気の女の物書きに多いですよね。あとトレンド（死語？）通ぶって、訳知り自慢したがる業界風男性評論家とか。なーんか、得意気ですね。否定のニュアンスを滲《にじ》ませたいなら「どうかと思います」と、ちゃんと主語を御自分にして下さい。

これに似たおじさんヴァージョンでは、

「いかがなものか」

というのがあります。偉そうなおじさんのコメンテーターが、主張の場を活字に移した時に使われるようです。いくら厳しい意見を述べても、語尾を曖昧にしては伝わらないのではないでしょうか。決して、断定しないで逃げる余地を残す。ずるい。これを多用する人、一度、勇気を持って、代わりに「許さん」と使ってみたらどうでしょう。いっきに味方が増えると思うのですが（敵は、もっと増えるでしょうけどね）。

昔、どうしても受け入れられなかったルビ（ふり仮名のことです）がありました。今でも、たまーに見かけてしまうそれは、

「女《ヒト》」

というやつ。古くはどろどろ、今はキラキラな「女《ヒト》」。いや、ライトノベル系の

キラキラで使うのは良いんです。もはや別世界ですから。問題なのは、しっとりとした女っぷりを表すために用いられる「女《ヒト》」。演歌はもとより、情念たっぷりな小説にも使われたりします。

あー、私、この表記を見ると湿度100％の閉め切った部屋に閉じ込められたような気がしてしまうのです。「本気」と書いて「マジ」と振られたルビの生きの良さを見習ってもらいたい！（私は使いませんが）

なーんて、いつも難癖を付けている私は、言葉の小姑《こじゅうと》を自認しています。もちろん、そんな私とて完璧である筈もない。でも、自分のことには目をつぶってしまうんです。それって、どうよ……ていうか、いかがなものか……ていうか、許さん！

某局の午前中の情報番組に出演しているベテラン男性アナウンサーで、「おります」をやたら使う人がいて、いらっとしています。どんな人が主語でも「おります」。目上の人でも皇室の方でも「おります」。きっと、電話では「○○さんおりますか」と言うんでしょう……なんて、ぶつくさ言いながら、ソファで胡座《あぐら》をかいて、スプーンで納豆ごはんをかき込んでいる私。この行儀の悪さは、許さん？……ですよね。

2017/7/13

消えた木陰で　くわばらくわばら

実家に用があって、久し振りに田舎に里帰りして来ました。私の実家の周囲は緑豊かな区域なのですが、御多分に洩れず、ここでもどんどん木が切り倒されてしまい、とても緑豊かと呼ぶような場所ではなくなってしまいました。

並木の緑がアーチのようになって繁る美しい通りがあったのですが、そこも見事に丸裸にされていて、がっくりです。通勤通学途中、そこを通り抜けるために、わざわざ遠回りをする人々が少なくないと聞いていたので、何とも残念です。

まだ寿命には見えませんでしたが、樹木医による診断結果故なのでしょうか。メインテナンスに時間とお金をかけることは不可能だったのでしょうか。田舎で生活をして行く人々と、東京からたまに訪れる甘っちょろい私たちなどでは、緑に対する意識が根本的に違うのでしょう。それなら仕方ない。何か、木々の緑以上に素晴しいものが計画されて姿を現すことを期待して止《や》みません。

木々の下に生えていた草花たちは、日ざしを遮るものがなくなったので、皆、枯れてしまいました。鳥たちは、止まり木を捜して右往左往しています。あ、でも、いくつかのエリアでは代わりに新しい芝生が敷かれていました。キレイで、ステキな、グリーンフィールドになるやもしれません。

きっと、自然によって育まれた木々の緑よりも、ゴルフ場のグリーンの方が有益であるし、大事にすべきだと考える人々は、とても多いんでしょうね……と、あっ、いっけなーい！　この国では、トランプ大統領の大好きなゴルフを茶化したりしたら処罰の対象になるんだっけか？　そうならないよう「祈ります©アッキー」……ふう！　くわばらくわばら。

ちなみに、災難を避ける際に何故「くわばらくわばら」と言うかというと、これ、桑の木が嫌いな雷神伝説によるそうですよ。農家の井戸に落ちて閉じ込められてしまった雷さまが、ここから出してくれたら桑畑に雷は落とさない、と農夫に約束したそうです。その際は、「くわばらくわばら（桑原桑原）」と呪文を唱えるが良い、と。

もしも、この時、農夫のおじさんが、けっ、そんなの信じるもんかい、と言って、桑の木を切ってしまったりしたら、どうなると思いますっ⁉　閉じ込められたままの雷さまとその仲間たちが交信し、結託して、雷、落とし放題になってしまいますよ。子供らのへそだって盗《と》られ放題ですよ！
……と、ここまで書いて来て、この話には、いくつもの難があるような気がしたのでやめにします。とにかく、雷さま（らいさまと栃木では呼びます）が轟《とどろ》いたら、桑畑へＧＯ！　私も、最寄りの桑畑の位置をチェックする所存です（あるのか？）。

近頃、「未来につなぐ」的な言い回しをよく耳にします。でも、未来に思いを馳せる前に、考えるべきことは数多くあるような気がします。未来は現在の積み重ねの先にしかないのです。今現在ある美しいものを見ないで育った子供が、未来の美を感じ取って、認識出来るでしょうか。それに、こう言っちゃ身も蓋もないんですが、「未来」、ある日を境に来なくなっちゃうかもしれませんよ。今が大事！

そう思って、実家では、ダイエットを忘れてたらふく食べました。近くに「ペニーレイン」というビートルズの流れる素敵なパン屋さんがあります。バーカウンターもあります。いずれビールだけでなくワインも置いて下さい！　らいさまも御機嫌でしょう。

暴言議員恐怖の眉毛

2017/7/20

自民党の豊田真由子代議士（当時）の、

「この、ハゲーーーーっ!!!」

何度も何度もTVでくり返し流されていたせいで、彼女の金切り声が耳について離れません。おしとやかな様子で議会で発言する映像にかぶせて流される罵詈雑言の数々。あまりの迫力の怒鳴り声とイノセントなベイビーピンクの御衣装とのギャップに釘付けです。聞けば、元々、ピンクモンスターと呼ばれていたのだとか。はー、さもありなん。


ある種の男の人は、ハゲとチビという言葉に異常に反応します。私の担当編集者の男たちの中にも「髪がふさふさではなく」、「背がものすごく高い訳ではない」のが何人かいますが、いつも気をつかって大変です。


うっかり「ハゲ」という言葉を使ってしまった場合は、

「あ、でもさ、ショーン・コネリーとか、すごく格好良いし……」

と慌てて付けたして、

「おれ、ショーン・コネリーじゃねえし！」

と、憮然と返されたりします。

また、うっかり、こう口にしてしまうこともあります。

「彼って、背が高くて素敵だねー」

すると、何人かが声をそろえて抗議するのです。

「かっちーん！　人権侵害！」

「あ、でもさ、背の高さが人間の価値を決めるものではない訳だし……」

取り繕えば繕うほど、窮地に陥って行く私。だからーっ、ハゲでもチビでもいい
男はいる訳よ！　数少ないけど……でも、男はルックスじゃない……あああ……。

と、不用意な発言の多い私ではありますが、立場の弱い人に向かって、肉体的な
ことをあげつらい、わめき散らすような真似は絶対にしません。

この豊田真由子代議士に関する週刊誌のスクープ記事を読んでびっくりしたのは、
ヒステリックな言動がエスカレートして、秘書の娘さんまで引き合いに出していた
こと。

おまえの娘が通り魔に強姦されたら、とか、娘の頭がグシャグシャになって脳味

噌飛び出して車に轢《ひ》き殺されて……とか、普通、いくら激昂《げっこう》しても決して出て来ないおぞましい描写の数々。

もしも、小説新人賞の応募作品にこんな台詞が出て来たら、これは不自然過ぎますね、と速攻で落としたくなるレベル。気持悪いよ、この女。ハゲ程度で止めておきなさいよ……あ、いや、髪の毛の本数が人間の価値を……（以下、略）。

騒動の後、心身症で入院したとのことですが、この人、病気じゃないでしょ？　人格におおいなる問題を抱えているようですから、病院入っても無駄なのでは？　今頃、ドクターに向かって、「ハゲーーーっ！」とか怒鳴ってるかもよ。あ、医者には言わないか。でも、秘書には言うのね。私、こういう価値観の女、だーい嫌い！　どうせ怒鳴るなら偉そうな奴にをモットーにしてるわたくし、ですもの！　よって、酔っ払いの私に何かのはずみでポカリとやられても、決してこれを非難してはならない。

それにしても、実は、私が一番今回の騒動で問題視していたのは、豊田議員の眉毛の描き方。ケンタッキーフライドチキンのウイングのとこの骨みたい。ほら、肘を曲げたみたいになってる……あ、今晩、お届けケンタッキーに電話しよう！　何故か食欲そそられちゃったよ。でも、カマドウマの後ろ足って言う人もいます。こちらは食欲減退。

星一徹くん！真実の姿

2017/7/27

今、夫がそろえてくれた「巨人の星」、「新巨人の星」を最初から読んでいます。私が子供の頃に連載され、TVアニメ化された今さら説明する必要もない、日本野球漫画の金字塔です。

アニメの方は全部観ていましたが、長期に渡る少年マガジンの連載はコンプリートという訳には行かず（おこづかいに余裕のない子供でしたし）、「新巨人の星」に至っては週刊読売という大人媒体だったので未読。わくわく、としながらページをめくったのでした。

で、あれ？　と首を傾《かし》げたのです。まだすべて読み終えている訳ではないので断言出来ませんが、漫画の「巨人の星」、私の記憶にあるものと、かなり違っているのです。

たとえば、主人公、星飛雄馬の父、一徹。

その野球の鬼ぶりはすさまじく、暴君そのもの。飛雄馬を一流選手に育てたいあまりに、とてつもなく厳しく指導し、期待通りにならないと、卓袱台《ちゃぶだい》を引っくり返して不満をぶつけるという傍若無人ぶり……そんな人物像が私の中には叩き込まれていた……のですが、しかし！

ぜーんぜん、違ったのでした。卓袱台返しのシーンなんてないのです。明子ねえちゃんの心尽くしの料理を無駄になんてしていなかったのです。ごめん、一徹！

（今の私より年下だろうから呼び捨て）

それにさ。確かに切磋琢磨するこの父子の間には厳しさが漂ってはいるのですが、それ以上にヴェリーヴェリー　スウィートなのです。

いっつも「とうちゃん」に甘えている仔犬《こいぬ》のような飛雄馬と、そんな息子が可愛くってたまらず、相好を崩してばかりの父。そして、互いの言動にしょっ中感動して涙を流しては抱き合う。

一度なんか、TVの野球中継で飛雄馬の試合を観ていたとうちゃんが、いても立ってもいられなくなり、長屋を飛び出して全速力で走って行くのです。球場に電話をして、飛雄馬にアドヴァイスをしなくては！　とか何とか叫んで。

ところが、下駄でダッシュした途端に鼻緒が切れて、派手に転んで倒れてしまうのです。そして、道に横たわったまま、手を伸ばし、「飛雄馬！」と叫ぶ。無念のあまりに滂沱《ぼうだ》の涙を流しながら……ええ……私、とうちゃんには悪いけど、このシーンで引っくり返って笑ってしまいました。試合中に電話したって、つながらないよ！　とうちゃん！　でも、優しいね、とうちゃん！

他にも、練習中に、明子ねえちゃんが作った自分用の握り飯を飛雄馬に届けてやったり、常に、遠征に行く時は陰から見送ってやったり……本当に優しくって過保護なとうちゃん。

どうやら、暴君で卓袱台返しが日常……みたいなイメージって、アニメの方から植え付けられたようです。いやあ、びっくりしたなあ、もう。

優しいダディ、星一徹。恐ろしいカミナリ親父と勘違いしててごめんね。「このハゲーーーーっ」の豊田真由子さまの方が、よほど暴君だったんだね。彼女こそ、きっと家では、ダイニングテーブル引っくり返していたんじゃないでしょうか。

ところで、明子ねえちゃんの握り飯は塩むすび。ごはん粒が立っててとってもおいしいそう。

私は、おにぎりに「ろく助の塩」を使います。これは、干し椎茸、昆布、干し帆立貝、それぞれの粉を混ぜた天然の味塩。トマトや胡瓜《きゅうり》に付けただけでもおいしいのです。枡酒のふちにのせて禁酒を解いた一徹をねぎらいたかった！

要アウフヘーベン！政治家さん

2017/8/3

これを書いている時点で、都民ファーストの圧勝で幕を閉じた都議会選挙から一週間目。TVでは、毎日のように自民惨敗の原因解明と責任追及がなされています。やはり小池都知事のパワーと影響力はすごかった！　でも……皆さん感じているように、小池さんの名がなかったら、どうだったの？　という方々ばかりが当選しています。素人集団とあちこちで揶揄《やゆ》されているのを耳にするたびに、あーねー？だよねー？　と思ってしまいます。

子育てと親の面倒を見る途中で、政治に突き当たったのです……とか言われても……そこから勉強して政治の世界を目指すなら解るのですが。

思うに、政治の世界ほど準備学習なしに飛び込める仕事ってないのでは。とにかく、当選すりゃあ政治家！　その昔、「作家・処女作執筆中」というキャッチフレーズで大々的に売り出した美人女流作家（もどき）がいましたっけ。その女の子は、次に「映画監督・処女作撮影中」を売りにしてCMなどにばんばん出演していました。ルックスが良かったので、とってもサマになっていて羨ましかったです(ほんと)。

私の故郷、板橋区のハッピーロード大山商店街では、出馬した某タレントさんの弟さんとその支持者が練り歩いていました。大きな声で応援スピーチをする人、いわく、

「彼の義理の兄は、世界的サッカー選手の長友佑都さんです!」

……それと政治とどう関係があんの? と、私などは首を傾《かし》げるばかりでしたが、久々に大山の町をテレビで見られて嬉しかったです。

皆さん、一所懸命がんばっていらっしゃって、その努力には敬意を払いたいと思いますが、どうしても、ひと山いくらのホウレン草な感じは否めません。

あっ、でももしや、これが小池都知事の言う「ワイズスペンディング(賢い支出)」で「アウフヘーベン」するってこと? ちなみに、この意味が解らなかったので夫に尋ねてみたら、ドイツ語だそうです。ヘーゲルが提唱した哲学の概念で、「より良い状態に持って行って解決すること」なのだとか。全然、意味解んねーよ!

築地の市場で働く人々、というのを小池都知事はいったいどうとらえているので

しょう。おおいなる勘違いをしているとしか思えません。言葉は、伝える人々に、伝わるように使うことが大事。だって人間だもの。byみつを。

少し前の週刊新潮の連載エッセイで、数学者の藤原正彦さんが、小池さんの横文字多用ぶりをばっさりと斬っていて、我意を得たり！　と胸がすかっとしたのですが、日本語を使って人々を動かせない政治家は、本当に格好悪い。そして、その格好悪い人々が、どれほど多いことか。

応援演説で、あろうことか自衛隊としてもお願いしたいと口にしてしまった稲田〝ゴカイヲマネキカネナイ〟朋美防衛大臣とか、ほんと、どうなってるんでしょう。実際に自衛隊の戦闘服を着た人々が、特定の政治家を応援している絵が思い浮かばなかったんでしょうか。それ、ダメ、ゼッタイ！　じゃないですか。無知過ぎます。

政治家や官僚の言葉には、意味不明なものが多いのです。たとえば、内閣府が考えた「おとう飯《はん》」。子育て世代の男性の料理参画促進のためのキャンペーンだそうですが……何考えてんのーっ！　ださ過ぎるし、それに、食卓は個人の領域ですよっ。あ、でも私、某有名おでん屋さんの「とうめし（豆腐のっけごはん）」大好きです！

2017/8/10

忍ぶれど MUCH LOVE

白状してしまいますが、実は、私、ぬいぐるみ好き。元々ファンシーグッズ嫌いなので、かなり片寄った嗜好《しこう》のぬいぐるみラバーなのですが、その歴史は長い。

うちにある一番古いものは、私が七歳から一緒に過ごして来た熊の山田コロ介。もう両耳はとうになく、表面もぼろぼろの穴だらけで、わら（当時のぬいぐるみの詰め物はわらだったのです！）があちこちからはみ出しています。母の苦心の修繕のあとがあちこちにありますが、頭部にぐるりとバブルの頃のヴェルサーチのリボンを巻いてつぎ当てをしてしまったので、ラーメン丼のようです（バブル世代の方、あの白黒の模様を思い出して下さい！）。

この通称コロちゃんとは、長い間、一緒に寝て来ましたが、一緒にベッドにもぐり込む男の子を恐怖に突き落として来ました。ブランケットをめくった時に横たわる元テディベアは、まったく情事には相応しくなく、その内、予感があるとクロゼットに隠すように。

そんな苦楽を共にして来たコロちゃん。今では、本棚の上に置かれて「御大」と呼ばれています。もう限界まで、ぼろっちくなってしまったので、一緒に寝たら粉々になりそうで、恐くて恐くて。他のぬいぐるみたちを見守る神の域に入ったということにしました。

夫は、まったくぬいぐるみとは無縁の人でしたが、私の影響で、小さなのをいくつか可愛がるようになりました。その中のひとつは、いつも寝る時に自分の顎《あご》にはさんでいます。まさか、自分がぬいぐるみに愛着を持つようになるとは！　と信じられない様子ですが、いいんです。そういうものに魂が吹き込まれるのは、多々あることです。

うちのぬいぐるみやマスコットたちは、どれも小さなものですが、全員に名前が付いていて、出自も関係性もしっかりと創作されています。過去もちゃんとあるのです（山田詠美作、ですが）。聞けば、棋士の渡辺明竜王（当時）もそうだとか。SF作家の新井素子さんに至っては、彼らを「ぬい」と呼び、自宅とは別の棲家《すみか》まで作ってしまったそうな。

でも、たぶん、私も他の方々もお互いを同好の士とは思わないでしょう。それらは、ぬいぐるみとひとまとめには出来ないからです。ぬいぐるみであって、もはや、ただのぬいぐるみではないもの。それが、自分だけのぬいぐるみたち(ややこしいですが)。

この間、素晴しい写真集を見つけました。題して「愛されすぎたぬいぐるみたち」(写真・文 マーク・ニクソン、訳 金井真弓)。

文字通り、何十年も愛されてぼろぼろになったぬいぐるみの写真集です。添えられた文章も良いんです。

たとえば、U2のボノ夫妻が大事にしているのは早くに亡くなった親友のテディベア。耳は片方だけになってしまいましたが、その親友のためにボノが作った曲をその良い方の耳で聴く時だけ、にっこり笑うと言うんです。

ページをめくるたびに涙が出てしまいます。愛をたっぷりと吸い込んで幸せに疲弊して行ったぬいぐるみたちのいとおしさを思って。そして、そこはかとなく恐ろしい。原題は「MUCH LOVED」。既に、私の今年のベスト1です。

そう言えば、前に飛行機でうさぎのぬいぐるみに機内食を与えていた女(大人!)がいました。アームレストにレタスをおいて一人二役で会話しているのです。すご〜く不気味でした。大人のぬいぐるみ愛は、ひそやかに育みたいものです。

事実はドラマよりも奇なり

2017/8/17

獣医学部新設問題の渦中の人物である加計孝太郎氏。夏の高校野球で大活躍をしているのは早実の清宮幸太郎くん。そして、「警視庁ゼロ係～生活安全課なんでも相談室～」がセカンドシーズンを迎える俳優の小泉孝太郎さん。

ひょーっ、もしかして、時代はコータロー？　よし、私も、高村光太郎の「智恵子抄」でも読み返してみるか……なんて。

ここで、何故、即座に小泉孝太郎の名が出て来るかというと、実は、私たち夫婦は彼の大ファンなのです。いえ、正確に言うと「警視庁ゼロ係～」で孝太郎演ずるところの「警視どの」が大好き。

このドラマ、去年の冬に放映開始され、あっと言う間に消えてしまったので、残念がっていたのですが、一年半後に復活したのでびっくり！　七話で終了した時には、私たち以外観てなかったのかも……人気の出ないまま地味に消えて行ったね……と、がっくりしていたのですが、セカンドシーズンがやって来た！　でも、そもそもシーズンというほど大それたシリーズでもない気もするのですが……まあ、取りあえず良かったねー、と金曜の夜のお楽しみを手に入れた山田家。警視どのこと冬彦と松下由樹演じる寅三《とらみ》のコンビが最高なんです。ここでしか見られない安達祐実の妙にクールな事務員ぶりも愉快。この時点で、既に第一回の放映を終えていますが、相も変わらず、地味にファンキーな展開。ねえ、本当に私たち以外にウケてるの？

実は、私たち夫婦は、ほとんど日本のドラマを観ません。なんか、どれも変わりばえしないような気がして。もちろん、例外もありますが。最後に一所懸命観たシリアスドラマは、ＢＯＸで買ってしまった「それでも、生きてゆく」。あれは、やるせなかった。

ここのところ、下手なドラマよりもおもしろいと話題をさらっていた女優の松居一代さんの夫告発映像ですが、あそこまで行くとホラーを越えて喜劇の様相を呈していますね。

彼女のようにエキセントリックな言動を取る女は特別だ、という声も少なくないようですが、いえいえ、私は、巷《ちまた》に棲息する何人もの「ミズ・マツイ」を知っています。

ある女は、恋人に対する疑心暗鬼を抑え切れず、アメリカ軍人であった彼のユニフォームをドラム缶に入れて、ガソリンをかけて全部燃やしてしまいました。仕事に行く先々で出会う女たちが彼に誘いをかけて来るというのがその理由。えー…と、あの人、そんなにもてたっけか……などという私の疑問を一蹴して彼女は泣き叫びました。

「そんなこと言って、あんただって、彼のこといいって誉めてたじゃない！」

……お世辞だってば。彼の浮気の証拠を見つけるためだけに生きているような状態になった彼女。今度は、彼がいかにひどい男であるかを吹聴し始めました。SNSなどない時代でしたから、その労力と熱意たるや、松居さんよりすごかったかも。とうとう耐え切れなくなった男の方が、泣きながら私に電話をして来ました。そして、彼女を止めてくれ、と頼むのです。

ふん、やなこった、と思いました。男と女は五分と五分と故・中上健次さんは遺作の「軽蔑」の中で何度もくり返しましたが、真理です。相手のせいにする方も馬鹿なら、される方も阿呆。失敗は御二人の共同作業です。

と、結婚式のケーキカットの場面を見るたびに深く頷いてしまう私。ナイフを手にしたまま、甘いクリームを舐めさせ合うって、ある意味ブラックジョークかも。

女性政治家難癖日和

2017/8/24

とうとう防衛大臣の職を辞することになった稲田朋美さん。あちこちの週刊誌で、今さらのようにそのダメダメぶりが取り上げられ、首相の任命責任を追及しています。安倍首相の寵愛を受けて、絶好調だった頃の姿もさまざまな媒体で見ることが出来ます。

で、いつものように私が問題視するのは、わりとどうでも良いところなのですが……。

ある週刊誌に網タイツを穿《は》いた稲田さんの写真がのっていました。椅子に座り、足を組み、膝掛けに上腕を載せたその御姿……エマニエル夫人……あ、エマニエル夫人を知らないお若い方々はネットとかで調べて下さいね。故・シルヴィア・クリステル演じるエロスの象徴、インセブンティーズ！　椅子に悠然と腰を下ろして男共を睥睨《へいげい》していたあの御姿は、私と同年代の男子の股間を直撃していました。

その「夫人」と似たようなポーズを取る我が国の防衛大臣。違うのは、顔の表情です。本家の（?）夫人がナチュラル・ボーンなエロスを体現しているのに比べて、稲田さんは、可愛くにっこりの日本のおじさん仕様の眼鏡っ子。そのアンバランスが劣情をそそるんでしょうか。ああ、日本。何だか解らないけど、とっても日本だよっ！　どうせなら、もっと夫人の捨て身加減を見習ってくれい！

それにしても、彼女のファッションって、どうなんでしょう。あのニシキヘビみたいなタイツって……網タイツを穿くのはかまいませんが、服と全然合ってないよっ。男性週刊誌では、マツエクしてる場合か、と揶揄《やゆ》していましたが、彼女の問題点はそこではない、と昔、服飾評論家のピーコさんと「ファッション・ファッショ」なる本を出している私は思うのです。

演習視察にバカンススタイルで現われたり、護衛艦の甲板をピンヒールで歩いたりしたことが非難の的でしたが、彼女の間違えているのは「浮いている」と「目立っている」の区別が付いていないこと。すべて、そこに集約されているような気がするのです。

例のバカンススタイルの、あの帽子、あのサングラス、あのシュシュ。「あの」じゃないものに替えて、いくらでもスタイリッシュにすることが出来るのに。「あの」三点セットを見た時、思わず、ばかも〜ん！　と叫びたくなりましたよ。

公的な場で、スタイリッシュに決めるためには調和が大事。背景を味方に付けるには、アップばかりではなくロングもチェック。全身を鏡で見てみましょう、とは、どんなお洒落読本にも書いてあることですが、ついでに、どんな景色が自分の背後に広がる予定なのかを想像力でシミュレートしてみましょう。そうすると、自分が、オタサーの姫ではなく、防衛の長であるそのポジションも見えて来る筈なんですが。くどいようですが、あの、シュシュ！　やめーっ、ニシキヘビもやめーっ、夫人座り禁止ーっ！

なーんて、今年ほど政治家に難癖を付けたことはない、と思っているのは私だけではないでしょう。ぽろぽろと出て来る出て来る。

だいたい、新幹線で妻子持ちの男性議員と手をつないで眠りこけていた今井絵理子議員、けしからんですよ。新幹線の座席でやるべきことは、たったひとつ。車窓を楽しみながら酒を飲む。これですよ。つまみは、カルパスか乾燥帆立貝柱。これ、山田部が制定した山田法と呼ばれて、私の担当編集者は罰則もないのに厳守してますよっ。

2017/9/7

猩猩蠅

パンデミック！

ショウジョウバエの季節です。漢字表記は「猩猩蠅」。いわゆる「小バエ」のことですね。家庭の台所を仕切る人なら、毎年一度は悩まされるであろう憎い奴ら。えー？　それって、不潔にしとくからじゃなーい？　うちなんて生ゴミ絶対に放置したりしないから縁がないわー、というプロ主婦の方々は、私のようなずぼらな人間とは一線を画しているので、ここは無視して下さい。

「猩猩」というのは、中国の想像上の怪獣のことだそうです。目が赤くて、いつも酔っ払っているのだとか。人間の大酒飲みも、それになぞらえて「猩猩」と呼ぶらしいです。

で、実は、小バエも同じ理由から、その名が付いたとモノの本で読んでびっくり。イメージとしては、放置された生ゴミなどにたかる感じがしていたので。

でも、違ったんです。奴らのお好みは発酵したもの。味噌や醬油に酒、傷んだ果実、ぬかみそなど。そこに繁殖するイーストが主食だというのです。今の季節、パンや乳製品もやばいらしい。

小バエの目の色が赤いとは気が付きませんでしたが、そうだったのか……奴らの道は酒飲みに通ず……だったんですね。しかも、発酵系の酒好き。決して、ウォッカやジンなどの蒸留酒系ではない。ドブロクとか好きそうだなあ……。

そう言えば、思い出したことがあります。ある夏、我が家で飲み会をやった時です。その日のメンバーは、ビール飲みが多く、終わった後は空の缶ビールの山になっていました。皆、片付けの際にそれらをまとめて袋に入れて行ってくれたので、ありがたやとばかりに、私は、それをそのまま台所に放置したまま、数日間の旅に出てしまったのでした。

で、帰って来て、台所に足を踏み入れて、ぎゃーっ‼　そうです。ゴミの袋に小バエが大量発生していたのです。残った食べ物はすべて処分したからオッケー！　と安心し切っていたのが間違いの素。敵は、残飯ではなくビール酵母をかてとしていたのです。缶の中を洗わなくてはいけなかった……。掃除のいい加減なビアサーバーを使用しているビアガーデンには要注意ですよっ！

あ、ここで、困った友人のことも思い出してしまいました。

その男友達は釣りが好きで、とうとう船舶の免許も取ってしまい、念願の小さな船を手に入れたのでした。そして、気候の良い季節は、休みのたびに釣り三昧。独身生活を心ゆくまでエンジョイしていた彼。

ある時、大きなサバを釣り上げ、意気揚揚と家に持ち帰り、早速、さばいたところ……ぎゃーっと絶叫してしまいました。サバの腹から、わらわらと消しゴムのカスみたいなもんの大群が出て来たというのです。そして、それは平仮名の「の」の字を作りながら、のたうち回っていたというのです。彼いわく、

「魚の腹の虫なんか慣れていた筈のおれでも、さすがにあれは……ぶるぶる」

で、全部、捨ててしまったそうなのですが、開けたゴミ箱には先客が。好物のバナナを食べた後の大量の皮が放置されたままで、そこには小バエがぶんぶん……。本当は、朝、ゴミを出すのが決まりなのですが、前の晩の内に出してしまったそうです……しかも隣りのマンションに……こらーっ‼

腐りかけたバナナの皮に大量発生した猩猩蠅とサバの腹に棲息していた寄生虫（アニサキス？）のコラボレーション……ゴミ袋の世界のパンデミックです。結局、どのくらい増殖したんでしょうか……ぞわーっ！

言葉の小姑

得度せず

2017/9/14

この間、ある方とランチを御一緒していた時のことです。おいしいウナギに舌鼓を打ちながら、彼が唐突にこうおっしゃったのです。

「山田さんは得度《とくど》したんですよね？」

ええーっ、とのけぞった私でした。

「な、何故、そんな話が⁉」

「あなたに会うことを知り合いに言ったら、あー、彼女、得度したんだよねーって。それ聞いて、なるほどそうかと思ったの。（瀬戸内）寂聴さんと親しいみたいだから、そっちの関係で有り得るかもなあ……って」

ありえませーん！　そりゃあ、最強のパンクスのひとりとして、絶大なる信頼を寄せているジャッキー（Ⓒ丸山敬太くん）ではありますが、後に続いて得度なんて……ないないない！　１００％、なーい！

ちなみに、得度とは、剃髪《ていはつ》して仏門に入ること。つまり、出家です。そんなの、このぐうたら生活を享受している私に出来る訳ないではありませんか！　パンクファッションとしての坊主頭はトライするにやぶさかではありませんが、俗世間を捨てて禁欲に身を投じるなんて無理無理！　掃除の超苦手な私にお寺の境内なんて掃除させたらとんでもないことになります（出家──→竹ぼうきで庭掃除、みたいな短絡的連想ですみません）。

私は、この先も浮世で下世話な事柄をおもしろがって生きて行く所存です！　あ、下世話ついでに話は全然やくたいもない方向に行きますが……私の知り合いの男子で寺での合宿中にお坊さんと初体験をすませた強者が二名ほどいます……うわー、不謹慎なこと思い出して、すみませんすみません！

ところで、またまた芸能人の不倫が発覚しましたね。今度は、お笑い芸人さんだとか。二人の美女を宿泊中のホテルに続け様に呼んで夜を過ごしたとか……。

その件で、文春の記者が、帰宅直後の芸人さんを直撃した映像がTVで流れていました。記者はお相手の女性について問い質《ただ》す際にこう言ったのでした。

「その（女性の）方を存じ上げてますか？」

……ここで、私の「言葉の小姑《こじゅうと》」センサーがおおいに反応する訳です。

「質問相手に向かって、存じ上げる、じゃないだろーっ。御存じですか、だろーっ⁉」

って。ボードのようなものにやり取りの経過が書かれた時には「ご存じ」と直されていましたが、私は、確かに聞いたね。言葉を扱う人種が平然と口にしたデタラメ敬語を！

私は、他人の色恋やら情事やらを糾弾する気などまーったくありませんが、言葉を扱う職種の人間が使う無自覚のデタラメ言語には我慢が出来ませんの。こういう輩って、絶対、「いただく」を多用するんだよねー。

気になる言葉は数多くありますが、人々が普通に使う日常の「くずし」は、まったく問題視していないのです。難癖を付けたいのは、プロである筈のあなた、あなたですよ！

「心が痛む」という言い回しを安易に使う人も嫌です。本当に心が痛む場合ならともかく、〈トランプ大統領に投票した白人労働者のことを思うと心が痛む〉なんて、エッセイで書いちゃう人。それ、ほんとですか？　全然痛まないで、それ見たことか、なんて思ってしまう私の心は冷たいんですかね。

冷たい、と言えば冷夏ですね。わが山田部兼ガリガリ部では、せめてガリガリ君リッチを囓《かじ》ってプチ贅沢を味わいたい。リッチ系新製品としてグリーンスムージーが出ましたね。ガリガリワールドにも健康ブーム？

2017/9/21

ああ無情
牛タンの地

昨晩は、夫婦二人で小さなホットプレートを囲み（はさみ？）鉄板焼きに舌鼓を打ちました。メインになったのは、取り寄せたばかりの仙台産の牛タン。タン元と呼ばれる付け根の部分で、柔らかいのにシャキッと嚙み切れる食感が最高でした。美味。

私たちが食べたのは、切り落としという部位。はしっこの余った肉で、いわゆる「はねだし」と呼ばれる商品。超お買得です。形はふぞろいですが、綺麗に整えられてカットされたものと味は変わりません。ぽんぽん、いっぱーい！　と言いながらおなかをさするまで、たらふく食べてしまいました。結果、大満足だった「う・し・の・し・た」。

……うへーっ、せっかくの飽食の喜びをいっきに奪うこのフレーズ。御存じ、宮城県のPR動画で壇蜜さんのアップになった唇から発せられるエロティック（笑）な囁《ささや》きです。その他にも、鼻血を出す男性キャラや、エロ表現でクラクラになって空に浮いている男共（何故⁉）や、亀に乗る乗らないとか、ちょっとー、これ作ったの、どこの素人さんです⁉　と言いたくなるような稚拙な映像が満載。

性を連想させる表現が女性蔑視に当たり、公序良俗にも反すると問題視されたみたいですけどねえ……それ以前でしょ、これ。

宮城県知事さんは、賛否両論あったことで注目されたから大成功、とか言ってたみたいですけど、この手の注目がプラスに働かないのは、自明の理です。ださ過ぎて、無理。

いったい、誰にPRしたかったんでしょうか。少なくとも、女性にではないですよね。鼻血を出すほどの素晴しいもの（笑）への期待に胸（と股間）を膨らませる殿方（作中の伊達政宗みたいな）にアピールしてるんですよね？　私たち女も、宮城に行けば亀に乗せてもらえるんでしょうか？　あ、でも、亀は、壇蜜さんにしか反応しないんでしょうね。ていうか、乗りたくないし、亀。

そうです！　私がここで言いたいのは、どうして、こんなつまんない動画で、壇蜜を無駄使いするかということなのです。彼女のファンは女性にも大勢いるでしょう。そこを念頭に置いて、男女双方にとっての心ひかれるイメージを同時にアピールするCMだって作れた筈。

復興の寄付を何千万だか使ったそうですが、だったら宮城県内のアーティスト志望の若者たちからアイディアを集めてコンペにかけたら良かったのに。ヴィジュアル系アートの登竜門となったかもしれないし。

に、しても。今回のこと、役所の人間だからって頭は固くないんだぜー、ユニークな感性があるんだぜー、というアピールが先に来てますよね。そして、それには、最もコントラヴァーシャル(論争を呼ぶような…の意、あ、都知事《ユリコ》みたいになっちゃった)な事柄であるエロを使おうと短絡的に思い付いて膝を打ったに違いない。

　ほら、いつの時代も、エロは、芸術か否かで物議を醸すものだから、うちもこの際……と思ったかどうかは定かではありませんが、チャレンジャーなつもりで得意気になった制作者の顔が見えるようです。

　でもさ。「チンケ」って、こういうものに使う言葉なんじゃないでしょうか。こんなチンケな代物に女性を蔑視させるなんて、実に憎ったらしいですね。宮城の素晴しさをこれでしかアピール出来ないんですかね。伊達公、お気の毒。

　東京オリンピックの招致活動で「お・も・て・な・し、おもてなしー」というのがありましたが、こちらも「う・し・の・し・た、うしのしたー」と、リスペクトを持って手を合わせてみたらどうでしょう。パロディにもならないか。

2017/9/28

魚屋さんで人間観察

吉祥寺駅アトレのロンロン市場内にある「魚力」は、威勢の良いお兄さん方が相手をしてくれる対面式のコーナーもある、活気に満ちた魚屋さん。いつも大にぎわいです。

私も大好きで、昔から、場所を変えての魚力ファン。駅ビルに店舗が入っていることが多いので、出先から戻るついでの買い物にとても便利です。

実家のある宇都宮駅に降りれば必ず立ち寄りましたし（いつのまにかなくなってしまって残念！）、横田基地の側に長年住んでいた時には、乗り換えの立川駅でいったん改札を出て必ずお魚チェックをしていました。魚力のある駅地下には「成城石井」も出店していることが多く、どちらも大好きな私にとっては、嬉しい限りです。

その魚力立川店で、ある時、海老の安売りをしていたのですが、例によって元気なお兄さんが勇ましい口上を述べて客を呼ぼうとしていました。氷の上に山盛りになった海老は、今にも飛び跳ねそうに新鮮です。生でも食べられるというそれを、あえて、さっとボイルして、レモンを絞って溶かしバターに浸して食べたら旨そうだ。いや、同時に、香菜や葱を刻んで入れたナンプラーのソースでエスニック風に……などと、考えながら、側を通り掛かった私に、そのお兄さんが大きな声で言ったのです。

「奥さん！　超お買得だよ！」

「ですねー。でも、その紙パックにいっぱいだと食べ切れないかも……」

「冷凍保存オッケーだから‼　冷凍庫入れたら、二ヵ月は持つよ！　でも、この値段は、今日、一日しか持たないんだよっ‼」

　私は、その返し方に感心して、お兄さんの顔をまじまじと見てしまいました。そして、言ったのです。

「……うまいこと言いますねえ……」

　お兄さんは、不意を衝《つ》かれたような表情になったかと思うと、見る間に顔を赤らめて黙ってしまいました。何となく気まずくなってしまった私は、結局、海老を買わずじまいでしたが、ちょっと反省。魚屋さんのお兄さんの口上のノリを遮ってはいけない。

と、そんなことをすっかり忘れていた私ですが、つい三日前に吉祥寺の魚力で、やはり威勢の良いお兄さんの口上を、二人のおばあちゃん（他人）と一緒に聞いて感心していました。

「私ねえ、この切り身三枚もいらない」

「三枚セットの方がお安いですよ！」

「ううん。だって、ひとりなんだもん。一枚しか食べらんないんだもん」

「おひとり……承知しました！」

切り身を一枚だけ包むお兄さんを待って、私は、隣りに山のようにぶちまけられた、ぴっかぴかの新サンマを購入。やはり、ちょっとした気の利いたことを言ってくれましたが、私ももう経験（？）を積んだので、「うまいこと言うなあ」と思っても口に出したりはしませんでした。あのおばあさん、ひとりでおいしく食べたかな？　魚屋に人間模様あり！

買って来たサンマは、ハーブを沢山ぶち込んだオリーブオイルで、じっくりと煮てコンフィにしました。

塩焼きと違って、コンフィの場合、「つぼ抜き」というやり方でハラワタを抜きます。まな板に腹を下にしてサンマを立て、頭の下の中骨の部分に包丁をザクッと入れて引き抜くと、ひゅるんと内臓が出て来ます。これをやるたびに、いつかはつぼ抜きで本音を引き摺《ず》り出したいものだ、と思い浮かべる政治家がいます。

山尾さん宛
無責任エール

2017/10/5

いったい、どうしちゃったんでしょうか、民進党の山尾志桜里議員。連日のように九歳年下の弁護士とのW不倫とやらが報道されています。これを書いている時点では、会見後に離党届を提出して受理されたところまでしか解っていません。せっかく幹事長就任が内定したというのに、はー、好事魔多しってやつ？　油断大敵？　自業自得？　いくらでも、喜ばしくない慣用句や四文字言葉が出て来そう。馬鹿だなあ。

不倫に対してことさら人々の目が厳しくなっているこの御時世に、何故⁉　とは、誰もが思うところで、TVでも、コメンテーターの人々がしきりと首を傾《かし》げていました。

エリート街道一直線と言われた人って、秘書に「このハゲー‼」と怒鳴っていた豊田真由子議員もそうでしたが、自分だけは大丈夫！　と思い込んでしまうんでしょうか。出版関係にも、たまーにそういう鼻持ちならない人がいて、私などに「ち、早く失脚しろ！」と心の中で呟かれていたりするのですが、本人は、一向に気付かないまま増長の一途を辿っているのです。「一寸先は闇」という言葉もあるというのに、いい気なもんです。

エリート故の鈍感さは、そこかしこで見ることが出来ます。頭は良いのに勘が鈍いのね。そして、驕《おご》ってる。こんなに出来が良いのに驕り高ぶらない私って偉いわー、と自画自讃するくらいに驕ってる。

山尾さんにも、どこかそういうところがあったんでしょう。

でもねー、私、彼女に関しては何も辞めることないんじゃなーい？　と強く思ってしまうんです。元より、男女の色事は何でもあり、が信条の私は、不倫を責め立てる気なんかさらさらありませんが、それとも別次元で彼女に生理的に味方してしまいたくなるのです。

たとえば、あの稲田朋美元防衛大臣と比べると、よりクリアになるのですが、私はあの人の顔を見るたびに、早く辞めりゃあ良いのになー、と漠然と感じていました。失言の数々も原因ではありましたが、それればかりではない、生理的な快、不快、そして好悪のセンサーが敏感に反応していたのです。あ、この女、私、駄目だわ、という直感に似たもの。いわゆる「ピンと来る」ってやつ？

それが山尾さんにはないのです。

結局、人間の価値観のスタンダードなんて、極めていい加減なものなんでしょうね。ながめる対象によって、いかようにも変わる。山尾さんが、元防衛大臣みたいに「誤解を招きかねない」と何度くり返したとしても腹立たないもんね。

だから辞めなくていいよ（私見）。別にキスしたり新幹線で手を握ってたりしてたの撮られた訳じゃないんだし。ついこの間、同じ民進党を去った細野議員なんて、美人タレントとレストラン前で唇を合わせたとこを撮られたんですよっ。京都行きの新幹線にも二人仲良く乗車していたそうですが、絶対に座席で手をつないで眠ってましたよ！（臆測）でも、その後ずーっと党に居座って、モナ男《オ》の過去はなかったことになっていた。奥さんが許したから良いのなら、山尾さんのだんなさんも許してあげましょうよ！（他人事）

に、しても気になるのは、お相手の弁護士さんが逢瀬のホテルの部屋に持ち込んだというビールと赤ワイン。ここは、先にチェックインした山尾さんが、ルームサーヴィスで、アイスバケットに差したシャンパンを頼んでおかなきゃ。銘柄はヴーヴ・クリコの「ラ・グランダム」で決まりだね。偉大なる女性という意味ですよ。

2017/10/12

異国のみたらしチキン

朝、TVの情報番組を観ていたら「バズ飯《めし》」特集というのをやっていました。「バズ飯」というのは、ネットで大反響の旨い飯のことだそう。それも食べ物屋さんのものではなく個人の創意工夫による簡単飯のことらしいです。

ネットとはほとんど無縁の私ですが、なーるほど、と思いました。元々〝buzz〟は英語で、蜂などがブンブン飛び回ったりする意味。噂をしたり、ざわざわする雰囲気を表わすことも。ちなみに人を呼ぶブザーもここから来ています。

今、使うかどうかは知りませんが、私の若い頃は、アメリカ人の友達が「ほろ酔い気分」の状態を〝buzz〟と呼んでいました。ええ、ふらふら遊び歩いて、まさに「バズって」いた私たちの青春……（遠い目）。家を借りて長期滞在をしていたハワイでは、同名のレストランによく通いましたっけ。

で、話は「バズ飯」に戻りますが、番組では食パンに市販のプッチンプリンを塗り付けたフレンチトーストや玉葱丸ごとに切れ目を入れて、そこにバターをはさんで電子レンジにかけたもの、塩を振った千切りキャベツにしらすやハムなどのトッピングを加えて、やはりレンジにかけた「無限キャベツ」などが紹介されていました。「無限」シリーズは、女性セブンでも特集されていましたね。

どのメニューも、へえ？という意外性があって興味を引くものでしたが、その中でも栄《は》えある第一位に輝いたのは、なんと「みたらし団子の豚バラ巻き」。アスパラやごぼうなど野菜を豚バラで巻いたのは一般的なおかずですが、それを「みたらし団子」でやってしまうという……。

それを聞いた道行く人々は、皆いちように、えーっ、と驚きの声を上げていましたが、試食した番組出演者たちは、恐る恐る口にしてみて、その美味に大喜び。でも、よく考えたら、すき焼きだって、みたらしと同じ醤油と砂糖。日本人のこよなく愛する黄金の組み合わせの味。そのたれにコーティングされた肉と団子。合わない訳がないじゃありませんか！

……と、言いたいところですが、私の脳裏に、突如、三十年以上も前の嫌〜な記憶が甦って来ました。いや、脳裏というより舌の記憶なのですが。

その時、私は、仕事を兼ねた旅行で、生まれて初めてカリフォルニアを訪れていました。どこまでも続くパームツリーと青い空をながめながらのドライブで、超御機嫌になった私は、中学時代にはやったアルバート・ハモンドの「カリフォルニアの青い空」を歌い続けるほど調子に乗っていました。

この歌の原題は「南カリフォルニアに雨は降らない」というのですが、その題名通りにロングドライブ中、まったく雨は降らず、私も同行者たちも、埃っぽい空気の中、熱中症っぽい感じになり、段々、車内には暗い雰囲気が立ち込め始めました。

カリフォルニアも、人里離れればただのど田舎。食べ物も超まずい。

と、その時、日本食レストランが唐突に出現したのです。天の助け！　皆、少しは気を取り直して、レッツ・ゴー！　ところが！

日本食の筈なのによく解らないメニューの中から「テリヤキチキン」を見つけて、全員でそれを頼みました。しかし、出て来た代物は……

「……これ、みたらし団子じゃないの？」

団子の代わりにチキンミートボールを使ってありましたが、ええ、みたらし以外の何物でもなかった……合わない……甘過ぎるあのたれ、肉に全然合わなかったよ‼

2017/10/19

ゲゲゲの夫婦ジャーニー

ちぇーっ、「ほういちの耳まんぢう」を買いそこねちゃったよー、と地団駄を踏んでいる山田です。

「ほういちの耳まんぢう」とは、怪談のふるさと島根県は松江市で生まれたお饅頭。小泉八雲が民話から書き起こした怪談「耳なし芳一」で芳一が失った耳の形をしたお菓子。耳そっくりに形作られたピンクの生地の中に白餡《しろあん》でくるまれた無花果《いちじく》のジャムが入っている……いえ、私もまだ食べたことはないのですが、島根県立大学短期大学部の女子学生チーム「ゴーストみやげ研究所」が開発したものだとか。

松江駅でチェックを怠った私は、翌日立ち寄った出雲市駅、さらに帰りの出雲縁結び空港の土産物売り場で捜したのですが見つかりませんでした。店員さんに尋ねても御存じないどころか、空港の売店では、怪訝《けげん》な表情を浮かべられて、こうきっぱりと言われてしまいました。

「うちでは、そのようなもの（！）は、お取り扱いしておりません！」

……そのようなもの……確かに、耳に酷似したお饅頭は「いやげ物」の域かもしれないけどさ……実は、ケーブルTVでものしり学者の荒俣宏先生が紹介していたのを観て、知人の子供たちに送りたくて仕方なくなってしまったのよ。うしし、びっくりするだろうなーなんて思って。でも、買いそびれちゃった、ぐっすん。

実は、私たち夫婦は、山陰地方を巡る旅に出ていたのです。米子から境港まで足を伸ばし、温泉につかってのんびりした後、松江を渡し船に乗って観光したら、次は宍道湖のほとりをローカル列車でトコトコと進んで出雲大社で参拝。そして、再び宍道湖のほとりでのんびりして帰路に着く、というコース。

この充実の旅をコーディネートしてくれたのは夫なのですが、彼は、水木しげる先生の信奉者なので、当然のように鬼太郎列車に揺られて水木しげるロードを散策。先生の生家に詣でた後、記念館で時を過ごすというのも必須。付き合った私も、すっかり妖怪とお友達になった気分でした。

米子駅発、境港行きの鬼太郎列車は、0（霊）番線から乗るという、始まりから鬼太郎三昧になるのを予見させる、やる気まんまんぶり。何しろ途中停車する駅のひとつひとつに妖怪の名が付いているのですから。車両の中も外も鬼太郎ワールド全開！

講談社から出ている「水木しげる漫画大全集」全108巻を着々と集めているマニアな夫は、行く先々で夢中になっていました。記念館で腰を落ち着けて作品集を読み始めた時には、さすがの心優しい私も、イラッとしてしまいましたが。でも、夫以上に熱烈なファンの人々も多くいて、すごいなー、水木力！　と感心することしきりでした。

私が、漫画以上に心惹かれたのは、大昔に描かれた水彩画です。生家に面した埠《ふ》頭《とう》とその前に揺れる海が、とってもの哀しく、そして、美しく思われました。実際の海の情景とクロスして、旅の記憶を印象深い色で染めてくれることでしょう。

あ、そういや、今思い出しましたが、子供の頃、転勤族の娘だった私は、行く先々で色々な渾名《あだな》を付けられました。その中には、鬼太郎、猫娘もあったのです！　前髪を伸ばして横分けにすると、鬼太郎もあったし、花形（満）、（矢吹）ジョーと呼ばれ、パッツンと切れば猫娘に！　どれも、顔、全然似てないじゃん！　全部漫画、アニメキャラだし。

ホッピー愛エヴリウェア

2017/10/26

　すご～く久し振りにラジオ番組の収録に行ってまいりました。番組は、ニッポン放送の「看板娘ホッピー・ミーナのＨＯＰＰＹ　ＨＡＰＰＹ　ＢＡＲ」。放送時間は、月曜から金曜の夜の十時前の三分間。ミニ番組ながら、もう十一年も続いていて、二〇一七年九月で三千回を迎えたとか。その突破記念ゲストとして、光栄にも私が招《よ》ばれたのです。

　しばらく前のこの連載で、ホッピー愛について書いたことがあったのですが、ＭＣを務めるホッピー・ミーナこと、ホッピービバレッジの石渡美奈社長が、そこに目を留めてくださったとのこと。

　もうすっかり放送系のメディアの仕事からは遠ざかっていた私ですが（昔は、友人のＦＭ局のプロデューサーに頼まれて、苦手なのに、しょっ中出演していました）、ホッピーのためなら何でもやります！　とばかりに喜々としてお引き受けしたのでした。

実は、作家仲間にはホッピーファンが多いのです。もちろん、ヴィンテージワインや大吟醸にしか価値を見出さない大御所の方々もいらっしゃるでしょうが、やはりそれだけではつまらない。高価なお酒とイコールで結ばれるほどの安酒の喜びだってあるのです。

あ、愛するホッピーを安酒なんて呼んじゃった。ミーナさん、ごめんなさい。でも、安くて手軽なのは確かだし、それは、ひとつの美点でもある……そう、私は、お金のない学生時代にホッピーと出会って、どれほどの癒しと楽しみを手にしたことか……（遠い目）。

一緒に芥川賞選考委員を務めている奥泉光も、この間、熱烈なるホッピー愛について語っていました。

芥川賞選考会は新橋の料亭で開かれますが、始まる前のひととき、次の間である応接室で、雑談に興じながら、委員全員がそろうのを待ちます。その時の話題は、なるべく小説、特に候補作に関することは避けるようにします。本番に備えて自分の主張は温存するのです。

その日の私と奥泉の会話は、終始ホッピー礼讃《らいさん》。いかに自分の方がこの飲み物を愛しているかを、その熱意、選考会のために取っておいたら？ と言われそうな勢いで話していました。

でも、いいんです。あれは、あれ。これは、これ。選考会の討論のスウィッチとは別のところにある酒談義。いえ、もしかしたら、ウォーミングアップになっていたかも。

奥泉は、何とホッピーをケース買いしていると言って、私を驚かせました。でもねえ、ホッピーは、散歩の途中で飲むのを最善とするね、と主張する私。お互い、あれこれと熱く語った後、ベストは、夕方のオープンエアの飲み屋での黒ホッピーにとどめを刺すね、と意見が一致。

めでたし、となごやかな雰囲気になったのですが、ずっと隣りで私たちのやり取りを聞いていた髙樹のぶ子さん（二〇一九年まで選考委員）が口をはさんだのです。

「さっきから聞いていると、そのホッピーって飲み物、ずい分と便利みたいね。それで割ると、どんなお酒でもおいしく飲めちゃうらしいじゃない。ウィスキーとか、ジンとか……」

ちがーう!! と同時に力強く否定した私と奥泉でした。あんまりお酒を飲まない髙樹さんに、いったい、どこから説明したら良いのか……。

選考会終了後のお疲れさん会で、某高級ホテルのバーだというのに、私、ホッピー！　と頼んでボーイさんの目を白黒させていた髙樹さん……お茶目過ぎる「姐さん」なのでした。

成城石井詣では どこまでも

2017/11/2

調布駅前に新しく出来た話題の「成城石井」に行って来ました。レストランが併設されていて、そこの料理で使用した食材をそのまま売り場で調達出来るという初の試みが人気……というのは、TVの情報番組からの受け売りですが、実際その通りで、長蛇の列でした。

売り場もすごい混みよう。成城石井の売り場は、その面積も商品のラインナップも、街によって変えているということですが、我が吉祥寺駅とは違うタイプのお客さんたちを相手にしているんだなあ、と思いました。

生鮮食料品の充実ぶりにも目を見張りましたが、たれやソースの数が何しろすごい。醬油だけでも何十種類もありそうです。元々、スーパーマーケット好きの私。吉祥寺店よりはるかに多い品ぞろえに狂喜して、あれこれ買ってしまいました。

北海道のソラチという会社の成吉思汗（ジンギスカン）のたれとか、茨城の立ってるキムチとか。この立ってるキムチというのは、シャキシャキした浅漬けの白菜キムチを立ててパック詰めした今泉食品というところのもの。大好物だったのですが、吉祥寺店から姿を消して久しく、寂しい限りと思っていたら、調布で再会。やった！

私の実家のある宇都宮駅にも成城石井はありますが、何年か前に、こぢんまりとした店舗に姿を変えてしまいました。開店したのはずい分と昔のことで、当時は、「魚力」などの生鮮食料店や有名とんかつチェーンなどと一緒になったフロア展開で、とても広かったのです。

そんなスーパーマーケットは宇都宮になく、山田家の話題は、成城石井一色となりました。父は、ずっと「セージョー石」という種類の石について話していると思っていたみたい（笑）。里帰りした時には、いつも駅に迎えに来てくれた妹と買い物をするのが必至。私というスポンサーを得て、妹は大はしゃぎでカートに商品を積み上げて大人買い。

私が気に入っていたのは、そこでしか買えない食器やキッチン用品でした。ドイツ製のカラフルなカップやケロッグのプレート。パーティ用の紙のテーブルクロス、などなど。グラス類も充実していた。

でも、それらは、もう見ることがありません。お店は、ずい分と小さくなってしまい、里帰りには、やはり立ち寄りますが、ワインとチーズくらいしか買わなくなってしまいました。

あ、絶対に買うものが、もうひとつありました。それは、特製の「手巻納豆」。とんがりコーンくらいの大きさの、ドライ納豆を固めて海苔でくるんだスナックです。聞けば、私の友人たちもあれが大好物なのだとか。つまみに良し。小腹を満たすのにも良し。ドライ納豆と塩味のうずらの玉子（ひとつひとつパックされている）があれば、どこでもハッピーアワーがやって来る。飲み物は、スクリューキャップの安い白ワイン。チープなお楽しみです。野外で秋の気配と共に味わおう！

あ、ここで、唐突に話は変わるのですが、このところ気になって仕方のない人が……。TV画面の隅の四角い窓を「ワイプ」と呼ぶそうですが、皆さん、あからさまに演技と解るように演技してますよね。それを目撃するたびに、何だか気まずくなって目をそらせてしまうのですが、そう出来ない方がおひとり。

それは、元テニスプレーヤーの沢松奈生子さん。あのすごいリアクションは自然体なんでしょうか。もはや顔芸の域。「あさチャン！」から目が離せません。ワイプクィーンですよね。

リングサイドに御注目!

2017/11/16

今、これを書いている前の日は、怒濤《どとう》の一日でした。大型台風が日本各地を直撃、衆議院解散総選挙の投開票、そして、ボクシングミドル級の世界タイトルマッチ……まあ、私自身の怒濤ではないので恐縮なのですが、疑惑の判定から一転、誰にも文句を付けさせない戦い方での村田諒太新チャンピオン誕生は、本当にすかっとしました。

でも、ひとつだけ難癖を付けさせてもらうと、あのTV中継の画面です。試合中、画面の下四分の一を選挙経過が占領していた！　すっごく邪魔でした。

あれ、必要だったんでしょうか。村田の試合と選挙の情報を一緒に観たかった人っていたんでしょうか。放送したフジ以外のすべての局で選挙の特番をやっているのですから、そんなにそちらが気になるなら、CMの間にでもチャンネルを変えれば良いじゃありませんか。各自スマホでチェックしたって良い訳だし。もはや速報とも言えなくなった麻生太郎の名を何度も何度もくり返し出しちゃってさ。

なんて、こんなことを言うと、おまえはこの国の行く末が気にならないのか、この非国民め！　とか難癖を付ける人々が必ずいるのですが、たかだか三十数分、国の行く末なんか考えない自由だってあるというもの。ハイレヴェルのボクシングの試合は、最もパフォーマンスアートに近い格闘技なんです。生臭い浮世の情報で邪魔しないで欲しいんですよね。

……と、こんなことでイラッとしていた私は、ええ、ボクシングファンです。今は、ことさら強調するほど熱心ではありませんが、昔は、後楽園ホールに新人王決定戦を観に行ったりしていました。深夜にやっていた「エキサイト　ボクシング」という番組も欠かさずチェックしていました。

前の結婚の時、元夫が某チャンプと友人同士だったので、彼の試合の時は必ず観に行っていました。しかし、夫婦仲が絶不調の時、観戦に行けずにTVで試合を観ていたら、その元夫が、私ではない女とリングサイドの席に仲良く座っているのを見つけてしまい、ボクシングどころではなくなりました。頭に血が上ったあの瞬間なら、私のパンチ力はチャンプ以上だったと確信しています。

リングサイドは、やばいんです。皆、興奮してTVに映っているのを失念している。これは、相撲の「砂かぶり」と呼ばれる土俵際の席も一緒。私の知人男性は、その昔、愛人と仲良く映っていて大問題になり、家庭争議が勃発。ざまみろって感じでした。それまでは、私も一緒に枡席に連れて行かれていたのです。ええ、アリバイ作りのために。油断して、二人で砂かぶりに座った途端に悪事がばれるとは！　はははは、こう来なくっちゃ！

ちなみに、私は、相撲にほとんど興味がないので、枡席など猫に小判でした。あそこの焼き鳥を食べたいだけの理由で、デートに付き合っていたのでした。透明人間扱いされた私は、ち、よくも思う存分いちゃついてくれたな。もっとやれ！　という心境でした。国技館の焼き鳥は、あの地下で作っているそうですよ。こってり甘辛くて、何とも言えず東京っぽいんです。

金メダリストから、プロの世界チャンピオンになった、と言えば、メキシコ系アメリカ人のオスカー・デ・ラ・ホーヤが有名ですが、彼は、そのハンサムなルックス故、モデルちゃんたちに大モテ。リングサイドをパリコレの会場に変えたと言われたほど。村田選手もそうなるかも、ですね。

2017/11/23

大好き！妻びいき漫画

食欲の秋。食べ物のことをいつも舌なめずりしながら書き綴っている私ですが、やっぱりやせたいです。

年が明けるたびに、その年の目標をダイエットに定め、春までにやせりゃいいや、と寒さに負けてぬくぬくと暖かい部屋でたらふく食べ体重を増やし、でも薄着の季節までには……と自身を励ましてはみるものの、それも叶わず、ええい、夏こそは！　と決意……決意しただけ、というていたらく。ええ、そんなこんなで、食欲の秋に突入して、一年中太っています。

だって、食べるのって楽しいじゃん！

結局、そう開き直ってしまうのです。駄目だなー、私。たまに、思い付いたように反省してしまうのですが……。

この間、福満しげゆきさんの「妻に恋する66の方法」の最新刊が出ていたので、早速購入して読みました。〈妻かわいい漫画〉という新しいジャンル（？）を築いたと言われた彼の奥さん漫画の大ファンである私たち夫婦。我々との共通点を見つけて大笑いすることしきり、なのですが、それよりも何よりも、この奥さんが、ものすごく可愛いんです。ぽってりと太っていて、すっごくラブリー‼

その奥さんも、いつもやせたいと言っているのですが、やせ願望よりもはるかに食欲が勝っていて、食べる食べる。ある時など、食べ過ぎて、床にごろんと寝ころんで、おなかが爆発しそうだと訴える。でも、次に、いかにも幸せな様子で、こうひとりごちるのです。

「美味しい料理を作ってしまう自分が憎か〜」

解る！　解るよ、その気持！　自分の舌にぴたりと合ってしまう料理が作れてしまった際の幸せなぼやき。好きだな〜、この「妻」。

妻がいないと何も出来ない引きこもり漫画家を自認して、ネガティヴな自虐エピソードばかり描いている福満さんですが、いいじゃん！　こんな明るくて魅力的な奥さんがいるんだからさ。九州弁も、太目のルックスも、とってもいい感じ。特に、幸せそうにひたすら好きなもの（パン多し）を食べるシーンが最高。「もっもっもっ」っていう擬態語で表現される食べっぷり。おいしそう！　なんてチャーミングな生きもの！

子供たちも良い味出してるんだなあ、これが。いじらしくてたまらない。数年前から、山田家では、福満しげゆきブームが巻き起こり、今では単行本ほとんどが並んでいます。その中でも「妻」シリーズが最高。

話は変わりますが、不倫に対して驚くほど不寛容な世の中になってしまいましたね。作家は、おもしろがりこそすれ、道徳的にジャッジはしない人種でしょう。私も、同じです。むしろ、もっとやれーとか無責任にあおりたくなる。所詮は他人事。でも、不倫ゴシップの結末で、やだなーと思う種類のものがひとつあるんです。

それは、配偶者である妻が、出来た女だったという結論づけ。それを当事者の夫が語る場合。これ、本当に嫌なんです。だいたい、こういうふうなまとめをして許されようとする男って、妻のことを「ヨメ」と言いますよね。嫁ではなく、ヨメ。

色々なところで書いているのですが、私、妻をヨメと呼ぶ男、大嫌いなんですよ。だいたいこういう男って、公の場で母を「オカン」と呼ぶのね。え？　芸人さんだったら許される？　ネタ以外では駄目でしょ？　大人の社会人なんだからさ。ヨメではなく妻を愛しましょうよ。福満家みたいにさ。

2017/11/30

秋の日のTVニュースの溜息の……

イヴァンカ・トランプさんが来日しましたね。その時のマスコミの騒ぎ方がすご過ぎでした。まるで、生まれて初めて金髪の白人女性を目の当たりにしたどこぞの辺境の地の人みたい。な～んの批評眼もないまま、朝から晩まで張り付いていたみたいですけど、どうなってんの？

なんて思っていたら、その父親であるトランプ氏は、来日直前にハワイに立ち寄って、「リメンバー・パール・ハーバー」とツイートしたとか。何なんでしょう、これ。意味解ってるんですよねえ？　最上級のもてなしを受ける前に宣戦布告？まさかねえ。変な人ですねえ。

アカデミー賞を「ミリオンダラー・ベイビー」で受賞した黒人俳優のモーガン・フリーマンは、大統領のことを考えるだけで具合が悪くなって来るとインタヴューで語っていて、トランプという名前すら出さないほどでしたが、私も、あの人の姿を思い浮かべるだけで、めまいがしそうになるのです。ＴＶに顔が映っただけで目をそらしてしまいます。アメリカ合衆国の私の最も苦手な一部分を、これでもかこれでもか、と体現してくれちゃう御方。それが、ドナルド・トランプさん。

そんなふうに思っている私ですから、あの親子に対する歓待ぶりに、どうも納得が行かないんです。まるで、日本が国を挙げて彼らを大歓迎しているような報道をしていますが、これ、他の国から見たらどうなんでしょう。ええっ⁉ あのトランプ氏に、これ⁉と思われないかどうかが心配です。一緒にラウンドを回ったゴルフの若きスタープレイヤーも、晩餐会に招《よ》ばれたアイ・ハブ・ア・ペンとリンゴの大人気コメディアンも、みーんなみんなトランプびいきな国、それがニッポン‼ イェーイ‼

……あー、なんか、全然、クールジャパンじゃない……今さら「リメンバー・パール・ハーバー」とか言われてるのに。そして、その人、絶対に「リメンバー・ヒロシマ」なんて文言、思いもしないであろうに。でも、メディアの重大事は、そんな辛気臭いことよりイヴァンカさんのピンクのスーツから覗く脚……なんですよね、結局。

TVの情報番組などを観ていると、えー？ 目を付けるところはそっち？ などと思うことが多々あります。出演している人々と視聴者側との間におおいなる隔たりがあるような。独自の視点とか考察とかが許されていないんでしょうか。それとも、最初から、そういうもののない最大公約数本位の人選で出演者を選ぶのでしょうか。

この間、座間で世の中を震撼させる連続殺人事件がありました。ネットの自殺サイトでおびき寄せた女性たちを次々と殺害して行ったというもの。

ある昼下がりのワイドショウで、その犯人の家庭環境について説明していました。それによると、犯人の両親は離婚して、母親は子供たちを置いて出て行ったのだとか。

私が驚いたのは、それについて意見を求められた女性タレントが、こう言ったこと。

「小さい頃に、お母さんがいなくなって、犯人は、寂しい気持を抱えたまま、育って来てしまったんじゃないでしょうか」

……ええっ!? マジで言ってんの？ この種の快楽殺人とも言える事件に、それ、関係なくない!? むしろ、ナチュラルボーンな殺人鬼でしょ？ この、偏見を助長するあまりにも鈍感な良い人発言!!

……などと、TVを前に毒付く秋の日々。薄く切った梨や林檎に削ったチーズをはさんだのをシャンパンで流し込みながらいちゃもん付けてる無責任な一視聴者です。

映画とカフェのお楽しみ

2017/12/14

IN立川

立川にあるシネマコンプレックスで映画を観て来ました。あのあたり、昔住んでいた時には、乗り換えがあったからよく立ち寄っていたのですが、ここ何年間かは、すっかり御無沙汰。久し振りに降りてみたら都会になっていてびっくり！

駅前のシネコンは、シネマシティというのですが、な、なんと三十本近い映画が上映されていた！　そのほとんどがメジャーな作品なのですが、一度に並べられると、ちょっと壮観。映画って、同じ時期にこんなに沢山公開されてるのかあ……と妙に感心してしまいました。中には、撮った意味あるの？　と問いたくなるものもあったりして……。日頃、好みのものだけしか心に留めないので、カタログのように目に飛び込んで来たポスターに混乱してしまいました。

そんな中から、私たちが選んだのは「ゲット・アウト」という作品。アフリカ系の人気コメディアンによる初監督作品で、前から楽しみにしていたのです。

昔、シドニー・ポワティエが主演した映画「招かれざる客」というのがありました。人種差別が露骨な時代に、白人女性が黒人男性の婚約者を実家の家族に紹介した際の人間模様を描き出した作品。

　あれから五十年が過ぎて、同じシチュエーションの映画がホラーという形で甦ったのです。ポリティカル・コレクトネスと呼ばれる行き過ぎの政治的正しさが幅を利かせるこの時代。人種偏見がないらしい恋人の家族の中で行き場を失くしてしまう主人公の運命やいかに……。

　これが！　すごくおもしろかったんです！　リベラルなふりしちゃって、実は、それフェイクだろ？　と言いたくなる人種間「あるある」エピソードが満載なせいもありますが、私には、とりわけ、深く頷く理由があったのです。

　私は、前の結婚ではアフリカ系の男と夫婦でした。でも、彼は、ニューヨークの出身で、いわば、多種多様の人種と接した都会っ子。その両親も同じです。自分たち同様のマイノリティであるアジア人の私には何の屈託もなく接していました。

　しかし、夫の従姉《いとこ》のだんなさんは白人でした。黒人のファミリーが「リ・ユニオン」と称して集結する時、同じニューヨーカーなのに彼だけが仲間には入れず、たったひとりきりで気まずさと戦っているのです。周囲もぎこちない態度。

　私は、彼がこちらに視線を送っているのに気付いていました。必死に目で助けを送って来るのです。きみなら解ってくれるよね、とばかりに。さあ、どうする、私⁉ と試され続けたのでした。

……なんてことを「ゲット・アウト」を観て、懐かしさと苦さと共に思い出してしまったのでした。私、映画の中の白人ファミリーといたもうひとりの黒人みたいに見えたかもね。え？ 私、こっち側だから、という態度で（そういう印象的な場面があるのです）。

このシネコンの素晴しいのは、一階入り口の隣りにあるカフェです（別経営でしょうけど）。そこで働く若くて綺麗なおねえさんの接客がとっても良い感じなんです。もう、夫婦ですっかりファンに。

建物の入り口のオープンエアのエントランス部分を生かした居心地の良いカフェって、私の住む吉祥寺には、ほとんどないのです。

そういう店で、鑑賞後においしいシャンパンを飲めれば、チョイスに失敗した映画も、また楽し、ということになるでしょうに。もちろん、おもしろかった映画の評価は倍増です。ああ、吉祥寺にもっとカフェを！（私好みの）

2018/1/4

ストーカー被害 作家の場合

さっき、お昼の番組「バイキング」を観ていたら、四十二歳のストーカー女が二十代の男につきまとい再逮捕、というニュースを取り上げていました。最初の逮捕で接近禁止命令が出ていたにもかかわらず、女は、付き合っているのにどうして？と納得が行かず、またもや彼の勤務先近辺をうろついてしまったそう。

出演者は、それを聞いて、皆いちように呆れ果てていましたが、当然でしょう。しかし、ストーカーが男だった場合どうだろう、と呈された疑問に対する答えが……ええ⁉　だったのです。

「女の方が怖いでしょう」

「女の方が思い込みが激しい」

「女の方が必死になっちゃう」

などの発言の後、司会者の坂上忍くんが言ったのでした。

「男は、どっかで、自分、やばいって解ってたりするもんね」

と、まあ、正確ではないですが、そう結論付けたのでした。あのさあ、でも、それ……と私は思いました。そして、声を大にして言いたかった。

「あなたたち、間違ってるよ？」

ストーカーは女の方がたちが悪いというのは、まったく正しくないと思います。えっ？　どちらが、より悪質かって？　私は言いたい！

「どっちもです！」

番組出演者の人たち、男性ストーカーに追い詰められて殺された、あまりにも気の毒な女性被害者が何人もいること、御存じないのでしょうか。男は、どっか解ってるって……いい加減なこと、言ってんなー。

作家にとって、ストーカーはとても身近な存在です。書かれたものが、深く心に浸透して行くからかもしれません。実際につきまとわれる経験は少ないかもしれませんが、手紙やネットなどでは、誰もが一度は恐ろしい目に遭っているでしょう。私の知り合いなど、殺害予告をくり返し出されて、警察に被害届を出しました。

笑ってはいけないのですが、留守中に入り込み、自分を作家の妻と信じて、まな板の上の食材をとんとんやっていたという笑い話のような例もあります。庭に水をまいて住人と言い張っていた輩もいます。ひどい例では、玄関でいきなり切り付けられた方も。

私も何度もあります。私の本の読者は健やかな方たちが多いのですが、それでも困惑した経験が多々あります。

段ボールいっぱいに詰め込まれた、食べかけのお菓子や使いかけの化粧品を立て続けに送られたり（シェア願望？）、脅迫状めいた電話や手紙を受け取ったり。

あ、ひとり変わった男の人がいてこう書いて来たのです。

「ガリガリとかいう男と仲良くやってるそうじゃないか、許さん！」

エッセイで、「ガリガリ君、愛してるよ」と書いたのが、癇《かん》に障ったらしいです……アイスなのに……ああ、そうさ！　私は、？？ガリガリ（なに人？）と相思相愛さ！　それがどうした！　と世界の中心で愛を叫びました。

やれやれ、ですが、ストーカーに付ける薬は、ただひとつ。それは「飽き」。その人自身が対象に飽きて他に目移りしないと終わらないんです。そこに男女の差はない！

あ、ガリガリ君の温泉まんじゅう味を試しましたか？　私は愛せませんでした。やっぱ、本妻のソーダ味ですな。アイスだよ、アイス！

2018/1/18

祝！神戸で初パンダ

話題の上野ではなく、神戸の王子動物園でパンダの旦旦《タンタン》を観て来ました。実は、これが私のパンダ初体験。え、その年齢《とし》まで観たことなかったの？と夫には驚かれましたが、ええ、そうなんです。パンダで大騒ぎする人々を内心馬鹿にしていた、解ってない奴だったんです。

で、今は、と言うと、パンダ可愛いじゃん！と、すっかりお気に入りに。パンダ館の前で撮ったいくつもの「タンタンと私」バージョンをくり返しながめては、ほっこりとした気持になっています。

パンダなんて、あの目の周りの黒い縁取りのおかげで、たれ目の愛嬌ある顔になってるけど、あれを取っ払ってごらん、獰猛《どうもう》な怖いけものだよ！などと、他人のパンダ熱にいちゃもんを付けていた私。もう悪口言いません。正直になります。パンダ、可愛い！

私がまだ子供の頃に初めて日本にやって来たリンリンとランランから、四十五年もの歳月が流れて、ようやく私とパンダは和解したのです（勝手に）。

……あ、また間違えた。リンリン・ランランは、やはり同じ頃に来日した香港の双子の女の子デュオでした。「留園《りゅうえん》」という中華料理屋さんのＣＭに出ていました。パンダの方は、ランランとカンカンでしたね。

でも、パンダの名前を思い出そうとするたびに甦ってしまう、あの姉妹。消息が気になります。確か、私と同い年齢《どし》だった筈ですが。デビュー曲が「恋のインディアン人形」というので、周囲の子供たちは、おさげ髪の彼女らを、本物のアメリカにいるネイティヴインディアンだと思っていました。でも、その内「恋のパッコンNo.1」という何とな～く口にするのがはばかられるような曲を出し、子供の手には負えない、とばかりに皆、興味を失ったのでした。

王子動物園、ちょっとひなびていて気に入ってしまいました。実は、その向かいにある横尾忠則現代美術館に行った帰りに立ち寄ったのですが、私、こういう古びた小さな動物園や遊園地が大好きなんです。私の恋愛小説は、どんなところでも生まれますが、ゴージャスでキラキラしている舞台よりも、こういう場所で育って行くのです。ベニイロフラミンゴのすごい数にはびびりましたが、クリストファー・クロス（「ニューヨーク・シティ・セレナーデ」をヒットさせた歌手。フラミンゴがトレードマーク）を脳内に響かせて乗り切りました。

ここ数年、大人の遠足と称して、年に二回ほど訪れるようになった神戸ですが、来るたびに新しい発見があり、また慕わしい場所も増えて行く。今回も色々な風物詩を楽しみました。ルミナリエとか。

でもさ、あの、物議を醸《かも》しながらも世界一とか言われていたメリケンパークのクリスマスツリーってどうなんでしょう。ニューヨークはマンハッタンのど真ん中で点灯されているロックフェラーセンター・クリスマスツリーを間近に見て来た者としては……あれで世界一……マジで？　と感じてしまったのでした。周囲のライトアップが素敵過ぎたのかもしれません。どうせやるなら、もっと派手でも……。まあ、観光客の私が口出しすることではありませんが。

新神戸の駅で、必ず、私が自宅用として買い求めるのが「ひねぽん」です。これは固い親鳥（ひね鳥）の肉を特製だれに漬け込み、炭火で焼いてスライスしたもの。薄切りにしてポン酢であえてあるのですが……もう酒のアテに最高なんです！　私にとっては、こっちが世界一！

2018/2/1

ニッポンパクチーフィーバー！

年末にTVを観ていて、びっくりしてしまったことがありました。

それは、タイ料理の必需品と思われているパクチーに関しての真実！　実は、タイの人々は、さほどパクチーを食べないというのです。

番組では日本在住の何人かのタイ人にインタヴューをしていたのですが、皆いちように、自分は、ほとんど食べないと答えているのです。そして、その中のひとりが苦笑しながら言ったのでした。

「あれって、日本で言うと、サンドウィッチに添えられた飾り物のパセリみたいなものなんだよね」

ええっ？　と、のけぞってしまいました。すると、続いてタイのTVニュースで、日本人のパクチー好きが驚きのトピックとして取り上げられました。題して、

「日本のパクチーフィーバー？」

キャスターの女性が、信じられないと言わんばかりの呆れた表情で、我が国のパ

クチーブームについて語っているではありませんか。そこに映し出されているのは、日本のレストランで大人気のパクチーてんこ盛り料理の数々。そして、それらをさもおいしそうに口にする日本人たち。追いパク上等！　って感じで。

まったくありえない、というニュアンスで語るニュースキャスター。ちょっとちょっと、あなたたちにとって、パクチーは必須だったんじゃなかったんですか？　この日本のパクチーブーム、あちこちの新聞でも取り上げられているらしいです。そして、皆、信じられなーい！　と口々に言って唖然としているとか。

うーむ、と、私は、前に二度ほど訪れたことのあるタイを思い出してみました。すると、舌鼓を打った数々の美味なる料理に、確かに、パクチーの存在感はなかった。いや、どの皿にものってはいましたが、ほんの彩り。そして、ほのかな香りが料理の引き立て役に甘んじているという控え目ぶり！　そうだ、そうだったよ！　パクチーを前面に押し出した料理なんてひとつもなかった……。

旅先で、パクチーの印象が強かったと言えば、メキシコでしょうか。玉ねぎとトマトのみじん切りをレモンジュースであえたサルサ（ソース）には、たっぷりとパクチーが入っていて、あまりのおいしさに何にでもかけていました。

昔、アメリカのメキシコ国境に近いエリアのスーパーで、花嫁さんのブーケみたいに束にして売られているパクチーに大感激。その当時の日本では、どこでも買える野菜（ハーブ？）ではなかったのです。

ちなみに、パクチーはスペイン語で「シラントロ」。タイ料理よりはるかにふんだんに使われていたような……あ、でも、今となっては、日本のエスニック料理屋さんにかなうとこはないですね。もはや、パクチー大国、日本！　私も大好きです。インスタントの塩ラーメンに山ほどのっけて、市販のフライドオニオンをトッピング。その上から、たらーりとナンプラーをかけて、ずるずるといっきに食す。鼻に抜ける強い香りのコントラストが最高で、思わずタイ料理ばんざーいと……だから、それ、タイではやらないんだって……ベトナムではどうなんでしょう。

いまだパクチーの香りをカメムシにたとえる人がいるのは残念です。でもカメムシの味をパクチーにたとえる人がいたら尊敬します。

そういや私の母は、チーズを食べるたびに石鹼みたいな味ね、と言うのですが、そのたびに石鹼食べたことあんの？　と問い質《ただ》したくなる。あるよ、と答えたらどうしましょう。

2018/2/8

井の頭公園で プチええじゃないか

この間、うちからほど近い井の頭公園を夫婦で散歩し、そのまま三鷹台駅前の小田急OXで夕食の買い物をして帰ろうということになりました。井の頭池は神田川の水源。川に沿って続く遊歩道は絶好の散歩コースで、よく歩きます。久我山あたりまで歩いて季節の移り変わりを楽しむのが大好き。

その日も、取り留めのないお喋りをしながら歩いていたのですが、ふと気付いた私が言いました。

「あれ？　こんなところに百日紅《さるすべり》の木があるよ。やっぱり、つるつるで猿も滑り落ちそうだね」

そして、二人で木肌を撫でたのですが、なんと、その瞬間、夫のラッパー魂が突如として目覚めてしまったのです。

サルスベリー

サルスベリー

エイミー大好きサルスベリー
ブルーベリー
ストロベリー
サンキュー　サルスベリー　マーッチ‼

そうひと息に言い切った彼の顔は達成感に満ちていましたが、私は呆気に取られたままでした。だって、私の夫って、ラップのラの字もない感じの人なんです。それなのに、何故、突然、韻《いん》を踏む？　しかも、サルスベリの木の前で？

夫は、私に見詰められて、しばらく照れたような表情を浮かべていましたが、やがて、スタスタと私の前を歩いて行きました。その後を追う私は、何だか俄然おもしろくなって来て、前に回り込み、小さな声で「サルスベリー」と言ってみました。すると、それが呼び水になったかのように、夫は、またサルスベリラップを口にしたのです。

そのフロウ（？）に合わせて、妻たる私は、夫唱婦随とばかりに、踊りながら進みます。今、思い出すと、ラッパーとダンサーというより、幕末に「ええじゃないか、ええじゃないか」と狂喜乱舞しながら歩いた農民みたいでした。雨上がりで、人通りがほとんどなかったので調子に乗ってしまったのでした。

このことを知人に話したら、皆いちように呆れ果てたような顔をするのです。ひとりは、こう言いました。

「私と夫が散歩してる時に歌を歌ったりすること自体想像も出来ません！」

え？　歌じゃないよ、ラップだよ？　と、それはともかくとして、夫婦にしか通じない馬鹿な振る舞いに夢中になることってありませんか？　あるよね。

でも、ある日、我が家のふざけた取り決めについて話していた私が、

「うちには、そういう法律があるのねー」

と続けたところ、我慢して聞いていた男子にきっぱりと言われてしまいました。

「ぼくは、そんな法律のある国には住めません‼」

いや、だから、その法律が適用されるのは山田家においてだけだから……。でもさ、人様にお見せ出来ないことが増えれば増えるほど、夫婦間はおもしろくなって行くと思うの。

　プチええじゃないか運動に身を投じる前に、井の頭公園内のブルースカイコーヒーでホットワインを飲みました。私の短編小説集「タイニーストーリーズ」にも登場させていただいた、とても小さくて素敵なコーヒーショップです。

2018/2/15

おつかれ同学年の小室くん

不倫疑惑釈明の筈が、引退発表にまで至ってしまった小室哲哉さんの会見。すごく具合悪そうで、ほんと痛々しかったです。

くも膜下出血で長い間、闘病している奥さんのKEIKOさんを献身的にサポートしていた筈の小室さんがそんなでたらめやってたなんて……!!という驚きを持って受け止めていた人が多かった……とのことでしたが、ほんとかな。私は、そういう場合もあるよねー、と感じてしまいましたが。

私が、最も嫌だったのが、

「御病気の奥様に対する裏切りだとは思いませんか⁉」

と質問した人がいたこと。前から、言ったり書いたりしていますが、不倫のゴシップは、野次馬としての興味だけで見ていれば良いんです。決して、赤の他人が糾弾してはいけません。姦通罪《かんつうざい》があった時代じゃあるまいし。許す許さないは当事者同士の問題であって、あなたには関係ないでしょ？　そう、あなた、他人の色恋の罪を問うてるあなたのことよ。

だいたい、私、便宜上、仕方なく使っていますが、「不倫」って言葉自体、大嫌いなんです。法律と無縁の倫理は、人の数だけあって良いと思っていますから。むしろ、小説家の描く倫理は、既存のそれをぶち壊した後に再構築されると言って良い。とりわけ人の心の領域においては。

でも、ゴシップを聞いてはやし立てたくなるのは当然です。じゃんじゃんやりましょう。しかし、そこで生まれる私たちの好奇心は、とてつもなく下世話です。ゴシップ自体よりも下衆《げす》かもしれない。そのことを十二分に解った上で、おもしろがらなくてはなりません。要するに、それを楽しんでる自分も、また仕様のない輩である、と自覚が必要なんです。

それなのに、許せないーっ、と目くじら立ててる人々の多いこと。TVのコメンテーターにも大勢いますね……って言うか、それだけで番組成り立たせちゃってる。誰もが正義の味方。

そういや、こんな馬鹿みたいな発言もありました。

「自分の体が悪いから、申し訳ないけど外ですませて来てって、奥さんも思っていたかもしれない」

はあ？　マジで言ってんの？　百歩譲って、もし、奥さんが心の中でそう思っていたとしても、あんたにそんな予測を口にする資格は1ミクロンもないよ。この後、有名人の性的処理みたいな方向に話は進んで行きかけ（さすがに下品と思ったのか、何となくフェイドアウト）ましたが、皆さん、なんだって、そんなに自分の正しさに疑問を持たずにいられるんでしょう。

私たち小説家、特に恋愛小説を書いている立場としては、道ならぬ恋に道を作ってやるのが使命だったりします。小説で肯定しているのに、実在する他人の、世間の規範から逸脱した恋を責め立てることなど、とても出来ません。

それにしても、ショックだったのは、小室さんが自身の引退をサラリーマンの定年になぞらえたこと。え？　もう⁉　って感じ。実は、私、彼と学年が同じなんですよ。故・ナンシー関さんが言っていたのですが、その概念って、その人と、万が一、同じクラスだったら、どうだったろうなんて想像することでもあるのです。

ピンチの小室くんを誘って、長らく御無沙汰の荻窪「四つ葉」で東京一旨いスッポン食べよう！　と元同級生たちに相談するかもしれません。そして、まだまだ自分らいけるじゃん、とか確認し合う……ま、想像するだけ詮ないことですが。

「日々は甘くて苦くて無銭《チープ》なのに優雅《シック》」

―あとがきに代えて―

AMY
Yamada

今から十一年前、私は、「無銭優雅」という書き下しの長編小説を上梓しました。これは、もちろん私の造語で、お金なんかなくたって人生は楽しめるさ！という信条を意味しています。お金を使わなくても幸せな心持ちになれる街、場所、時、人々、そして、恋。そういう私なりのハピネスを散りばめたしがない、けれども味わい豊かな中年カップルの日々のうつろいを描いた物語です。舞台は、中央線の西荻窪から吉祥寺、そして三鷹に至るエリア。このあたりをよく知る方々であれば、この題名に深く頷いてくれるのではないでしょうか。目まぐるしい流行や他人に見せつけるための見栄とは無縁の優雅さがあるよね、あの辺は、と。

私自身、大学時代に住んでいた吉祥寺に戻って来て早や二十年近く。その間、世界をま

1.

20×20

AMY Yamada

たた掛けた波瀾万丈の年月《としつき》を送っていたのですが（ここ笑うところです）、ようやく落ち着いた感あり、で、のんびりとした吉祥寺ディズを送っています。目指すはやはり無銭優雅。再婚もしました。文中にも時々登場する十歳年下の夫は、病院勤務をしながら本の批評などを書いています。口下手で無愛想に見えますが、慣れて来ると実はものすごくおもしろい奴。知識が豊富なので、私の辞書代わりでもあります。酔って道端でハモニカを吹いていた私を見初めて以来、ずっと一緒にいます。そして、今では吉祥寺デイズの必需品。

そんな日常を女性セブンに書き綴ったのがこのエッセイで、「日々甘露苦露」というタイトルで今も連載中です。

苦露を多々なめながら連載を担当し、楽しい本を作って下さった橋高真也さんに感謝します。苦あれば楽あり、良薬は口に苦し、だからね！　お疲れさん！

山田詠美

Amy xoxo

2

20×20

まだまだ続く 吉祥寺デイズ

―単行本未収録集―

2016/9/29

セックスする前に詠美さんの小説に出会えて感謝しています

村田沙耶香×山田詠美

『コンビニ人間』で芥川賞を受賞した村田さんが憧れの詠美さんと嬉し恥ずかし初対談

山田詠美さんは、村田沙耶香さんの「コンビニ人間」について「この作品には小説のおもしろさのすべてが、ぎゅっと凝縮されて詰まっている。十数年選考委員をやって来たが、候補作を読んで笑ったのは初めて」とこの上ない絶賛の選評をした。村田さんが詠美さんに〝出会った〟のは高校時代のこと。それから二十年以上の時を経て、この度、出会うべくして出会った二人が初対談。芥川賞受賞から小説の力、私生活のことまで語り明かした。

「もらった言葉を栄養に、早く作品に返していきたいという気持ちの方が強い」

山田　おめでとう！（と、ケイトスペードの紙袋を差し出す）。
村田　わぁ、ありがとうございます。
山田　沙耶香ちゃんは色が白いので、ピンクゴールドのネックレスにしました。
村田　すごく嬉しいです。三島賞のときにくださったブレスレットも、今日、着けてきました。
山田　似合ってるよ。文学賞のパーティーでは何度かお会いしたけれど、こうしてちゃんとお話しするのは初めてですね。
村田　とても楽しみにしてきました。
山田　私も。「コンビニ人間」を数行読んだとき、「ああ、今回の芥川賞はこれで決まりだな」と思いました。選考会でも、ほとんど褒めたことのない村上龍さんが絶賛してた。

村田　芥川賞は私にとって、詠美さんが選考委員として新人作家に言葉をかけてくださっているのが印象的で、デビュー前から選評を読んでいました。ずっと憧れていた方に作品を読んでいただけて、選評で言葉をいただけた。すごく嬉しかったです。

山田　文学賞は数あれど、やっぱり、芥川賞、直木賞を受賞すると本は飛躍的に売れるし、作家の認知度も違ってくるでしょ。選考委員として、推すからにはちゃんとラッピングして、世間にプレゼンテーションしたいという気持ちがあります。

村田　最後に、「村田さん、本当におめでとう」と書いてくださったのを読んで、ジーンときました。

山田　忙しくなったでしょ。

村田　こんなに忙しくなるものだとは思いませんでした。コンビニのバイトにも全然行けてなくて。

山田　次の芥川賞が決まるまで、鬱陶しいぐらいの忙しさが半年は続きますよ。私は二十八歳で直木賞をもらったんだけど、バブルのまっただ中だったし、いろいろ目立つ行動をとってたから、周囲が騒がしかった。

村田　私も、今、生活が激変するみたいな感じがしています。

山田　私は受賞の記者会見終わって、六本木のバーに行ったら、篠山紀信さんがドンペリの瓶を持ってきて、あけてくれたのね。沙耶香ちゃんの受賞の夜はどうでした?

村田　仲のいい作家の友だちが集まってくれました。西加奈子さんに中村文則さん、青山七恵さん、朝井リョウさん、加藤千恵さん、柴崎友香さん、長嶋有さん。金原ひとみさんや田中慎弥さんにも、初めてお会いしました。

山田　今、活躍している作家って、私がデビューした一九八五年頃はみんな赤ちゃんじゃない（笑い）。生まれてなかった人だっているのだから、年とるわけです。文学賞の選考委員歴はもう二十五年以上になるかな。その間、一発屋で消えてしまう人もいっぱい見てきました。「結婚すればゴール」みたいに、「芥川賞とればゴール」と思ってる作家もいるけれど、沙耶香ちゃんは既に三島賞もとっているから、舞い上がることもプレッシャーもないでしょ。

村田　芥川賞は新人賞で、これから書いてくための賞だと思ってるので、もらった言葉を栄養に、早く作品に返していきたいという気持ちの方が強いですね。デビューして十三年ですし。

山田　私は直木賞もらってから、やっと落ち着いて書けるかなという感じになりました。沙耶香ちゃんも、受賞したのがトレーニングのできている今でよかったですね。

「最後の一行を書いた瞬間に
その王国を手に入れた女王様になれる」

村田　私は、高校のころから、自分の本棚に詠美さんコーナーを作ってました。学校に行くときは文庫を三冊持っていくんですが、『蝶々の纏足』と『色彩の息子』と『フリーク・ショウ』とか、全部、詠美さんのなんですよね。

山田　素晴らしい（笑い）。でも、男の人が部屋に来たときに、引かなかった？

知り合いの男性で、結婚相手の本棚に私の本がズラッと並んでて、「なんかヤバイことになると思った」と言ってたヤツがいて。

村田　引かれたことないですよ（笑い）。私が詠美さんの本を最初に読んだのは、『風葬の教室』だったんですけど（と、バッグから一九九一年発行の初版の河出文庫を取り出す）。ずっと持ち歩いてました。

山田　この河出の文庫を読んでいる人、今では珍しい。

村田　私、少女小説ばっかり読んでいたんです。でも、高一のときにいろんな本が読んでみたくなって、本屋さんで偶然手に取ったんです。この文章を見たときは、衝撃で。ご本人を前にお恥ずかしいんですが、一文字一文字が美しく、文章に熱を感じるのは初めてでした。

山田　少女小説を読んでることで、読み手としてのトレーニングができてたんですね。洋服を買うときでも「あ、これを私は求めてる」みたいな感覚ってあるんだけど、本のときも、「この本だ」というのがある。その感覚って、自分の好きなものを突き詰めて読んできたトレーニングがないと獲得できない気がします。で、そのトレーニングって中学までだと思うのね。私なんて、その頃の蓄えで今やってるようなものです。

村田　そうかもしれません。私は、それまでは兄の本棚にあった星新一さんや新井素子さんを読んで、文体を真似してたんですが、詠美さんの本を読んで、こんなに美しい文章がこの世にあるのかと。詠美さんに憧れ過ぎて、小学生の頃から書いていた小説が書けなくなりました。

山田　私の場合は、朝吹登水子さん訳のサガンを読んだときがそうでした。三島由紀夫体験も、結構大きかった。中学のときに、三島を解読して、構成や展開を図式化するのが趣味だったの。私、いじめられっ子だったので、うちに籠もるしか楽しみなかったから。

村田 詠美さんにおける三島が私にとって詠美さんです。本当に、取り憑かれたように読んでいました。何度読んでも新しい一行を発見する。大学生になって、この方が薦める本を読んでみようと、詠美さんのエッセイに出てくる三島を読みました。だから詠美さんとの出会いは、他の読書との出会いでもありました。

山田 最初は好きな作家でとことん読み、そこから派生して他の作家を読むといった具合に、自分の中で系統だてて広がりを持って読めるようになってくるんですよね。

村田 私の場合は詠美さんから派生して、三島を読み、谷崎を読んで、太宰を読んだら太宰にはまりこんでしまいました（笑い）。同じものを繰り返し読むので、多くの作家は読んでいないというのがちょっとコンプレックスです。

山田 私が言うのもなんですが、読むべきものを読んでいますよ（笑い）。再び小説を書き出したのは、大学生になってから？

村田 ずっと書けない時期が続いていたのですが、大学二年生のときに、芥川賞作家の宮原昭夫さんが講師を務めておられる「横浜文学学校」に行ったのです。宮原さんが、「もっと肩の力を抜いて書け、下手でもいいから書け」とおっしゃってくれたので、書けるようになりました。

山田　宮原さん、今回の受賞をさぞかし喜ばれたでしょう。

村田　新聞で対談させていただいて、先生のおうちに行ったんですが、すごい喜んでくださって。みんなで乾杯して、嬉しかったです。

山田　それはよかったね。私は、デビュー作の最初の一枚を、何年もかかって何十回も書き直してます。なまじ生意気にも自分が読者として読めると思ってるものだから、書き出しを読んだだけで下手だってわかったんです。でも、あるとき、一行書いたら、「これは読むに耐える小説になる」というのもわかって、そこから百枚を二ヵ月ぐらいで書きました。締切りの当日のぎりぎりに、郵便局まで走って、送ったよ。

村田　私は、最初は手書きなんですが、それをパソコンで打ってプリントアウトしたものにどんどん文章を加えるみたいなやり方を覚えて、下手なりに小説の文章というものを目指していけるようになりました。なので、同じ場面を何度も何度も繰り返し書いてます。

山田　私は、ぶっつけ本番。手書きだから、紙も無駄にしません（笑い）。考える時間が長くて、書いているときはもう作品の奴隷なんですが、最後の一行を書いた瞬間にその王国を手に入れた女王様になれる。それが快感で作家をやめられないの。

村田　私も、「作者は作品の奴隷だ」と、宮原先生から教わりました。

山田　そうなの！　私は、作品に対してはマゾヒストになるのね。マゾヒストになってる自分が快感だと思えるようなぐらいまで作品に奉仕する、そういう感じです。それで最後の一行でサディストに変わる。だからね、ＳＭの楽しみなの（笑い）。

村田　宮原先生のおっしゃってることと、すごく重なる気がします。自分の書きたいことよりも作品のなりたい形を考えろ、「ご奉仕する奴隷ですから」とおっしゃってました。ただ、先生は最後までＭのまま（笑い）。

山田　私の場合、習性だから（笑い）。

「もしもいじめられているのなら、本の世界に逃げ込めばいい」

村田　詠美さんは私にとって神様みたいな存在なので、今、こうしてお話ししているのが夢みたいです。
山田　テレちゃうけれど、すごく嬉しいです。
村田　いろんなことから自由にしてもらいました。うちの両親はすごくいい人たちですが、「女の子はピンクを着て、男の人に見初められるような可愛い女の子になりましょう」という古い考えだったんですね。私は幼少期から、性愛についてその狭い価値観の中で苦しんできたんです。
山田　お母さんは私と同世代と思うけれど、リベラルなふりをしている人でも最終的には自分を「女はかくあるべし」に閉じ込めてる女の人は多いですよ。私が書き始めたときに拍手してくれた女性は多かったけど、同時に「嫌な女が出てきた」と思う男の人も、それに迎合する女性もたくさんいました。直木賞をとったときにも、

「あなたみたいなのをアバズレって言うんです」とか「大和撫子って言葉を知っていますか」といった手紙がどれほど届いたか。

村田　私にも、男の人に都合のいい女の子にならなければいけないんだという思い込みがありました。結局、男性にご奉仕しなければいけないような気がしていた。でも、詠美さんの作品と出会って、自分の快楽を自分で選んでいいのだということが、すごくわかったんです。好きな人に自分で触っていいんだ、性愛は辛いものではなくて心地よいものだと教えられた。実際にセックスする前に詠美さんの小説と出会えて、ものすごく感謝しています。

山田　男の人、見初めちゃった？

村田　こちらから誘ったり、触ったり、自分の快楽を求めたりということが自由にできるようになりました。

本当に楽になれました。そうなる前に男の人とセクシャルなことをしていたら、すごく辛かったと思うんです。

山田　私は日本文学のオーソドックスなものを読んできたんだけど、外国人のボーイフレンドができて、さまざまな価値観が融合して書くべきものが自分の中に生まれたと思います。

沙耶香ちゃんみたいに言ってくれる女の人って、多いんですよ。

村田　詠美さんの本を読んで、世界が逆転するような、今までとは全然違う価値観を獲得するような感じでした。私、大学生の頃に『A2Z』のサイン会に行って、自分を救ってくれた方が本当にそこにいらっしゃるってすごく感動したのを覚えてます。

山田　小説によって私自身が変えられたように、私が書く世界をこういうふうに読んでくれる人がいることは何にも代え難いものがありますね。

村田　文学で価値観を獲得することは、人と直接出会って影響を受けるよりも、本当に自分のものになる気がします。物語が自分の物語になる感覚が……。

山田　友だちの奥泉光が、「本というのは、読まれたときに初めて個別の本としての価値を獲得する」と言ってたんですが、本当にそうだと思います。私は本に逃げ込むことを覚えて幸せになった。だから、いじめられてる子には、「読書しろ」と言いたくなる。逃げればいい、本の世界に。そこでまた、逃げられる世界を見つけられるから。「世界はここだけじゃない」と思えるから。

村田　私にも読書は救いでした。人の顔色を窺う内気な子どもだったので、本の中でだけ自由になれました。本を読むまでは、与えられた世界しかないけれど、そうじゃない世界をどんどん獲得していくことができることに、どれほど救われてきたか。

「休みの日は家で小説と関係なくお話を作って遊んでいます」

山田 私は、直木賞のときに書きすぎて、「このままでは書けなくなるに違いない」と怖れを抱き、ある時期から締切のない仕事しかしていません。だから書かない時間のほうが圧倒的に多いんだけれど、沙耶香ちゃんはそうもいかないでしょ。

村田 私もいくつも同時には書けないので、受けた仕事は順にひたすら書いていくという感じです。しかも土日は書かないので、休みの日は友だちと会ってお酒飲んでいるか、家で小説とは関係なくお話を作って遊んでるかです（笑い）。

山田 可愛い〜。だからクレージー沙耶香って呼ばれてるんだ（笑い）。

村田 小説を書くときは、それこそ本当に奴隷にならなければいけないのですが、空想する話は私が王様なので、好きにお話が作れます。

山田　私は、お話作りは仕事だけでたくさん。朝早く起きて、仕事場へ行って夕方戻ってくるという生活で、家事はきちんとやらないと気が済まないのだけれど、趣味と言えるのは料理ですね。料理って構成力。この料理とこの料理を同時に出せるようにと考えることは、お話を作ることと似てると思う。

村田　私は料理はダメですが、詠美さんの作品に出てくる食べ物のシーンはどれも印象的です。「日々甘露苦露」も、いつも美味しそうで。

山田　私は小さなころから食い意地がはってたんですね。母がとっていた婦人雑誌の付録の料理本を舐め回すように読んで暗記して、自分で作るようになったんです。沙耶香ちゃんは、お酒は好きなのよね。

村田　すごい好きです。家ではあんまり飲まないのですが。

山田　私、家で飲むのが一番好きです。考えてみれば、一人の時は飲みながら、お話作ってるのよね（笑い）。映画の『ミザリー』で作家がそうしているのを見てから、作品を書き上げた瞬間はシャンパンを開けることにしてるんだけど、飲みたいために書き上げなきゃと焦ることもあって本末転倒（笑い）。そういうお酒ってありますか？

村田　喫茶店で書いてることが多いのですが、すごい進んだときはそのまま一人でバーに行って、飲むときがあります。

山田　カッコいい！　達成感あるときのお酒が一番美味しいものね。

村田　はい、書き上がったあとに、編集者さんと乾杯するのも好きです。

山田　苦楽を共にした仲間と乾杯するのは堪らないですよね。苦あれば楽あり。つくづく思うのは、小説って、地道で真面目じゃないと書けないということ。小説家って派手に見られがちだけれど、書き続けている作家って、みんな、真面目だもの。

村田　みんな、そうですね、一日のスケジュールを決めて書いたりとか。私がコンビニのバイトを続けているのも、バイトしていると小説を書きたくてたまらなくなるから、メンタル的にすごく助かるんです。

山田　女流文学賞を受賞したときに、宇野千代先生から、「書くことに悦に入ってはいけない」と教えられたの。宇野さんのように実際にお会いして影響を受けた文豪と呼ばれる作家がたくさんいます。そういう人たちからもらったものを、若い人に少しでも返すことができればいいなと思っています。私も、今日、いっぱい刺激をもらったよ。

村田　ありがとうございます。詠美さんにお会いできて、今日は本当に幸せです。

◎取材・構成／島﨑今日子

『吉祥寺デイズ うまうま食べもの・うしうしゴシップ』
刊行記念ロングインタビュー

「楽しい無駄があればあるほど人生は豊かになっていく」

日常の折々の出来事を俎上にのせて毎週綴った
「女性セブン」の人気連載「日々甘露苦露」をまとめた
山田詠美さんのエッセイ集が'18年3月に刊行された。
タイトルは『吉祥寺デイズ うまうま食べもの・うしうしゴシップ』。
人気の住みたい街として知られる吉祥寺は、
詠美さんが長く暮らし、原稿用紙に小説やエッセイを綴る場所でもある。
「目指すは甘くて苦くて無銭だけど優雅な日々」という
詠美さんにロングインタビュー。
人生を豊かにするために必要なこととは——

2018/4/5

シチューの鍋をかき混ぜながら読めるようなものを

「イメージはクッキングメモです。ちょっとの時間で読めて、ぱぱっと簡単に自分の中に取り込める感じ。それこそシチューの鍋をかき混ぜながら読めるようなものというか。そういう、女性週刊誌が担っている役割を意識しながら書いていました」

山田詠美さんの新刊『吉祥寺デイズ』は、本誌で連載中のエッセイ「日々甘露苦露」から、とりわけ人気の高かった九十五篇を選り抜いてまとめ直したもの。「うまうま食べもの・うしうしゴシップ」の副題のとおり、美味なる食べものや大好きなお酒の話をほどよく絡めながら、その時々で世の中を騒がせてきた政治や事件、ゴシップのネタを小気味よく捌《さば》いていく。ベテラン作家ならではの余裕と大人の愉しみが詰まったエッセイ集に仕上がっている。

「食べものに関する言及を一行でも二行でも入れると、たとえ時事問題について書いていたとしても、ちゃんと生活の延長線上にある感覚につなげられるんですよ。なぜなら、食べものについて書くと、〝しょせん私はこういう人間です〟っていうことが如実に表れるから。上から目線でものを語ることが自然となくなるんです」

今となっては週刊誌を端から端まで読む

山田さんは、ちょうどバブル期に突入する一九八五年、クラブ歌手の女と黒人の脱走兵の荒々しくも繊細な関係を描いた『ベッドタイムアイズ』で文藝賞を受賞しデビューした。その鮮烈な性描写のみならず、当時、作品のモデルとなった黒人男性と同棲していたことも大きな注目を浴び、マスコミは若き女性作家の経歴や私生活をセンセーショナルに書きたてた。

その二年後、『ソウル・ミュージック ラバーズ・オンリー』で直木賞を受賞。恋人が暴行事件を起こして新聞沙汰になっていた時期だったこともあり、六本木の高級ディスコで選考結果の「待ち会」を行った際には、なんと百人以上の報道陣が詰めかけたという。今では考えられない光景だ。

「八五年といえば、あの日航機の墜落事故があった年です。そして、松田聖子が結婚して、夏目雅子が亡くなって、三浦和義が捕まって、阪神が久々に優勝して……とにかく怒涛の一年だったから、写真週刊誌がいちばんやる気を出していた時期だったんですよね。そんなところへ迂闊にも私みたいな人間が現れたものだから、やっぱり大騒ぎになっちゃって」

曰く、「嬉しさも口惜しさも写真週刊誌が運んでくれました」。不本意な記事を書かれて歯がゆい思いをしたこともあるが、誌面にひしめくキッチュな醜聞や事件の数々に、読者として抗いがたい魅力を感じていたのもまた事実。

「そこに書かれた些末で愚かしいニュースの中に、たとえば二十年経った時にふと思い出して、自分自身のトピックスになるようなものが意外とたくさんあるということが次第にわかってきて。今となっては端から端まで週刊誌を読みます（笑い）。もう、くだらなければくだらないほどいいっていう感じ。

そのくだらなさを、いかに面白いものに組み立て直して自分のものにしていくか、っていうことを頭の中で想像し続ける。そういう作業自体もすごく好きです」

自分も〃しょうもない世界〃を担っている人間の一人

ちなみに山田さん、週刊文春の「顔面相似形」のコーナーのファンで、実際に投稿したこともあるのだという（！）。他にも、アメリカ大統領選の動向から、「この、ハゲー！」騒動まで。『吉祥寺デイズ』の中には、週刊誌を賑わせたネタに加え、ワイドショーの話題もたくさん登場する。

「先日の芥川賞の選考の場で、とあるニュースの話題が出た時に、〃その話、『アッコにおまかせ！』でもやってたよ〃ってちょっと得意げに披露していたら、同じ選考委員を務めている島田雅彦に〃テレビばっかり見てるなよ〃って呆れられちゃった（笑い）」

当人はいつも茶目っ気たっぷりだが、一般的に「文学者」というと、どことなく浮世離れしているというか、ゴシップやスキャンダル記事のような俗っぽいものにはあまり興味を示さない人種だと思っている読者も多いんじゃないだろうか。

「とんでもない。私の知っている作家はみんな興味津津ですよ。だって、経験なんてもちろんないのに、時には殺人事件について書かなきゃいけないんだから。自分で経験できないぶんは、そういう三面記事を参考にするから非常に詳しくなるんです。

そもそも人間って、そんなに高尚なものじゃないでしょう。むしろ身近にある、卑小な喜怒哀楽から始まっているのが小説であり、文学だと思う。実際、昔の名作の中にもゴシップの要素は必ず入っていますから。その点で言えば、週刊誌っていうものもなかなか捨てて置けない存在だなと思っています」

痛快なのはその独特の視点だ。ベッキーから小室哲哉まで、度重なる不倫ゴシップに関しては面白がりこそすれ、けっして道徳的なジャッジなど下さない。不祥事続きの政治家に対してもしかりだ。例えば稲田朋美元防衛大臣のファッションの問題点は、ピンヒールで艦内を歩き回ったことではなく、「わざわざ伊達だとアナウンスしてかける眼鏡がダサい」ことだと軽妙に言ってのける。

批評の根っこは、あくまで自分自身のセンスにあり、世間が掲げる「正しさ」の神棚には絶対に逃げ込まない。それは、ゴシップを楽しむ自分自身の姿をきちんと自覚しているから。

「以前、女の子ばかりのグループで旅行に出かけた時のことです。お酒を飲みながら、自分の恋がいかにばかげていたかっていう話で大いに盛り上がって。〝やっぱり女同士は楽しいね〟なんて言い合っていたの。ところが、げらげら笑っていたうちの一人が、自分に話を振られた途端、〝私、そういう個人的なことってあんまり人に話さないことにしてるの〟と言ったわけです。〝人の噂をしてると自分に返ってくるじゃない？〟なんてニュアンスでね。

その時に、〝こいつ、駄目〟って思いましたよ（笑い）。そこに座っている時点で、もう自分もその一員なんだってことがわかってないんだから。

週刊誌やワイドショーに関しても同じです。それを眺めて楽しんでいる時点で、自分もそんな〝しょうもない世界〟を担っている人間の一人であることを自覚しておかないと」

男性週刊誌的な嗜好の
身も蓋もない感じは女にはない

とはいえ、ひとくちに週刊誌といっても、女性週刊誌と男性週刊誌ではだいぶ毛色が異なる。「いかにも男性週刊誌的」な感覚にはツッコミどころも多い様子。

「よく、生々しいヌードや際どい下着姿がばーんとアップになったグラビアの後に、食べ物のグラビアをこれみよがしに持ってくるでしょ？ しかも、よりによってお寿司とか生ものの写真を載せたりする（苦笑い）。ああいう身も蓋もない感じの嗜好は女にはないよな、と思いますね。

そういえば、『ノーパンしゃぶしゃぶ』なんていうものが日本にあった頃、男性の管理職が接待に使う、と当時の記事に書いてあったんですよ。それを女の子同士で読みながら『どうしてスカートの中身を見ながらしゃぶしゃぶを食べられるんだろう？』って笑い合っていました」

山田さん自身、食と性が交差する瞬間を緻密に描写してきた作家だ。例えば、

『風味絶佳』という作品集の中では、口元をだらしなく伝う西瓜の汁を拭われる情景が、一方的に甘やかされるセックスの象徴として差し挟まれる。また、女が男に食べさせるために拵《こしら》えるさまざまな料理は、肉体をすみずみまで支配することの暗示でもある。いずれの表現も鮮やかで濃密な感情を呼び起こすものの、けっして安直なポルノには陥らない。

「性的なことと食べ物のことを結びつけて文学に持っていくには、きちんとテクニックを用いる必要があると思うんです。すくなくとも、直接結びつけて成立するものではない。ところが男性週刊誌の世界では、いまだにそこを勘違いしたまま訳知り顔でただ並べて、しかも悦に入っているところがあるから辟易しちゃう」

男のロマン、とはよく言ったもの。自分たちで作り上げた城の中に安住するうち、それを醒めた目で眺める女性たちの姿をはじめ、現実がすっかり見えなくなってしまうことも多いようだ。

「『死ぬまでセックス』特集なんかも、気持ちはわかるけど、はっきり言って方向が間違っていますよね。妻を含め、世の中の女の人たちの気持ちを知りたいんだったら、むしろ『女性セブン』を上から下まで読んでみればいいのにって思います（笑い）」

日々の中に〝楽しい無駄〟がちょっとずつあるといい

もう一つ、『吉祥寺デイズ』を語る上で絶対に欠かせない要素。それは十歳歳下の夫の存在だ。美味しいものにせよ、わくわくする映画にせよ、呆れるようなゴシップにせよ、山田さんが綴る生活の断片には、いずれも夫と交わした言葉や過ごした時間が含み込まれている。

とりわけ印象的（衝撃的？）なのは「スノー」のエピソードだ。山田家では、小さくて愛くるしく、「かそけき者」と呼びたくなるものすべてに「スノー」と命名する。その結果、ちっちゃな赤ちゃんや幼児を連れたママさんが通りがかると、夫婦揃って「スノー、スノー♪」の合唱が始まるのだという。

「もしかしたら私たち、吉祥寺界隈で〝夫婦妖怪〟として名を馳せているかもしれません」

山田さんが可笑しそうに話す一方、当の夫は掲載されたエッセイを読むたびに青ざめているのだとか。心中お察しします、と言いたいところだが、その姿もまたチャーミングで微笑ましい。

「私の夫は本来、仏頂面で愛想がなくて、基本的には不器用な人。けれど突然ものすごく面白いことを言ったりする瞬間があるんです。どうやら私と一緒になってから開花したらしくて。自分がそういう、可愛らしいものを好きになる人間だとも思ってなかったみたい」

他にも本文には、二人きりの日常を楽しく豊かに過ごすためのヒントとなるようなエピソードがたくさんちりばめられている。それらはまさに、山田さんが十一年前（二〇〇七年）に上梓した『無銭優雅』という小説の中で描いていたことだ。

「自分たちにしかわからない、〝楽しい無駄〟の要素って、後々すごく心を豊かにしてくれると思うんです。

例えば、うちの実家は宇都宮なので、帰省した場合、寄り道をしなければその日のうちに吉祥寺の家に帰ることだってできるわけですよ。だけど、わざわざ浅草でストップして一泊することで、予定外の贈り物をもらったみたいな気分になれる。いわば、自分たちに自分たちで贈り物をするような感覚ですね。日々の中に、そういう〝楽しい無駄〟がちょっとずつあるといい」

相手を気持ちよくさせる言葉がすごく大事

例えば映画やスポーツの試合を眺めながらアイスクリームやソフトクリームを半分こする場面は、もはやこのエッセイ集においてお馴染みの光景。その仲睦まじい姿に、読んでいるこちらが「ごちそうさま」と言いたくなる。

「やっぱり、夫にするならソフトクリームを一緒になめられるような人がいい。誰かと食べ物を分けるにしても、ソフトクリームだけは〝自分の男〟って思える相手じゃないと一緒になめられないから。この距離の近さは特別だなって思います」

なるほど……どうやら夫婦の幸せを実現するには、「同じ高さの目線で何事もシェアできること」が重要な役割を果たしているらしい。そのためには、いくつかのコツもまた必要となる。

「うちの父はとにかく母を褒めまくるんです。〝こんなに美しい人はいないよ〟って、本当にいつも言っている。そうやって相手を気持ちよくさせる言葉がすごく大事なんですよ。

今の私の夫は、それまでまったく女の人に褒め言葉なんてかけたこともないような人なのに、気づけば自然と出てくるようになりました。私が家で女友達とお酒を飲んでいる時に帰ってきたりすると、〝どこの美女が二人で花を咲かせているのかと思ったよ〟なんて言うわけです。それを聞いた友達が仰天していました。あれ？こんなこと言う人だっけ？って」

友人からは「どうやって変身したの？」としきりに尋ねられたそうだが、それは「夫婦にしか通じない」「人様にはお見せ出来ない」やりとりを何度も何度も重ねてきた結果だとしか答えられない。

ちなみに吉祥寺にある山田家のリビングには「うちの壁画」と呼ばれる一角がある。結婚記念日が来るたび、壁にペンで簡単な言葉やイラストを描き込んでいくうちに出来上がったそうだ。客人の目には、描き込まれたメッセージの意味するところまでは窺い知ることはできないのだけれど、その「壁画」が夫婦で共有してきた、いとおしい時間そのものを表していることは十二分に伝わってくる。

「人ってけっきょくは楽しい方向に転がっていくものなんです。だから、それがどんなにばかみたいなことでも、二人で共有していくうちに、二人だけのルールになる。ばかみたいなことの歴史を積み重ねていくと、いつかばかみたいじゃなくなるんですよ（笑い）」

◎取材・構成／倉本さおり

2019/1/1

二〇一八年の
おっさんたちへ

武田砂鉄×山田詠美

●及川光博と檀れい離婚報道への違和感
●片山さつき氏が担う「女性活躍」の皮肉
●『新潮45』休刊と差別意識
●大阪万博決定と平成の終わりのムードほか
世間を騒がせた出来事を俎上に載せて
「重箱の隅をつつく」ことを旨とする二人が、
この度「重箱の隅つつき隊」を結成！
二〇一八年を語り尽くした――

結局は男も女も旧態依然のままなのか

山田　よく、結婚した理由を挙げる時に「価値観が一緒だからです」って言う人、多いでしょう？　あれはたいていの場合、好きなものの価値観を指しているんだろうけど、本当に重要なのって、嫌いなものの価値観の方だと思うんです。その点、武田くんの本を読むと、「ああ、この人、私と嫌いな人が一緒だわ」って思って安心する（笑い）。

武田　家で妻と話している時にもそう思います。それぞれ別のことをして、家に帰ってきて、テレビを見ながら「この人、なんか嫌だよね」って言い合えるような関係が一番良好かと。特に自分は、世の中の出来事をいちいち疑ってみるっていう生き方をしてきたので。ところが最近、僕みたいな難癖人間がすっかり希少人種になりつつあるらしく……。これはゆゆしき問題ですよ（笑い）。

山田　私も「また重箱の隅をつっついて」って周りからよく言われるの。小説でも、日常のちょっとした言葉のやりとりなんかでもそうだし、テレビを見ていても人と全然違うところばっかりやたらと気にかけちゃったりするから。でも、ものを書く人間にとってはそういう難癖視点がすごく大事だとも自覚している。予定調和こそ小説家の敵だからね。

武田　だから、山田さんのエッセイを読むといつも励まされるんですよ。そもそも、言葉という、人の行動を規定していくものを扱う人間が重箱の隅をつつかないでどうするんだと思いますし。

共にワイドショーウオッチャーを公言する山田さんと武田さん。ともすればさらさらと流れていってしまう言葉や出来事の数々から、世の中の欺瞞の正体を鮮やかに引きずり出すという点において、二人のスタイルは共通している。

山田　ミッチーこと及川光博さんと檀れいさんの離婚が発表された時、ワイドショーの女性レポーターたちが結婚当時のミッチーのプロポーズの言葉を引っ張り出してきて「素敵！」なんて言って盛り上がっていたんです。曰く、「〝僕の帰る場所になってもらえないか〟」。そういう男って、私には自己完結しているように見えるから鼻白んじゃって。いまだに「男は船、女は港」とか言っちゃう人も多いし。

武田　まだいますね、平然と。

山田　「男は自分の遺伝子をまき散らしたい性だから、男は種で、女は畑だ」みたいなことを平気で言う人ね。そういう人に対しては私、「女の方が優れたDNAをもらわなきゃいけないんだから相手をする男の数も多くなくちゃいけない」っていつも反論しているんですけど。

武田　中谷美紀さんの結婚を伝える記事で、「結婚を機に、演技にも美貌にも一層の磨きがかかりそうだ」と紹介されているのを読んで唖然としました。俳優としてのキャリアをあれだけ積んできた女性に対して、いまだにそんな物言いをするのがこの国のメディアなんですよね。

山田　「内助の功を発揮するだろう」とかね。嫌になる。

武田　大学生くらいを対象とするファッション誌の鉄板企画に「彼ママコーデ」というものがあるんです。

山田　えっ、なになに？　それ。

武田　「彼のママに会う時のためのファッションコーディネート」の意味で、どうすれば彼氏の母親に気に入られるか、いかに波風を立てずにこなすかっていうことを真剣に特集しているんです。ミニスカートはもちろん駄目、とか、あるいは、手土産はコレ、みたいな方面も。

山田　へぇ。どうせ結婚したら『女性セブン』の読者ページみたいなところに旦那の悪口を投稿したりするんでしょうに。

武田　二〇一八年は財務省の福田淳一事務次官のセクハラ問題など、日本でも＃ＭｅＴｏｏ運動が注目を浴びたし、女性の権利に対する意識の転換が求められる場面も多かったはずが……「彼ママコーデ」を読みふける人たちには、そうした物事は一切共有されていないのかもしれない。

山田　なるほどね。彼ら、彼女らにとってはあくまでそっちの方が「現実」なわけだ。でも、それじゃあ、いくら一部の人がＭｅＴｏｏだのなんだの声を張り上げても手応えないよね。世の中どんどん新しくなっているようで、結局は男も女も旧態依然なんだなと思っちゃう。

なぜ政治家はそんなに偉そうなのか？と誰もなぜ言わない？

安倍首相が就任以来、スローガンとして掲げてきたのが「すべての女性が輝く社会づくり」。ところが十月に発足した改造内閣の女性閣僚は、目下問題噴出中の片山さつき地方創生担当相ただ一人だけ。輝くどころか暗澹たる実態は、この国のいびつな社会構造の風刺画にすら映る。

武田　安倍首相が記者会見で「(片山氏には) 二人分も三人分もある持ち前の存在感で女性活躍の旗を高く掲げてほしい」と述べていた。この鈍感さにうなだれます。つまり、男性に比して二、三人分の存在感がないと女性は大臣のポストにありつけないと堂々と言っているに等しいわけですからね。

山田　そうそう。当の片山さんは事務所費だの公選法違反だの、疑惑だらけの今となっては皮肉な形でその存在感を発揮しちゃってるし (笑い)。だいたい「女性活躍」なんてものを目玉に掲げて上手くいったためしなんてないと思うんだけど。

武田　女性活躍推進の足がかりとなった組織の名が、「輝く女性の活躍を加速する男性リーダーの会」です (笑い)。当事者であるはずの女性抜きに、まずはおじさんたちだけが集まって、「よし、女をどう活躍させよう」と言い始めた時点で、むしろゴールが遠ざかったような気がしたものですが、案の定、という現状にあります。会はまだ存続していて、むしろ、男性メンバーの数が増えているそう。片や、活躍する女性閣僚はたった一人なのに。そうした構造そのものが日本をめぐるさまざまな問題の正体じゃないかなという気もします。

山田　それこそ片山さつきも稲田朋美も「オタサーの姫」なんでしょうね。男社会の中で自己完結して社会に出てきちゃった人たち。

武田　稲田朋美が一度失脚し、次の選挙の際に遊説する様子をテレビで見かけたことがあります。地元のおっさんが「おっ、朋ちゃん、今日は網タイツじゃないの？」って話しかける。すると稲田氏が微笑んで、テロップに「網タイツは封印」と流れた。なんだかもう、その全シーンがおぞましいというか。

山田　うわー、その封印、いつか解くのかな（笑い）。あと、おぞましいといえば自民党幹事長代行の萩生田（光一）さん。自分は偉くもなんともないのに、いつも安倍総理にくっついてあれこれ主張して、「赤ちゃんはママがいいに決まっている」なんてとんでもない発言をしたり。あの人、私の一番嫌いなものをかたちにしたような感じがする。

武田　それにしても不思議ですよね。なぜか赤ちゃんの言葉を代弁できる、という特殊能力をお持ちのようですので（笑い）。

片山地方創生担当相をはじめ、過去に「（焼却灰は）人の住めなくなった福島に置けばいい」と発言した桜田義孝五輪相など、性懲りもなく失言や不祥事を繰り返している政治家たち。その一方で、数年前のようにメディアの糾弾が閣僚の辞職につながらなくなった現状に武田さんは強い危機感を覚えると言う。

武田　山田さんも以前お書きになられていましたが、とにかく今は政治家たちが偉そうすぎる。それに対して「なんでみんな〝偉そうだ〟って言わないの？」と。その指摘って、シンプルだけどとても重要なことだと思うんです。例えば麻生太郎なんか毎週のように失言を繰り返していますが、記者がツッコむと、明らかに不機嫌な顔して、逆に記者に対して凄んでくる。でも本来なら、それに対しても「ふざけるな」って指さしていい立場なんですよ、国民は。

山田　そう、そう、そう。

武田　それをせずに、みんな引き下がっちゃう。結果、ああいう人が口を「へ」の字にしたまま生き残ると。冷静に考えても、彼が辞職すべき事案は五回くらいあったと思うんです。それをなぜ、メディアないし僕たちが見逃したのか。これはしっかりと反省しないといけない。

山田　小池百合子さんの「カイロ大学首席卒業」も、あまりしつこく追及されずに流されちゃったイメージがある。学歴詐称となれば、これまでの政治家が辞めるには充分な理由だったはずなのに……。

武田　かつて野村沙知代の「コロンビア大学留学詐称」の時は執拗に追い詰めたのに（笑い）。おそらく報道する側の立場からすると「今さら数字が取れない、旬が過ぎてしまったネタ」ということなんでしょう。例えば読売新聞が麻生太郎の発言を検証する記事で「麻生節」という表現を用いました。つまり、政治家をキャラクター化しているわけですよ。そうやって特徴を与えることによって彼はますます調子に乗ってしまう。結局、彼にポストを与え続けることに加担してしまう。本来、政治に向かうメディアの役割というのは、政治家のキャラクターをわかりやすく押し出すことではなく、彼が財務大臣にふさわしい人間かどうかを測り続けることなんですが。

山田　だから絶対に「安倍節」とか言っちゃ駄目だよね。

武田　駄目ですよね。実際、「アベノミクス」という言葉もそれと近いものがあって。あれは首相自身が自分の取り組みをキャラクター化、ないしムーブメント化しているわけですから。例えば僕が「タケダノブンタイ」とか自分で名付けてライター活動をアナウンスしていたら相当ヤバい奴ですよね？　でも彼はそれと同じことをやり続けてきたんですよ。そうした自身への客観性のなさ、言葉のセレクトを疑問に思います。

山田　そう、言葉のセンスが本当にないよね。意味のないカタカナ語を使うことに対してなんの照れもない政治家たちはもちろんだけど、受け取る側もみんな一様に鈍ってきているなって思う。それこそ重箱の隅をつついてきた人間にとっては信じられないことが増えてきました。

『新潮45』休刊と「誤解を招きかねない」人たちとの闘い

『新潮45』が二度の大炎上を経て休刊に至った経緯をはじめ、二〇一八年は表現をめぐって各々の偏見や差別意識が炙り出された年でもあった。とりわけSNSが蔓延してから、そうした偏向は悪化の一途を辿っているという指摘もある。

山田　このあいだ、生まれて初めて『月刊Ｈａｎａｄａ』っていう雑誌を買ってすみずみまで読んじゃったんです。『新潮45』の杉田水脈議員の論文をいろんな人が庇っているっていうもんだから。

武田　僕は毎月買っていますよ。

山田　えーっ、意図的に？　読んでいて頭痛くなってこないですか？

武田　はい、なりますね。

山田　でしょう（笑い）。もう全体的にぐったりするような文章のオンパレードなんだけど、とりあえず指摘しておきたいのは「誤解」っていう言葉の使い方。みんな「彼女は本当はこういうふうに言いたかったのに、誤解されたせいでこういうふうになっちゃっている」って擁護しているの。でもさ、そもそもああいう公の場で発言する立場にいる人が誤解されるような文章を書いちゃ駄目じゃん。これ、萩生田さんが連呼していた「誤解を恐れずに言えば」っていう枕詞とか、稲田さんが愛用していた「誤解を招きかねない」っていう表現とかにも当てはまることだと思うんだけど。

武田　おっしゃるとおりです。「誤解を招きかねない」って要するに、「受け取るお前たちがバカだから俺の言いたいことが伝わらなかった」っていう傲慢なロジックですからね。

山田　そう、そう。発信する側の問題じゃなくて、受け取る側の問題にすり替えちゃってる。

武田　『新潮45』といえば、休刊の契機となった小川榮太郎の文章については文芸誌の連載などで考察しました。彼は批判を浴びた後、自分の文章を説明するために、YouTubeに一時間近い動画をあげました。たった六ページ分の原稿に対して、それほどの補足説明が必要だっていうこと自体、原稿の精度の低さを如実に物語っています。

山田　あの人、まがりなりにも文芸評論家を名乗っているんでしょう。でも最初から「理解できない方が悪い」と居直られたら言葉のやりとりもおぼつかない。そういう人たちの言説ってどうやって正していけばいいの?

武田　対話が難しいですよね。こちらがどう指摘しても、「いや、俺は悪くない。ほら、俺を納得させてみろ」と声を荒らげてくる。そもそも議論の入り口に立てる段階ではないのに、あちらは、俺だけが土俵にいて、周りが逃げたと言い張ってくる。すると、周りが「さすが!」と肯定してくれる、そんな環境があの界隈には整っています。

山田　そうやって常に認めてくれる人たちに囲まれているっていうこと? うわあ、その囲っている人たちもなんだか嫌だな。

武田　フェイスブックなどの、いつだって味方でいてくれる人を集めたSNS空間では、自己承認欲求が安直に満たされる。似た者同士が集まり「俺たち、正しいよね」と確認し続ける。こちらが何を言っても「マスコミは俺たちの言うことを聞かず偏向している」「真実はネットの中にある」で押し通そうとする。

山田　まるでドナルド・トランプみたい。

武田　実際、よく似ています。こういった文章って、味付けがすごく濃いので、読むと確かに気持ちよくなれるんです。強い気持ちになれる。誰かや諸外国への悪口が、エビデンスもなく五月雨式に注がれるわけだから。先日、知人に頼んで、書店のデータを分析して調べてもらったところ、この手の雑誌の購読層の過半数が中高年の男性でした。

山田　かつて『噂の眞相』とかを読んでいた世代かな。

武田　いえ、『噂の眞相』には、権力に対する批判精神がありました。でもこの手の読者層は趣が違う。モデルケースとして想定したくなるのは、会社を引退して達成欲みたいなものがすっぽり抜けちゃった世代です。自分の感情の吐き出し方がわからなくなった時に、例えば中国や韓国、左翼や朝日新聞のような、明確な仮想敵を設定し強気に叩くことで、欲求を満たしているのではないかと。ひとまず推測ですが。

山田　要は、威勢よく吠えたいだけなんだね。それって若い子より困り者かもしれない。もともと会社でそれなりにエラい立場にいた人も多いだろうから、なかなか聞く耳を持ってくれなさそうだし。

武田　そう思います。建設的に対話するチャンネルが切られています。それでも「あなたの言っていることはおかしいですよ」ってその都度言い続けていかないといけないのが面倒臭いところです。こちらが追及をやめた瞬間、あたかも勝ったかのようなふるまいがエスカレートしていくので。

山田　本来なら批判する時こそちゃんと相手のことを調べなくちゃいけないから大変な作業なんですよ。誰かを「嫌い」って言うからには、それだけのコストをかけなくちゃいけない。それを諦めずにやり続ける武田くんは心からすごいと思うよ。

「楽観ムード」に何人が立ち止まれるかで未来は決まる

「平成」に幕が下ろされると同時に、東京オリンピックや大阪万博といった大イベントも控えている今後の日本。政府主導のお祭り騒ぎに踊らされる前に、心に留めておくべきことがあると二人は説く。

武田　僕自身が一番警戒しているのは二〇一九年、二〇二〇年以降の日本の空気です。オリンピックが控えている上に、天皇陛下が代わるとなれば、些末な問題なんて放ってパーッとやろうよという楽観ムードを、政治の世界が強めてくると思うんです。そこで何人が立ち止まれるかでこの国の未来が変わってくるんじゃないかと。

山田　そもそも、どうして今の東京で無事にオリンピックを実現できるだなんて確信しちゃってるのかな。ただでさえ大きな地震が多いのに。しかも、ちょうど台風シーズンに当たるでしょう。

武田　まぁ大丈夫だろうっていう、まったく根拠のない楽観視一択ですよね。だいたい今夏はものすごく暑くて熱中症が多発し、死者も多く出た。にもかかわらず、その事実をオリンピックへの懸念に積極的につなげていかない、今の報道のあり方にもうすら寒さを覚えました。

山田　私、前の東京オリンピックの時はまだ小さかったから内容は覚えていないんだけれど、日本が沸き立っていたのは覚えているのよ。なにしろ高度成長期でしょう。文明開化の時みたいに、あれですべてのことが上手くいくみたいな昂揚感があって、その気分自体はちょっと理解できるの。だけど、今は時代がまるで違うじゃない？　おじさんやおじいさんたちは当時を再現すれば万事が解決するとでも思っているのかな。

武田　今回のオリンピックはなるべくお金をかけないことを売りに招致したはずなのに、蓋をあけたら、八千億円の予算が三兆円にまで膨れ上がりそう。どうやったらそんな噴飯ものの計算ができるんだかさっぱり理解できませんが、大阪万博が決まった時の映像を見ると現場の雰囲気は想像がつく。あれ、まるでチンピラの集会でしたよね（笑い）。

山田　それに、新国立競技場の設計を最初に担当していたザハ・ハディドさん。あの人も浮かばれないと思うの。一方的に白紙撤回されたまま亡くなってしまって。

武田　すべてがあまりに場当たり的で、ずさんすぎます。一九六四年のオリンピックの時、知識人のなかには、最初は、オリンピックにかこつけた大規模開発などさまざまな問題を深刻に受け止めて反対していたのに、メディアに寄稿を依頼されて原稿を書くうちに、肯定する方に変わっていった人もいたという歴史があるんです。

山田　がっかりするし、つまらないよね。だいたい波風を立てられる言葉をいかに扱うかが小説家や芸事に生きる人間の本懐でもあるのに。

武田　坂上忍にしろ、松本人志にしろ、手厳しく言う芸能人が、むしろ体制の側につくケースが増えてきてしまっている。だから重箱の隅つつき隊としては（笑い）、自戒も含め、知識人と呼ばれる人たちのふるまいをしっかり見届けてやろうじゃないかっていう気持ちでいます。

◎取材・構成／倉本さおり

永遠のBEDTIME EYEZ

2018/3/22

またまた、いつもの夫婦50割引きを使って映画を観て来ました。上映されていたのは、「オール・アイズ・オン・ミー」。一九九六年に銃で撃たれて命を落とした伝説のラッパー、2PAC（トゥパック・シャクール、以下2パック）のわずか二十五年間の短い、けれども激しくて濃い人生の記録です。

実は、私、この2パックには特別な思い入れがあるんです。当時、アメリカでは、東海岸と西海岸のラッパー同士の抗争が続いていて、銃撃事件もしょっ中でした。それはまるで仁義なき戦いの様相を呈していたのです（そもそもは仁義ありきで始まった争いだったのですが）。

ラス・ヴェガスで銃弾に倒れた2パックですが、彼は、その二年前にもニューヨークのスタジオで何発も撃たれて、イーストハーレムの救急病院に搬送されて来たのです。そして！　何と、そこには、交通事故で運ばれたしがない日本の物書きである山田詠美も入院していた！

と、まあ、それだけのことなんですが……。

救急病棟で車椅子に乗せられた私を取り囲んで、優しい労りの言葉を惜しまなかった、前の結婚でのアフリカ系義弟と、その仲間たち。なんていい奴らだ、と感動していたら、突然、双子の片われであるもうひとりの義弟が駆け込んで来て叫んだのでした。

「大変だ！　この病院に2パックがいる‼」

一斉にどよめくブラザーたち。そして、義弟の持ち込んだ新聞にむらがって取り合い。ようやく私の所に回って来たデイリーニュースの一面には、銃弾の打ち込まれた2パックの頭蓋骨のレントゲン写真が……。はあ……これを公表した思惑とかあるんだろうなあ……なあんて思っていたら、いつのまにか私を囲んでいた親切なあんちゃんたちは、2パック捜しのために大急ぎで走り出して行った……。

と、まあ、それだけのことなんですが……。

才能あるラッパーだった2パックでしたが、私は、映画俳優としての彼の大ファンでした。中でも、ジャネット・ジャクソンの相手役を務めた「ポエティック・ジャスティス」では、魅力全開。ジャネットが名前を尋ねると、彼は、ひと言、答えるのです。

「ラッキー」

その時の流れる視線が……うーん、まさに「ベッドタイムアイズ」なのです（すいません、私のデビュー作です。ちなみにこれは造語で、一般的にはベッドルームアイズと呼びます）。俳優デビュー作の「ジュース」以来、独特の存在感を放って来たのに、ほんと残念です。でも、いつの頃からか、彼の周囲には常に不吉な影が付きまとっていた。でも、だからこそ、皆、目を離せなかったのかもしれません。

に、しても。公開期間たった二週間足らず、夕方一回切り上映のこの映画。日本では、決してポピュラーとは言えなかった2パックを偲んで観に来るお客さんてどんな人たち？

予想通り、館内はガラガラでしたが、それでも、熱心な若い男の子たちがちらほらと。夫が、あたりを見渡して私に耳打ちをしました。

「みーんな、その筋の人たちばっかだね」

……ええ、まあ。ヒップホップスタイルって意味ですが。リアルタイムを観て来た年寄りは、私ひとりのようでした。

帰り際に入った男子トイレで、夫は、高倉健の映画と同じ効果を目撃したそうです。誰もが皆、Bボーイになり切って、手を前にかざしてラッパーポーズを取っていたそうな。

政治家さんはママがいい！

2018/6/28

「〇～三歳の赤ちゃんにパパとママのどっちが好きかと聞けば、はっきりとした統計はありませんけど、どう考えたってママがいいに決まっているんですよ」

これ、自民党幹事長代行の萩生田光一氏が講演で語ったこと。「待機児童ゼロ」をめざす政府方針を紹介し、その上で「生後三～四ヶ月で赤の他人様に預けられることが本当に幸せなのか」と言ったとか。

このところの政治家や官僚の失言、不祥事は数多くあれど、今回の萩生田さんの発言ほど、がっかりしたことはありません。あ、失言とかじゃないですね。政府の方針を代弁してるのか。

私は、小説内で、ある種の日本人が規範であると信じて疑わない家族のありようから、望むと望まざるとに関わらず、外れてしまっている人々のつながりについて、くり返しくり返し書いて来ました。さまざまな理由から、はじき出されてしまった親子も含まれます。

お父さんは外に出て働き家族を養い、お母さんは家事と子育てにいそしむ。めでたしめでたし。これぞ、あらまほしきジャパニーズ・ファミリー。ホーム・スウィート・ホーム！

そんなステレオタイプに当てはまらない家族関係を自分に出来る限り丹念に描いて来たつもりです。

それなのにさ……ママがいいに決まってる、だって！　そのママがいない子供もいるのにね。はっきりした統計がないと言うなら、そもそも言わなきゃいいのに。発言の真意は別のところにあるのかもしれませんが、私には、この方を忖度する筋合いなどさらさらないので、文言通りに受け止めようと思います。この人、確か首相と一緒にシャンパン飲んでた人だよね？　え？　違う人？　BBQか何かやってビール飲んでた人？　いずれにせよ、総理の御意向を代弁する人ではある訳ですよね？

エリートと呼ばれる人の中には、自分とはまったく違う境遇に対する想像力がこれっぽっちも働かないというタイプがいるようです。それが政治家であるなら悲劇です。でも、その悲劇に統括されてしまった個々の悲劇がいったいどれほど存在していることか。

ワシントンポストが、即座に彼の発言を非難しましたが、一部だけ切り取ってそうするのは曲解だ！　という意見もあるようです。が、ふん！　だったら曲解されないように発言したらどうでしょう。日頃から、この女性セブンの片隅で、政治家の言葉の扱い方に難癖を付けている私ですが、やはり、読んでくれてはいないようですね。ぷーん！　別にいいんだけどさ。

私が作家としてデビューした前後の数年間、アメリカ人のボーイフレンドと、その息子と三人で暮らしていました。突然、大きな子供を育てることになった私は、まさに孤軍奮闘という感じでした。夜遊び大好きで毎晩出掛けてしまう父親と、育てる気もないくせに文句だけ言いに来る母親。無責任な親たちのはざまで子供が頼るのは赤の他人の私しかいない状況だったのです。

私と子供は寄り添うように生活していました。それでも慣れない私には、どうしても不手際が目立ち喧嘩になる。そんな時、子供が口にしたのが「やっぱりママがいい」でした。そう言えば、私が傷付くのを知っていたのです。ちなみに母親には「やっぱりダディがいい」と言ったそうな。私、何なの⁉　怒りのあまりに、やけになって毎日子供の好物を作ってました。うーんとかき混ぜた味の素入り玉子かけごはんですけどね。

痴漢防止にぬかりあり!

2018/7/5

この間、スーパーへと向かう道すがら、二人の小学生男子とすれ違ったのですが、その瞬間、ひとりの子がこう言ったのを聞きました。

「おれにぬかりはないよ」

夫と二人、思わず同時に振り返ってしまいました。ぬかりない小学生男子って……。彼ら、とても真剣な表情を浮かべていましたが、これから、どんな運命の荒波へと飛び込んで行くんでしょうか。あー、気になる!! 心構えを作ってるんだよね! がんばれーっ!! ついでに、愛知県警も見習えーっ!!

ええ、もちろん愛知県警の痴漢撲滅キャンペーン用ポスターについて呆れていますす。

「あの人、逮捕されたらしいよ。」

というコピーの横には、「性犯罪者じゃん」、「仕事もクビになるよね〜家族も悲しむだろうなあ……」、「私は一生関わりたくない」「そういえば……私先月あの人と電車で偶然会ったよ」、「そうなんだ⁈　変なこととされなかった？」……などなど、SNSのやり取りが延々と続く……やれやれ。

鈍感力？　推定無罪の原則に反するとの批判が相次ぎ、五百枚を即撤去したそうな。当然ですよね。

て言うか！　またもや、ここでも、ど素人さんみたいなデザイン！　誰が作ったんだか責任者出て来ーい！　いや、責任者でなくてもいいや、コピーライター（もどき）の顔だけでも拝見したいものです。

しばらく前の宮城県のPR動画といい、兵庫県警ホームページの痴漢に遭わないための心構えの文言といい、何故、プロがいない⁉

この愛知県警のポスターのイラストは、「君の名は。」とかに登場しそうなアニメ風男子なのですが、これに対して県警側は、「今風で若者受けすると判断した」って言ったとか。ねえ、もう受けてないし！　それに、若者に教えるべきは、そこじゃないでしょ？　すぐさま周防正行監督の「それでもボクはやってない」を見て出なおして来なさーい！

愛知県警の痴漢防止ポスターって、去年のやつも、「なんで⁉」と言いたくなるようなデザイン。アニメ系の眼鏡っ子女子がメインキャラクターで、コピーは「痴漢発見次第即通報系女子」、その中の一枚には「Chikan Dame!」というファンシーな字体に「モテを極める！」と被させてあるんですが……そして、「女性目線を強く打ち出しました」とコメントしてるんだよ……呆然……これ、女性目線じゃなくて、ある種のフェチ目線でしょう？　あのー、痴漢被害に対する認識が根本から間違っているような気がするんですが……。今年の痴漢冤罪をはなから無視した作りもね。そして被害者の不快な心中には想像がまったく及ばない無神経さ。結局、ねらっているのは「ウケ」だけなんでしょうね。でも、それじゃ駄目なんです。なんで駄目かって言うと……あー、たぶん、はなからこのポスターで行けると思う人たちには伝わりっこないので止《や》めておきます。徒労ですもんね。

前から言ってるんですけどね、素人さんの余計なクリエイティヴィティなんか反映させないで、大阪府警を見習って欲しいんですよ。

「チカン
アカン
チカンは犯罪やで」

基本、このヴァージョンでしびれます！　ぬかりないね！　何でしょうか、この違い。味噌味とソース味の違いでしょうか。私、八丁味噌、大好きなんですが……

名古屋のサイン会では「天むす」を心から楽しみにしているんですが……

懐かしのセネガル回想

2018/7/26

これを書いている数時間前に、サッカーW杯の日本対セネガル戦が終わりました。結果は引き分けで、日本の決勝トーナメント進出には、充分な可能性を残していいます。ぜひ勝ち進んで、これまで以上の活躍ぶりを見せてもらいたいものです。

この試合が始まる前の数日間は、どのTV局でも、セネガルという国を特集し紹介していました。それまで、あまり馴染みがなかったアフリカの国が、いっきに親しみ深く感じられた人も多かったでしょう。

私がセネガルを訪れたのは、もう二十年近くも前のことになります。当時、TBSのBS開局記念番組と銘打って「世界遺産」のスタッフによる「大アフリカ」というシリーズが制作されたのです。そして、その出演者のひとりが私だったのでした。私以外の方々は、養老孟司さん、小林薫さん、久石譲さん。それぞれのテーマは「大地、生命」、「ヒト」、「王国」。そして、私は「パワー」。アフリカの大地に立つ人々の力強い生き方を追って、南アフリカ共和国からナミビアへ、そして最終的にはセネガルへと、まだ見ぬ大陸をひたすら縦断した長い旅でした。

お話をいただいた時、あー、もしアフリカ行っても、シマウマとかライオンとかに興味全然ないんで、なんて生意気なことをほざいていた私。そうしたら、じゃあ、何に興味があるんです⁉　と問い返されたので、ひと言、答えました。

「人間！」

ああ……と、何となーく浮かない顔をしていたスタッフの方々。日頃「世界遺産」に携わっていると、人間が面倒臭くなるのかなーなんて思ったのですが、衛生面や交渉事など、私には想像も付かない御苦労があると知ったのは、実際に行ってからの話。その時は、私がアフリカンピープルの中に飛び込まないでどうするの⁉ってな感じで気負っていたのでした。

ちなみに、小林薫さんのテーマ「ヒト」は、人間のルーツであるゴリラの生態を追ったもの。私の雑多でカラフルな人間模様を扱ったのとは、まるで異なるゆったりとおおらかな番組に仕上がっていました。

セネガル戦の前に紹介されたのは、セネガル相撲や米料理にタコの輸出などの日本との接点、そして、幼い頃からのサッカー熱などでしたが、私としては、セネガルが誇る世界的ミュージシャンのユッスー・ンドゥールと、負の世界遺産であるゴレ島の奴隷収容所跡も取り上げて欲しかったです。そして、村じゅうのセクシー姉ちゃんたちが集まって半裸で踊りまくるお祭りも。音楽が、ジャンベと呼ばれる打楽器だけなんです。それを演奏グループの男たちが打ちまくる。まさに圧巻です。ゴレ島は悲しみが漂う土地でした。奴隷貿易の拠点となったここには悲惨な痕跡がいくつも残っています。脱走しても鮫に食われるしかないような造りになっていて、海の美しさとの対比が、その残酷さをいっそう際立たせているのです。

あ、楽しい場所での経験もいっぱいありました。ユッス・ンドゥールが経営するクラブで地元のお姉ちゃんたちと盛り上がって踊っていたら、バンドが突然、私に曲を捧げてくれたのです。でも、それって……

「ヤマ〜〜ダ〜〜、ヤマ〜〜ダ〜〜×○※△」

フランス語と現地の民族語を混ぜた、まったく意味不明のもの。セネガル人のスタッフたちには大ウケで、帰国する日まで毎日のように私をからかいながら歌ったのでした。

空港での見送りの際にも全員でサヨナラの代わりにヤマーダ！　でした。

さようなら新潮45

2018/10/25

雑誌「新潮45」、休刊になっちゃいましたね。新潮社前でも無言の抗議デモが行われたこの騒動、巷では「新潮45事件」などとも言われているようです。この号が出る頃には騒ぎは収束に向かったかもしれませんが、そうは問屋が卸さないからね！　と思っている私は、再び話を蒸し返します。

御存じの通り、発端は、自民党の杉田水脈衆院議員による「ＬＧＢＴは子供を作らないから生産性がない。よって、彼らに税金を投入するのは無駄」という論考が大炎上を招いた……ことなのですが、その二ヶ月後に、新潮45は反論特別企画「そんなにおかしいか『杉田水脈』論文」という特集を組み、今度は炎上どころか社会問題にまで発展して、出版社サイドは、すたこらさっさと逃げるようにして休刊……という流れ。

残念です！　何の対処もなく休刊というのも腹立たしいのですが、あの雑誌がどうしてあんなに駄目駄目論文（……とも言えませんね。高橋源一郎さんは、便所の落書きと言ってました。でも、私は、それよりはるかに罪は重いと感じています）を載せるような媒体に成り下がってしまったのか。それを思うと悲しくてなりません。

だって、新潮45って、全然違う雑誌だったんですよ！

私と新潮45の付き合いは、三十数年前に遡ります。当時デビューして間もない、右も左も解らないど新人の私に初めて小説連載を依頼してくれたのが、この雑誌だったのです。まさに、異例の抜擢！　当時、アフリカ系の黒人と暮らし、ナイトクラビング命のスキャンダラスなイメージが付いていた私に、何故、お堅い論壇誌である新潮45が？　と首を傾げながらも、お引き受けしました。「文学的」なんていう縛りから開放されて、思いきり自由に書かせてもらえそうだったからです。

その連載小説の題名が「ひざまずいて足をお舐め」。数々の有識者による真面目な論文に混じって、「足をお舐め」とは……その内、編集者たちは、長いタイトルを略して、ただの「お舐め」と呼ぶように。……とほほ、でも、タイトルはふざけていても、内容は極めて真摯なものなんです。ええ、至極真面目に、SMクラブの女王様のバイトをしていた時代を元に書きました。ハイヒールは履くものではなく舐めさせるもの！　というコンセプトの元に……。

苦しくて、楽しい仕事でした。連載というものの厳しさを存分に教えてもらいました。その厳しさあってこその喜びというものも。

以来、連載終了後も数年間は付かず離れずという感じで、この雑誌とは付き合って来ました。大好きでした。最近のくだらん論考ばかりが取り沙汰されていますが、実は、この雑誌、とても良いノンフィクションも残しているんです。

たとえば、映画やTVドラマにもなった「凶悪――ある死刑囚の告発」とか、「殺人者はそこにいる――逃げ切れない狂気、非情の13事件」などなど。

渋谷の東電OL殺人事件で、犯人とされたネパール人男性の冤罪告発キャンペーンを地道に粘り強く張ったのも新潮45でした（後に無罪確定）。あの当時の心意気とかって、どこに行っちゃったんでしょうね。

消え行く（たぶん）、かつて大好きだった雑誌に、私の敬愛する長沢節先生の言葉を贈ります。

「差別がいけないのは、それが必ず間違いだからである。差別は倫理や道徳の間違いではなしに、事実の間違いだからいけないということなのだ」

本文中の肩書・年齢・組織名などは
すべて「女性セブン」掲載当時のものです。

本書のプロフィール

本書は、二〇一八年三月に小学館より単行本として刊行された作品に、単行本未収録の対談やインタビュー、エッセイを加えて文庫化したものです。

小学館文庫

吉祥寺《きちじょうじ》デイズ
うまうま食《た》べもの・うしうしゴシップ

著者　山田詠美《やまだえいみ》

二〇二一年十一月十日　初版第一刷発行

発行人　川島雅史
発行所　株式会社　小学館
〒一〇一-八〇〇一
東京都千代田区一ツ橋二-三-一
電話　編集〇三-三二三〇-五五八五
販売〇三-五二八一-三五五五
印刷所——大日本印刷株式会社

ISBN978-4-09-407085-9